btb

Aus Freude am Lesen

Und Friede soll sein unter den Menschen: Doch wenn die Tage kürzer werden und die Nächte länger, wenn es draußen kälter wird und drinnen wärmer – dann heißt das nicht unbedingt, dass Mordgelüste schlafen gehen und kriminelle Energien schweigen. Im Schutz der winterlichen Dunkelheit gedeihen sie ganz im Gegenteil nicht selten prächtig. Skandinavische Autoren und Autorinnen wissen, wovon sie erzählen: Hier sind sie, die besten bösen Geschichten zum Fest!

Wunderbare Weihnachtsmorde

herausgegeben
von Regina Kammerer

btb

Das Gedicht auf Seite 109 wurde zitiert nach: Björnstjerne Björnson: Gesammelte Werke, S. Fischer Verlag, Berlin, 1921, ohne Übersetzerangabe

Mix
Produktgruppe aus vorbildlich bewirtschafteten Wäldern und anderen kontrollierten Herkünften
www.fsc.org Zert.-Nr. GFA-COC-001223
© 1996 Forest Stewardship Council

Verlagsgruppe Random House FSC-DEU-0100
Das für dieses Buch verwendete FSC®-zertifizierte Papier *Munken Pocket* liefert Arctic Paper Munkedals AB, Schweden.

Originalausgabe November 2010
3. Auflage

Umschlaggestaltung: semper smile, München
Umschlagmotiv: plainpicture / Anja Weber-Decker
Satz: Uhl + Massopust, Aalen
Druck und Einband: CPI – Clausen & Bosse, Leck
RK · Herstellung: SK
Printed in Germany
ISBN 978-3-442-74185-4

www.btb-verlag.de

Håkan Nesser

❄

Das unerträgliche Weiß zu Weihnachten

Das Rattengift sah genauso aus wie Schnee.

Ihr gefiel der Gedanke, dass ihre Mutter durch ein wenig Schnee sterben sollte. So hing irgendwie alles zusammen. Die Farbe, das Friedvolle und all das. Und Weihnachten.

Obwohl natürlich niemand erfahren würde, woran sie gestorben war. In Wirklichkeit. Niemand würde diese Verbindung zwischen dem Schnee und dem Rattengift ziehen, niemand außer ihr selbst. Das war schade, vielleicht konnte sie es ihrem Vater sehr viel später einmal, in ferner Zukunft, erzählen. Nachdem er eine andere, sehr viel bessere Frau gefunden und fast vergessen hatte, dass er vor vielen, vielen Jahren mit Beates hoffnungsloser Mutter verheiratet gewesen war.

Vielleicht würde er ihr dann dankbar sein. Es war gut, dass du deine Mutter umgebracht hast, würde er sagen. Sie war so anstrengend, es ging uns doch so viel besser, uns beiden, nachdem sie unter der Erde war. Ja, vielen, vielen Dank, Beate, das mit dem Rattengift, das war wirklich schlau von dir.

Aber vielleicht brauchte sie ja gar nicht zu sterben, wenn man es genau betrachtete. Es war noch zu früh, sich in dieser Sache endgültig festzulegen. Viel zu früh.

Sie drehte den Kopf und schaute auf die kleine Kalenderuhr, die über ihrem Nachttisch an der Wand hing.

Der 23. Dezember, stand darauf, 23.55 Uhr.

Morgen, dachte sie und löschte das Licht, morgen ist Heiligabend. Dann werden wir sehen. Entweder ich kriege ein Hundebaby. Oder ich bringe Mama um.

Und obwohl es ein langer Tag gewesen war und obwohl sie so müde war, dass ihr der Kopf brummte, faltete sie die Hände und sprach ihr Abendgebet. Es dauerte nur ein paar Sekunden, denn sowohl sie als auch der liebe Gott kannten die Worte auswendig. Doch bevor sie die Hände wieder auseinandernahm, fügte sie noch ein paar Sätze hinzu.

»Lieber Gott, ich hoffe trotz allem, dass es ein Hundebaby wird«, flüsterte sie in die Dunkelheit. »Bestimmt ist es ziemlich anstrengend, wenn man noch so jung ist wie ich und keine Mama mehr hat. Und manchmal kocht sie richtig gutes Essen, das muss man ihr lassen. Besonders diese Pfannkuchen mit Brombeermarmelade, du weißt schon, welche ich meine.«

Zufrieden mit diesem freundlichen und gerechten Gedanken drehte sie sich auf die Seite und schlief ein.

Papa hatte ihr das Hundebaby gezeigt. Oder die Hundebabys, genauer gesagt, denn als sie es zum ersten Mal sah, waren es vier Stück plus Mama Cleopatra – und sie waren gerade frisch geboren, bis auf Cleopatra natürlich, und sie lagen zusammen auf einer Matratze in der Küche, daheim bei der Familie Verhaven, acht Häuser weiter die Straße hinunter, fast direkt bei der Kirche.

Papa und Herr Verhaven arbeiteten beide bei Pinkertons, das taten fast alle Männer hier im Ort, und alle wussten, dass Vladimir Verhaven ein richtiger Prachtkerl war. Beate war sich nicht sicher, was das eigentlich war, außer dass es auf jeden Fall etwas Gutes sein musste, und konnte man nichts anderes werden, dann konnte man zumindest versuchen, ein Prachtkerl zu werden. Beates Mutter beispielsweise war ganz und gar kein Prachtkerl.

»Verhavens haben Welpen gekriegt, willst du mitkommen und sie dir angucken, Beate?«, hatte Papa sie eines Abends gefragt, als er von Pinkertons heimgekommen war und Mama erklärt hatte, das mit dem Abendessen würde noch mindestens eine Stunde dauern. »Das passt doch gut, zieh dir die Jacke an, dann gehen wir gleich hin.«

Und wie gut das gepasst hatte. Nie zuvor in ihrem Leben hatte Beate etwas so Niedliches gesehen. Vier kleine, zottige, braune Klumpen – und ein großer zottiger Klumpen, in den sie sich hineinzubohren versuchten. Ohren, groß und weich, die wie von selbst flatterten, und Schwänze, die wedelten, und Tatzen, die auch mehrere Nummern zu groß waren. Cleopatra hatte sich mit Buller vom Schlachter gepaart, wie Herr Verhaven erzählte, und das war nun dabei herausgekommen.

Nach einer Weile war auch Frau Verhaven nach Hause gekommen, und sie hatte sofort einen der Welpen hochgenommen und ihn Beate in die Arme gelegt. Er war warm und weich, zitterte ein wenig und leckte ihr die Hände. Ich liebe dich, kleines Hündchen, hatte sie gedacht. Mit dir will ich zusammen sein.

Nie zuvor war ihr dieser Gedanke gekommen, und hinterher hatte sie begriffen, dass das ein Zeichen dafür war, dass sie erwachsen wurde.

Zehn Jahre. Denn es ist schon ein gewaltiger Unterschied zwischen zehn und erst neun.

Ganz zu schweigen von acht.

Während sie am Kanal entlang nach Hause gegangen waren, hatte sie ihre Hand in Papas geschoben und ihm die Sache erklärt.

»Ich will diesen Welpen«, hatte sie gesagt. »Ich kann ganz genau fühlen, dass ich ohne ihn nicht leben kann.«

»Ich glaube nicht, dass das möglich ist«, hatte er auf diese wehmütige, besorgte Art und Weise geantwortet, in der er ab und zu sprach, als trüge er den Kummer der ganzen Welt auf seinen Schultern. »Nein, so, wie es im Augenblick aussieht, haben wir wohl keine Möglichkeit, uns einen Hund zu halten.«

Wie es im Augenblick aussieht.

Was um alles in der Welt sollte das bedeuten?

Sie war schon drauf und dran, ihn danach zu fragen. *Was soll das bedeuten? Wie es im Augenblick aussieht?*

Aber sie fragte nicht, wusste sie doch ganz genau, worum es ging. Ganz genau.

Es ging um Mama. Mama wollte keinen Hund. Mama wollte auch keine Katze. Sie wollte sowieso nie etwas haben, zumindest nichts, was auch nur die geringste Arbeit machen konnte.

Kein Auto. Kein Aquarium. Keine weiteren Kinder, mit

Beate war es schon schlimm genug. Natürlich sagte sie das nicht, aber Beate wusste, dass sie genau das dachte.

Alle anderen Mädchen in Beates Klasse hatten Geschwister. Einige sogar mehrere. Die merkwürdige Madeleine hatte drei Brüder und drei Schwestern. Mama schnaubte jedes Mal, wenn die Sprache auf sie kam, und sagte, das habe etwas mit ihrer Religion zu tun.

Und Kanarienvögel und Kaninchen und Paddelboote und alles Mögliche andere hatten sie auch noch.

Wie zum Beispiel Hunde. Christa hatte einen Pudel und Frida einen großen Dalmatiner, der Blixten hieß.

Aber keiner hatte ein Tier, das auch nur annähernd mit Lazarus zu vergleichen war.

Lazarus?, dachte sie verwundert. Ja, so hieß er tatsächlich. Noch bevor sie an diesem Tag zu ihrem verspäteten Essen nach Hause kamen, hatte sie ihm bereits einen Namen gegeben. Das musste ja wohl etwas zu bedeuten haben.

Dass sie zusammengehörten, Beate und Lazarus. Das war so sicher wie das Amen in der Kirche und Frau Apfels Arsch, wie Herr Apfel aus dem Nachbarhaus zu sagen pflegte. Sie hatte nie so recht begriffen, was er damit eigentlich meinte, jedenfalls hatte es überhaupt nichts mit Religion zu tun, und vielleicht war es einfach nur so, dass man das, was man nicht richtig verstand, am besten im Gedächtnis behielt.

Eine Sache, die sie hingegen verstand: Wären sie eine Zwei-Personen-Familie gewesen – Beate und Papa – statt eine Drei-Personen-Familie, dann wäre es überhaupt kein

Problem mit einem Hund. Und mit anderen Dingen auch nicht, sie könnten sich sowohl Geschwister wie auch eine Popcornmaschine und japanische Tanzmäuse anschaffen, wenn sie nur zu zweit wären.

Inzwischen waren sieben Wochen vergangen, seit sie die Welpen zum ersten Mal gesehen hatte. Jeden Tag hatte sie mit Papa über Lazarus geredet. Nicht genervt, nur geredet. Ihn sozusagen im Vorübergehen erwähnt, immer darauf bedacht zu betonen, dass sie sich dieses Jahr wirklich nichts zu Weihnachten wünsche.

Überhaupt nichts.

Nur Lazarus.

Sie hatte das auch Mama gesagt, besonders in den letzten Tagen, als der Schnee gekommen war und es plötzlich so aussah, wie es an Weihnachten aussehen sollte – aber bei Mama hatte sie darauf geachtet, sich in etwas anderer Tonlage auszudrücken.

Verständiger, erwachsener.

»Ich habe gehört, dass Leute, die einen Hund haben, friedvoller werden«, erwähnte sie beispielsweise beiläufig.

Oder: »Letzte Woche stand in der Zeitung, dass Haustiere das Liebesleben verbessern.«

Manchmal wusste sie selbst nicht so recht, was sie da eigentlich von sich gab, doch sie hatte gemerkt – und ganz besonders in der letzten Woche –, wie Mama weich wurde.

Nicht, dass sie jemals zugab, wie lustig es sein könnte mit einem kleinen Lazarus im Haus. Oder dass sie Beates Weihnachtsgeschenk schon besorgt hätten und sie damit zufrieden sein würde. Nein, so etwas sagte Mama nie, aber es war etwas an ihrer Art, die Tochter anzusehen, wenn sie erfuhr, dass »Hunde tatsächlich lernen können, auf die Toilette zu gehen und anschließend zu spülen«, das darauf hindeutete, dass … wie sagte man? … dass ihre Abwehr zu bröckeln begann?

Einen Sprung bekommen hatte, dachte Beate, als sie die Augen am Morgen des Heiligabend aufschlug. Denn natürlich hatten Mama und Papa sich entschieden. Sie wussten schon lange, was ihre Tochter zu Weihnachten bekommen sollte, es machte keinen Sinn, noch weiter mit der listigen Hundepropaganda fortzufahren.

Entweder – oder, heute war der Tag der Entscheidung.

Und wurde es kein Lazarus, dann wurde es also Rattengift.

Papa war derjenige gewesen, der ihr auch das gezeigt hatte. Vor ein paar Wochen – eigentlich ganz kurz, nachdem sie Lazarus zum ersten Mal gesehen hatte – hatte Mama berichtet, dass sie Ratten im Keller bemerkt habe. Oder zumindest Spuren von ihnen, und am nächsten Tag war Papa mit einem Päckchen aus der Apotheke nach Hause gekommen.

Er hatte Beate mit zu dem Geräteschuppen genommen und ihr erklärt, dass das weiße Pulver in der Dose dazu da war, die Ratten im Keller loszuwerden, und dass es so giftig war, dass ein Mensch nur einen Viertelteelöffel davon zu sich nehmen musste, um auf der Stelle daran zu sterben. Es gab viele Beispiele derartiger Unfälle, und Beate musste ihm versprechen, nie, nie, nie überhaupt auch nur in die Nähe der braunen Dose zu kommen, und wenn sie irgendwo in einer Ecke im Keller etwas Weißes sah, dann musste sie einen großen Umweg darum machen.

Beate hatte erwidert, dass sie ja nun kein Dummerchen mehr sei, wenn sie das denn überhaupt jemals gewesen war, und Papa tätschelte ihr die Wange und sagte, dass er das schon wisse, aber sie könne doch trotzdem Papas kleines Mädchen bleiben, oder?

Sie wollte schon darauf antworten, dass es eigentlich nur zwei Dinge auf der Welt gab, die ein Mädchen ihres Kalibers brauche, und das seien ein Papa und ein Hund, aber das wäre an der Grenze zur Schleimerei gewesen, deshalb sagte sie stattdessen, dass es jetzt für sie an der Zeit sei, sich an ihre Matheaufgaben zu setzen.

Schon eine Messerspitze sei genug, um einen Boxer umzubringen, hatte Papa unterstrichen, sich auf die Zehen gestellt und die Dose aufs oberste Regal gestellt.

Als ihr ein paar Tage später klar wurde, wofür sie das weiße Pulver benutzen konnte, hatte sie fast das Gefühl, als hätte er es verstanden. Schon damals, an diesem Tag im Geräteschuppen, da war etwas mit seiner Stimme, als er das von dem Boxer sagte.

Nein, so konnte es nicht sein. Manchmal tauchten einfach Gedanken in Beates Kopf auf, die so verrückt waren, dass sie sie einfach vernichten musste.

Wie Unkraut.

Gegen Mittag kam Mamas Bruder Widmar mit seiner Frau Clara zum Essen. Es war genau wie in allen Jahren zuvor, nur dass sie dieses Mal ein kleines Baby dabeihatten. Es war erst zwei Monate alt, und irgendetwas stimmte nicht mit ihm. Es lag in seinem Körbchen und schlief die ganze Zeit, und hinterher erklärte Mama, dass es irgendeine Krankheit von Clara geerbt habe und vermutlich nicht sehr lange leben werde.

Beate bekam von Onkel und Tante ein Buch, wie jedes Jahr. Dieses Mal hieß es »Ein wahres Leben. Christlicher Wegweiser für junge Mädchen«, und es war von einem gewissen Pastor Alois Hingsen geschrieben. Beate war überzeugt davon, dass es keine zwei langweiligeren Menschen auf der ganzen Welt geben könne als Widmar und Clara Jeffermoos, und nur ein Glück, dass sie einander gefunden hatten, so dass niemand sonst betroffen war.

Wenn ich deren Baby wäre, hätte ich auch versucht, so schnell wie möglich zu sterben, dachte sie.

Später, im Laufe des Nachmittags, schneite es noch ein wenig, schnell wurde es dunkel, und so langsam kamen die Gefühle auf, die zum Heiligabend gehören. Papa zündete das Feuer im Kamin an, Mama holte Glühwein, Bonbons, Feigen und einen Mandelkuchen hervor, und dann war es Zeit fürs Verteilen der eigenen Weihnachtsgeschenke.

Schnell wurde ihr klar, dass es doch kein Lazarus werden würde. Es sei denn, sie würden ihn aufsparen als die besonders tolle Überraschung bis ganz zum Schluss, wenn schon fast alles vorbei war.

Dann würde Papa aus seinem Sessel aufstehen, sich strecken und sagen, dass sie ja noch etwas vergessen hätten, wie konnten sie nur so vergesslich sein? Und dann würde er hinausgehen und einen großen, bellenden Karton aus dem Schlafzimmer holen. Beate hatte sich bewusst den ganzen Nachmittag über vom Schlafzimmer ferngehalten, um ihnen diese Möglichkeit nicht zu versperren. Denn schließlich gab es nicht so viele Orte im Haus, an denen man einen kleinen Hundewelpen verstecken konnte.

Bis auf den Keller, aber in dem war ja Rattengift ausgelegt worden.

Doch es gab keine derartige Überraschung. Statt Lazarus bekam Beate einen gestrickten Pullover mit roten Äpfeln drauf, ein Paar gebrauchte Schlittschuhe, die zwei Nummern zu groß waren, so dass sie gut hineinwachsen konnte, sowie eine alberne, aber vermutlich ziemlich teure Dose mit Perlmuttdeckel für ihre Stifte und Radiergummis.

Mama bekam von Papa einen weißen Bademantel und von Beate einen dünnen Topflappen, den sie im Handarbeitsunterricht gehäkelt hatte und der von Anfang an nichts hatte werden wollen. Papa bekam von Mama ein kariertes Hemd und von Beate ein Paar Stiefel. Mama hatte die Stiefel gekauft, aber Beate war mitgewesen und hatte das Geschenk eingewickelt.

Aber kein Lazarus.

Kein Papa, der aufstand und sagte, er habe noch etwas vergessen. Kein bellender Karton mit einem braunen, unwiderstehlichen Knäuel darin, was bedeutet hätte, dass das Leben endlich ein wenig Sinn bekäme. Sie sah Papa an, dass er sich wünschte, es wäre so. Dass es so einen Karton gäbe. Er saß da und schien traurig zu sein und … wie sagte man? … *bedrückt*, wie er es manchmal war, besonders in letzter Zeit, sie hatte das schon häufiger gedacht, es war, als schwebte eine dunkle Wolke um seinen Kopf, ja, genauso sah es wirklich aus.

Armer Papa, dachte Beate, du hast auch kein besonders lustiges Leben während Beates Mama unbeeindruckt das Geschenkpapier einsammelte, die Bögen zusammenfaltete, die noch einmal benutzt werden konnten, und sie in einen Schrank stopfte, um dann den Rest ins Feuer zu werfen.

»Zeit, in die Kirche zu gehen«, sagte sie. »Zeit, ein bisschen daran zu denken, warum wir heute eigentlich feiern.«

Na gut, dachte Beate. Das entscheidet alles.

Sie hatte bereits die entsprechende Dosis herausgeholt, und sie hatte einen Plan.

Der war einfach und praktisch, wie Pläne sein sollen, und sie folgte ihm Punkt für Punkt.

Als sie aus der Kirche zurückkamen, zeigte die Uhr bereits Viertel nach neun, sie waren noch eine Weile stehen geblieben und hatten mit Pastor Grillenpfatz und einigen anderen Gottesdienstbesuchern gesprochen, einander Frohe Weihnachten gewünscht, Frieden auf Erden und was man so wünscht, und Beate hatte ausreichend Zeit gehabt, die Details noch einmal im Kopf durchzugehen.

Es war wirklich nicht besonders kompliziert.

»Soll ich euch euren Abendtee kochen?«, fragte sie, als

sie noch im Flur standen und sich aus den Mänteln schälten.

»Das ist aber lieb von dir«, sagte ihre Mutter. »Ja, mach das, Papa und ich setzen uns schon ins Wohnzimmer.«

»Vielen Dank, Beate«, sagte Papa. »Du kannst uns dann auch etwas von dem Rosenzwieback mitbringen.«

»Ja, natürlich«, nickte Beate und huschte hinaus in die Küche.

Sie hatte das Rattengift unter der Spüle versteckt. Genau gesagt hinter der Putzlade in einem Fingerhut, und als sie das Pulver in Mamas roten Teebecher kippte, dachte sie, dass sie das eigentlich schon viel früher hätte tun sollen. Alles wäre viel einfacher gewesen, wenn Mama vor drei, vier oder fünf Jahren gestorben wäre.

Andererseits war natürlich eine gewisse Reife nötig, um seine Mutter zu töten, das lag in der Natur der Sache. Sie rührte beide Becher um, holte aus der Blechdose in der Speisekammer eine Handvoll Zwieback und legte sie auf den kleinen Brotteller, stellte alles auf ein Tablett und trug es ins Wohnzimmer.

Papa hatte den Kamin wieder angezündet, Mama blätterte in einer Zeitschrift. Plötzlich hatte sie große Lust, etwas Freundliches zu Mama zu sagen, jetzt, wo sie zum letzten Mal die Gelegenheit hatte, mit ihr zu sprechen, aber sie wusste nicht, was. Es schien, als wollten die Worte nicht auf ihre Zunge kommen.

»Hast du dir selbst nichts mitgebracht?«, fragte Papa etwas verwundert. »Wir könnten doch noch ein bisschen zusammensitzen und uns unterhalten.«

»Nein, danke. Weißt du, Papa«, sagte Beate. »Es war so ein langer Tag, ich glaube, ich gehe lieber hoch und leg mich schlafen.«

»Ja, mach das, mein Herzchen«, sagte ihre Mama, die bald tot sein würde, und Beate dachte, dass es doch merkwürdig sei, dass sie jetzt so etwas Freundliches, Liebes wie »mein Herzchen« sagte. Das sagte sie sonst nicht.

Aber vielleicht begriff sie ja in ihrem tiefsten Inneren, dass sie bald tot sein würde, und das ließ sie genau diese Worte wählen. Es gab vieles, was im Zusammenhang mit dem Tod unklar war, und auch mit Menschen, die nur noch wenige Minuten zu leben hatten. Sie konnten so eine Art sechsten Sinn entwickeln, das hatte sie gelesen, auch wenn sie sich selbst dessen gar nicht bewusst waren.

»Gute Nacht, liebster Papa, gute Nacht, liebste Mama«, sagte sie, und beide schauten einen Moment lang ein wenig verwirrt auf. Vielleicht war es ihnen ja peinlich, dass sie ihr keinen Hund geschenkt hatten, zumindest Papa, aber jetzt war es zu spät, noch etwas an der Sache zu ändern.

Oder besser gesagt, zu früh. Morgen wären sie nur noch eine Zwei-Personen-Familie, und dann würde alles irgendwie einfacher sein.

Unendlich viel einfacher.

»Gute Nacht, Beate«, sagte Mama.

»Schlaf gut, mein Mädchen«, sagte Papa.

»Ich hoffe, der Tee schmeckt euch«, sagte sie. »Ich habe ihn vielleicht ein bisschen stark werden lassen.«

Dann nickte sie ihnen zu, nahm ihren Pullover, ihre

Schlittschuhe und ihre Perlmuttschachtel und ging die Treppe hinauf.

Sie drehte den Kopf und schaute auf die kleine Kalenderuhr, die sie von daheim mitgenommen hatte.

Der 23. Januar, stand da. 23.55 Uhr.

Sie hatte ein wenig geweint. Vielleicht hatte sie deshalb nicht einschlafen können. Sie hatte den Ausdruck gehört, man könnte sich in den Schlaf weinen, aber bisher hatte das bei ihr noch nie geklappt. Wenn man weint, ist man wach, dachte sie, sonst ist es ja irgendwie kein richtiges Weinen.

Sie überlegte, ob sie eigentlich traurig war. Und wenn ja, wie sehr.

Natürlich war es betrüblich, dass Papa tot war. Gleichzeitig war sie ein wenig wütend auf ihn. Dass er auch so verdammt dumm sein konnte, aus dem roten Becher zu trinken, wo er doch sonst immer, wirklich immer den blauen nahm, ja, da hatte er wirklich selbst Schuld. Wenn sie irgendwann einmal in den Himmel kommen und mit ihm würde sprechen können, dann wollte sie es ihm erklären.

Und jetzt hatte sie seit einem Monat jeden Abend zu Gott gebetet, dass er ihm das doch erklären möge. Es wäre wirklich zu dumm, wenn ihr Papa da oben zwischen den Engeln in dem Glauben herumliefe, dass Beate ihn tatsächlich mit Absicht ermordet hätte.

Ja, das wäre wirklich schrecklich, und vielleicht hatte sie ja deshalb geweint – und natürlich weil sie gezwungen war, ein ganzes Leben lang zu warten, bis sie ihn wiedertraf. Das *war* traurig.

Auch mit ihrer Mutter konnte sie sich nicht so ohne weiteres treffen, was sie aber nur schön fand. Sie hatten sie fast umgehend eingesperrt, sobald man entdeckt hatte, dass ihr Mann an Rattengift gestorben war, und nach dem, was Beate verstand, würde sie ziemlich lange im Gefängnis bleiben. Fünfzehn Jahre mindestens, vielleicht noch länger.

Und es war nicht so leicht, mit ihr zu reden, wenn sie dann doch einmal ihre Mutter im Knast besuchen durfte. Wenn Beate in diesem übelriechenden Raum dem stummen Blick ihrer Mutter begegnete, dann war es, als ob … ja, sie wusste es auch nicht so genau. Als verwandelte er sich in ein großes, dunkles Loch – oder in die schwarze Wasseroberfläche eines Brunnens, in den Beate jeden Moment hineinfallen konnte, wenn sie nicht aufpasste, und dann … dann würde es ihr nie wieder gelingen, dort herauszukommen. Genau dieses Bild tauchte tatsächlich in ihrem Kopf auf, als sie und ihre Mutter sich gegenübersaßen, jede auf ihrer Seite des Gitters, ohne einander länger als für den Bruchteil einer Sekunde in die Augen zu sehen, während eine aufgedunsene Wächterin dabeistand und genervt mit ihrem großen Schlüsselbund klapperte.

Nein, dachte Beate, es ist wirklich das Beste, wenn sie ihre Mama nicht mehr sehen und nicht mehr mit ihr sprechen musste.

Das war ja von Anfang an eigentlich die Idee gewesen, aber Papa hatte nie etwas von Totenschein, Obduktion und so etwas erzählt, das hätte er lieber tun sollen, und auch das wollte sie ihm sagen, wenn sie sich in siebzig oder neunzig Jahren im Himmel trafen.

Insgesamt war es schon ziemlich unangenehm, das war nicht zu leugnen. Sowohl mit Mama wie auch mit Papa, der eine ermordet, die andere im Gefängnis, damit war sie etwas Besonderes in der Schule, und ihr Foto war auch in der Zeitung gewesen.

Aber es gab auch erfreuliche Dinge, und wenn sie es genau betrachtete, dann spürte sie, dass die Waage vielleicht doch in die andere Richtung ausschlagen könnte. Die Zeit heilt alle Wunden, das wusste jeder Knirps, und die Verhavens waren wirklich eine nette Familie. Frau Verhaven – oder Grete, wie sie hieß – war mindestens genauso ein Prachtkerl wie ihr Mann, wenn Frauen überhaupt Prachtkerle sein konnten, das hatte sie noch nicht so recht herausgefunden – und das Zimmer, in dem sie wohnte, war größer und heller als ihr altes. Es hatte sogar ein Dachfenster, durch das sie eine Baumkrone und ein Stück vom Himmel sehen konnte.

Und drei Geschwister hatte sie noch dazu bekommen, sie kannte sie ja ein kleines bisschen von früher, besonders Mark, der Locken hatte und eine Klasse über ihr in die Schule ging, und wenn Schnee und Eis erst einmal geschmolzen waren, dann wollten sie ihr ein neues Fahrrad kaufen. Ein rotes, das hatte Herr Verhaven versprochen. Er hieß eigentlich Vladimir, doch es gefiel ihr aus irgendeinem Grund besser, ihn Herr Verhaven zu nennen. Oder Herr Prachtkerl, wie gesagt.

Auf jeden Fall war er ihr neuer Papa, und wenn sie das alles bedachte, summa bienenbrumma, wie Frau Mathisen in der Schule immer zu sagen pflegte, dann musste sie zugeben, dass es trotz allem hätte schlimmer kommen können. Sehr viel schlimmer.

Sie holte tief Luft und löschte das Licht.

Drehte sich auf dem Kissen um, legte einen Arm um Lazarus und schlief ein.

Aus dem Schwedischen von Christel Hildebrandt

Helene Tursten

❄

Ältere Dame sucht Weihnachtsfrieden

So früh am Morgen des Heiligabend war es auf dem Friedhof noch ganz still. Sie stieß einen lauten Seufzer aus. Das machte nichts, denn sie war ja ganz allein. Um diese Tageszeit regte sich hier kein Lebewesen, und den anderen machte es nichts aus.

Die Gummiräder des Rollators stellten sich quer, als sie sich einen Weg durch den Schnee bahnen wollte. Mit etwas Mühe parkte sie ihn schließlich am Grab. Sie nahm die Grablichter und die Streichhölzer aus dem Stoffbeutel, den sie im Korb liegen hatte. Zwei Lichter auf dem Familiengrab mussten reichen, eines für die Eltern und eines für die Schwester. Grablichter waren teuer.

Charlotte war ihre große Schwester gewesen. Maud selbst eine Nachzüglerin. Sie war zehn Jahre nach Charlottes Geburt zur Welt gekommen, zum Erstaunen der Eltern und zum großen Verdruss der Schwester. Es hatte Charlotte ausgezeichnet gefallen, Einzelkind zu sein. Eine kleine Schwester hatte nicht zu ihren Wünschen gehört.

Maud erinnerte sich plötzlich an die aufwendigen Einladungen ihrer Eltern, besonders an das große Fest, das traditionell an jedem Silvesterabend stattfand. Sie dachte an das gute Essen, die Kerzen in den hohen Kandelabern, das Knallen der Champagnerkorken um Mitternacht, an den Lärm fröhlicher Stimmen und an den Duft von Zigarren und von teuren Parfüms. Nicht zu vergessen die schönen Kleider der Damen.

Alles hatte ein abruptes Ende genommen, als ihr Vater einen Herzinfarkt bei einer Versammlung der Odd Fellows erlitten hatte. Mitten im Gelächter war er zusammengesackt, nachdem jemand eine lustige Geschichte erzählt hatte. Ihre Mutter hatte dann nach seinem Tod aus verschiedenen Gründen nicht mehr viel zu lachen gehabt. Es hatte sich gezeigt, dass seine Geschäfte, wie es hieß, nicht ganz in Ordnung gewesen waren. Nachdem die Anwälte der Familie alle Schulden bezahlt hatten, war nichts mehr übrig gewesen. Schließlich wurde das große Mehrfamilienhaus veräußert, das ihr Vater mehrere Jahre zuvor gekauft hatte. Die Witwe durfte die Wohnung behalten, in der sie wohnte und die beim Verkauf in eine Eigentumswohnung umgewandelt worden war.

Ihre Mutter war fünfzehn Jahre jünger gewesen als ihr Vater, aber es war, als hätte sie alle Kraft verlassen und als wäre sie mit ihm zusammen begraben worden. Drei Jahre später starb sie ebenfalls. Vielleicht war es ja die Schmach des finanziellen und sozialen Abstiegs gewesen, die sie gebrochen hatte, dachte Maud gelegentlich. Sie selbst war damals achtzehn gewesen und hatte gerade auf dem Studienseminar angefangen. Sie wollte Englisch- und Französischlehrerin werden.

Charlotte hatte sich einige Jahre zuvor ein »nervöses Leiden«, wie ihre Mutter es genannt hatte, zugezogen. Es hieß, Charlotte besäße eine empfindliche Künstlerseele. Sie war etwas über dreißig gewesen und bei Kriegsausbruch immer noch unverheiratet. Ihre zunehmenden Phobien und ihre Hypochondrie hatten ihr Leben erfüllt. Charlotte hatte Konzertpianistin werden wollen, aber nie vor Publikum gespielt. Auch Klavierschüler zu Hause zu unterrichten war ihr zu viel gewesen.

Das geringe Kapital, das der Verkauf des Hauses eingebracht hatte, war während des Krieges rasch dahingeschmolzen. Es war ein Glück gewesen, dass sie die Wohnung von ihrer Mutter geerbt und dort mietfrei hatten wohnen können. Sie hatten jedoch Strom, Wasser und Heizung bezahlen müssen. Maud erinnerte sich, wie ausgekühlt die Wohnung während der kalten Kriegswinter gewesen war. Das Eis innen an den Fenstern war so dick gewesen, dass man nicht hatte hinausschauen können.

Im letzten Kriegsjahr hatte Maud eine Stelle als Lehrerin an der Mädchenrealschule bekommen, und diese Arbeit hatte ihr von Anfang an gut gefallen. Ihre finanziellen Sorgen hatten damit jedoch nicht aufgehört, da sie auch für Charlotte hatte sorgen müssen. Einige Male hatte Maud vorgeschlagen, eines der Zimmer zu vermieten, um die Finanzen zu verbessern. Da hatte Charlotte immer Panikattacken bekommen und geschluchzt: »Ich kann keine fremden Leute in meinem Zuhause ertragen!«

Der flackernde Schein der Grablichter fiel auf die verblichenen Buchstaben auf dem mannshohen Grabstein. Charlotte war vor siebenunddreißig Jahren gestorben. Erst danach hatte Mauds Leben begonnen. Besser spät als überhaupt nicht, dachte sie nun, aber es versetzte ihr trotzdem einen kleinen Stich. In ihrer Herzregion saß immer noch ein kleiner Stachel. Ihre Erinnerungen verflogen, als sich die Kälte ihrer Zehen bemächtigte. Die Stiefel waren warm, aber das Futter war bereits abgenutzt und dünn. Vielleicht sollte sie sich ein Paar neue kaufen? Aber wer wusste schon, ob sie nächste Weihnachten noch am Leben war? Die alten Stiefel mussten einfach noch diesen Winter lang halten.

Mühsam schob sie den Rollator den nicht geräumten Weg entlang. Es hatte in der Nacht geschneit. Wenn sie lauschte, meinte sie in der Ferne ein Brummen zu hören. Vielleicht der Schneepflug. Ein schrilles Quietschen bestätigte ihren Verdacht – der Pflug war in Aktion getreten. Zufrieden stellte sie fest, dass an ihrem Gehör nach wie vor nichts auszusetzen war. In ihrem Alter waren die meisten Leute bereits taub. Sie aber nicht. Das war vielleicht schade. Denn dann wäre ihr das Problem erspart geblieben.

Resolut schob sie die Gedanken an das Problem beiseite und begann dem Friedhofstor entgegenzustreben. Maud war müde und außer Atem, als sie die Bushaltestelle erreichte, die direkt vor dem Tor lag. Sie musste sich einen Augenblick auf den gepolsterten Sitz des Rollators setzen. Er war wirklich sehr praktisch. Es war nicht so, dass sie wirklich einen Rollator gebraucht hätte, aber Ingenieur Olsson hatte ihn hinterlassen. Keines seiner Kinder hatte sich um den Rollator gekümmert. Wahrscheinlich hatten sie gar nicht gewusst, dass er hinter der Haustür gestanden und ihrem Vater gehört hatte. Nachdem der Hausrat abgeholt und die Wohnung verkauft worden war, war er immer noch da gewesen. Maud hatte ihn in ihre Wohnung hinaufgetragen. Letzten Herbst hatte sie sich das Knie verstaucht, als sie über einen Teppich gestolpert war. Da hatte sie widerwillig begonnen, den Rollator zu benutzen, um ihre Besorgungen zu erledigen. Es war damals gerade Glatteis gewesen, und sie hatte nicht riskieren wollen, noch einmal hinzufallen. Rasch hatte sie eingesehen, was für Vorteile er hatte. Man konnte sich gut auf ihm abstützen, darauf sitzen und ausruhen, man bekam auch plötzlich einen Sitzplatz im Bus angeboten, die Leute hielten einem die Tür auf, wenn man in einen Laden wollte, und Verkäuferinnen mittleren Alters behandelten einen freundlich und … geradezu liebevoll. Der Rollator war super.

Wenn sie dann im Bus einen Sitzplatz bekommen hatte, dachte sie an all die Reisen, die sie nach Charlottes Tod unternommen hatte. Solange ihre Schwester noch am Leben gewesen war, war das ausgeschlossen gewesen. Charlotte geisterte wie eine Untote in der großen, dunklen Wohnung herum und weigerte sich, das Haus zu verlassen. In den sechziger Jahren hatte sich ihr psychischer Zustand rasch verschlechtert. Es hatte sich nicht gelohnt, auch nur den Gedanken zur Sprache zu bringen, dass sie eventuell ein paar Tage wegfahren könnte. Ihre Schwester wäre dann nur noch verrückter geworden, als sie es ohnehin schon war. Die kleine Charlotte kam schließlich nicht allein zurecht! Wer würde ihr das Essen zubereiten und dafür sorgen, dass sie ihre Medikamente nahm? Wer würde für sie da sein, wenn die Angstattacken Krallen in ihre Seele schlugen? Das Schlimmste war, dass all dies stimmte. Charlottes Krankheit hatte sich immer weiter verschlechtert und immer stärkere Medikamente nötig gemacht. Den größten Teil des Tages verbrachte sie träge wie in einem Nebel. Eigentlich hätte man sie in eine Psychiatrische Anstalt einweisen müssen. Wenn ihr Hausarzt eine entsprechende Behandlung vorschlug, erwachte Charlotte allerdings immer aus ihrem Nebel und wies dieses Ansinnen scharf von sich: »Meine Schwester würde das nie erlauben! Wir haben immer zusammengelebt! Sie kümmert sich um mich!«

Die Wohnung gehörte Charlotte. Das Testament der Eltern war in diesem Punkt sehr deutlich gewesen. Damit hatten sie verhindern wollen, dass ihre nervenkranke Tochter nach ihrem Tod auf der Straße landete. Maud würde schließlich immer einen Mann zum Heiraten finden.

Dazu war es aber nie gekommen, weshalb Maud von ihrer Schwester abhängig gewesen war, um ein Dach über dem Kopf zu haben. Charlotte war im Gegenzug dafür in ihrem täglichen Leben vollkommen von ihr abhängig gewesen. Es hatte sich um eine hoffnungslose Zwickmühle gehandelt.

Bis zu dem Abend, an dem Maud in der Küche gestanden und plötzlich einen kalten Luftzug aus der Diele gespürt hatte. Als sie in die Diele rannte, sah sie, dass die Wohnungstür offen stand. Charlotte war es in ihrem verwirrten Zustand gelungen, die Tür zu öffnen und ins dunkle Treppenhaus zu gehen. Maud ahnte die Gestalt mehr, als dass sie sie sah, als diese sich an der Fahrstuhltür vorbei bewegte. Vor dem Fahrstuhl lag ein breiter Treppenabsatz. Von diesem Treppenabsatz führte eine breite Marmortreppe zur Haustür. Das ganze Haus war dunkel. Maud sah, wie sich Mauds schmale Gestalt unruhig in dem schwachen Licht bewegte, das aus der Fahrstuhltür drang. »Hallo?«, hallte ihre schwache Stimme wider. Langsam bewegte sie sich auf den Rand des Treppenabsatzes zu. Die Treppe zur Haustür lag im tiefsten Dunkel. Aus Mauds Perspektive hatte es den Anschein, als würde sich ihre Schwester langsam einem schwarzen Abgrund nähern. Die lange, breite Marmortreppe …

Die Lähmung verließ sie, und sie rannte auf die offene Wohnungstür zu. Charlotte balancierte auf der obersten Treppenstufe. Maud hatte gerufen – hatte sie das wirklich getan? Sie hatte doch versucht, ihre Schwester noch zu packen? Sie erinnerte sich noch, wie sich der dünne Wollstoff von Lotties kariertem Morgenmantel unter den Fingerspitzen angefühlt hatte … aber die Schwester hatte sich losgerissen und war dann … in dem dunklen Abgrund verschwunden.

Drei Wochen später war Charlotte im Krankenhaus an den Folgen der schweren Gehirnerschütterung, die sie sich zugezogen hatte, gestorben. Maud hatte die ganze Zeit an ihrem Krankenbett gewacht. Ihre Schwester hatte das Bewusstsein kein einziges Mal wiedererlangt.

Während all der Jahre, in denen sich Maud um die gemeinsamen Finanzen gekümmert hatte, hatte sie die gesamte Rente ihrer Schwester auf ein spezielles Konto eingezahlt. Mit der Zeit war so ein hübsches Sümmchen zusammengekommen. Am Tag nach der Beerdigung hatte Maud die erste Reise gebucht. Am letzten Schultag vor den Sommerferien war sie losgefahren. Sie war mit dem Bus durch Dänemark, Deutschland und Frankreich getourt. In den nächsten fünfzehn Jahren hatte sie ihre Sommerferien genauso verbracht. Sie war kreuz und quer durch die Welt gereist. Nach der Rente war sie dann verreist, wenn sie Geld und Lust gehabt hatte. Und Rentnerin war sie jetzt schon seit zweiundzwanzig Jahren.

Der ICA-Gourmet öffnete am Heiligen Abend bereits um neun Uhr. Maud sah, wie der Geschäftsführer die Tür aufschloss, als sie aus dem Bus stieg. Durch den Schneematsch ging sie zu dem kleinen Eckladen. Der Chef war schon wieder reingegangen und winkte ihr aus dem Inneren des Geschäftes zu.

»Frohe Weihnachten! Sind Sie schon auf?«, rief er fröhlich.

Maud lächelte dem Mann freundlich zu. Er war die lebende Person, mit der sie sich inzwischen am meisten unterhielt.

»Es ist praktisch, vor allen Leuten im Weihnachtsstress seine Einkäufe zu erledigen«, sagte sie.

»Sehr klug«, erwiderte der Chef und lachte. Er stapelte Rosinenschachteln zu einer hübschen Pyramide auf.

Den kleinen Laden hatte es gegeben, seit Maud denken konnte. Vor langer Zeit hatte es sich um ein Käse- und ein Milchgeschäft gehandelt, dann war daraus ein kleiner Lebensmittelladen geworden. Vor einigen Jahren hatte man das Sortiment dann um Delikatessen erweitert. Hier gab es

Mahlzeiten, die man nur noch im Ofen oder in der Mikrowelle aufwärmen musste. Sie wurden in einem Restaurant in der Nähe zubereitet. Außerdem befanden sich ausgezeichnete Käsesorten, exotische Früchte, Salate, frischgebackenes Brot und auch sonst alles, was man zum Leben brauchte, im Angebot.

Maud legte zwei kleine Verpackungen mit hausgemachten eingelegten Heringen in den Korb ihres Rollators und ein etwas größeres Gefäß Heringssalat. Diese Fischdelikatessen bekamen bald Gesellschaft von einem Stilton in einem blauen Porzellangefäß, einem reifen Gorgonzola, einem reifen Brie, einer Schachtel Salzgebäck, einem noch lauwarmen süßen Brot, Trauben, frischen Datteln, Feigenmarmelade, zwei Flaschen Weihnachtslimonade, einer kleinen Tüte neuer Kartoffeln von den Kanarischen Inseln, ein paar Clementinen und einer kleinen Schachtel After Eight. Sie war sehr glücklich, als sie ein fertig zubereitetes Kartoffelgratin, Machart Janssons Versuchung, fand. Rasch legte sie es in ihren Korb. Jetzt fehlte ihr nur noch eines für ihr Weihnachtsessen.

Sie schob den Rollator vor sich her zur Fleischtheke. Ein Jüngling, der nach Mauds Einschätzung kaum im Konfirmationsalter war, machte sich an einem Regal neben der Vitrine lustlos an irgendwelchen Wurstverpackungen zu schaffen. Maud blieb neben ihm stehen und sagte:

»Ich hätte gerne gegrillten Weihnachtsschinken.«

Der junge Mann nahm einen Ohrhörer aus dem Ohr und fragte:

»Was?«

Geduldig wiederholte Maud ihre Worte:

»Gegrillt?«, wiederholte der Jüngling.

Maud nickte.

»Da müssen Sie sich Scheiben von dem großen in der Fleischtheke geben lassen. Alle kleinen haben wir verkauft. Hier wohnen schließlich Unmengen alleinstehender alter Leute.«

Er grinste verächtlich, wie Maud fand. Mit großer Selbstbeherrschung nickte sie und sagte, sie wolle ein paar Scheiben von dem Schinken in der Auslage. Als er an ihr vorbeiging, um hinter den Tresen zu gelangen, stieß er ein lautes Geheul aus, das im gesamten Laden widerhallte. Der Chef kam von seiner Rosinenpyramide angelaufen, die er vor lauter Schreck umgerissen hatte.

»Was ist denn hier los?«, wollte er entsetzt wissen.

»Die Alte hat mich gestochen!«, schrie der Jüngling und richtete einen anklagenden Finger auf Maud.

Sie beugte sich tiefer über die Handgriffe ihres Rollators.

»Wie bitte? Was sagt er?«, fragte sie mit altersschwacher Stimme.

Der Chef schaute ratlos zwischen Maud und seinem Angestellten hin und her.

»Geh in den Aufenthaltsraum und reg dich ab!«, herrschte er den Jungen an.

»Aber die Olle …«

»Nenn eine Kundin nie Ol… ich meine, so was!«, fauchte der Ladenvorsteher mit hochrotem Gesicht.

»Was bitte?«, warf Maud ein.

Es fiel ihr schwer, nicht laut hinauszuprusten. Vorsichtig ließ sie die große Sicherheitsnadel, die sie dem unverschämten Jungen mit aller Kraft in die eine Pobacke gerammt hatte, wieder zuschnappen und in ihrer Tasche verschwinden. Er hatte wirklich noch einiges über »Olle« und Schinken zu lernen! Die Nadel hielt ein Katzenauge, das an einem Bindfaden und im Futter ihrer rechten Manteltasche befestigt war.

»In den Aufenthaltsraum mit dir!«, wiederholte der Filialleiter in einem Ton, der keinen Widerspruch duldete.

Als der Junge davongetrottet war, wandte er sich mit einem angestrengten Lächeln an Maud.

»Sie müssen den Jungen entschuldigen. Er arbeitet erst seit ein paar Tagen hier. Wahrscheinlich war er so ungeschickt, sich an einer spitzen Ecke zu stoßen. Womit kann ich Ihnen dienen?«

»Ich hätte gerne dreihundert Gramm von dem gegrillten Schinken. Der ist immer so gut«, sagte Maud mit einem bezaubernden Lächeln.

Sie trug den Rollator die breite Marmortreppe hoch. Von der gebeugten kleinen Dame, die den Aufstand im ICA mit größter Verwirrung über sich hatte ergehen lassen, war nichts mehr zu erkennen. Sie wurde zwar in ein paar Jahren neunzig, war aber trotzdem noch ungewöhnlich rüstig.

Wenig später saß sie mit einer Tasse dampfendem Kaffee und einem mit Schinken belegten Brot mit viel Senf in ihrem Lieblingssessel. Das gesüßte Brot duftete wunderbar. Sie griff zu ihrer Lesebrille und begann mit der Lektüre der Tageszeitung.

Da begann das Problem sich wieder bemerkbar zu machen.

Maud schaute auf die Uhr. Es war fast halb elf. Das war für das Problem ungewöhnlich früh. Sie seufzte laut und beschloss, erst einmal zu versuchen, es so lange wie möglich zu ignorieren. Zu ihrer Erleichterung hörte das Problem nach einigen Minuten auf, und sie konnte ihre Lektüre fortsetzen.

Gegen zwei wurde Maud aus ihrem Mittagsschlaf geweckt. Das Problem war mit aller Kraft zurückgekehrt. Es schien schlimmer als sonst zu sein. Obwohl sie es versuchte, ließ es sich nicht mehr ignorieren.

Das Haus war fünf Stockwerke hoch und über hundert Jahre alt. Es war aus braunen Ziegelsteinen auf einem soliden Sockel aus Granitquadern errichtet worden. Im Erdgeschoss befanden sich verschiedene Geschäfte. Obwohl Maud im ersten Stock wohnte, lagen ihre Fenster fast fünf Meter über dem Gehsteig. Die Wände waren dick. Die einzige Schwäche des Hauses war das Rohrsystem. Wenn sich Maud im Bad oder in der kleinen Toilette befand, konnte sie fast alles hören, was die Nachbarn über ihr sagten. Besonders wenn sie ihre Stimmen hoben, ließ es sich nicht vermeiden, dass sie ihre Wortwechsel mitbekam.

Und das eben war das Problem.

Sie konnte nicht so tun, als wüsste sie nicht Bescheid, obwohl sie sich mehr als alles andere wünschte, mit dem Problem nichts zu tun zu haben. Sie wollte einfach nur ihre Ruhe haben.

Aber das Problem drängte sich auf. Sie konnte das Geräusch der lauten Stimmen nicht ausblenden – am allerwenigsten seine Stimme –, und auch nicht ihr Schluchzen. Und die dumpfen Geräusche, wenn er sie schlug und sie zu Boden fiel. Bonk, bonk, klonk, klang es dann über Mauds Schlafzimmer.

Das Problem hatte letzten Herbst begonnen, als der bekannte Anwalt und seine Frau die Wohnung über der von Maud gekauft hatten. Sie waren reich, nicht mehr ganz jung, die Kinder waren aus dem Haus. Gerüchteweise hieß es, dass er sehr ausfällig geworden war, als man ihm keinen Parkplatz auf dem Hof gegeben hatte. Aber dafür gab es eine Warteliste, und alle anderen Mitglieder der Eigentümergemeinschaft hatten auch jahrelang warten müssen. Es blieb ihm nichts anderes übrig, als seinen schicken Mercedes auf der Straße zu parken. Nachdem die große Wohnung monatelang renoviert worden war, waren der Anwalt und seine Frau in der Woche vor Weihnachten eingezogen. »Endlich wieder Ruhe im Haus«, hatte Maud gedacht. Das Hämmern und der sonstige Lärm von den Werkzeugen der Handwerker waren fürchterlich störend gewesen.

In den Weihnachtsfeiertagen hatte Maud eingesehen, dass es ein großes Problem gab. Der ganze Heilige Abend war zerstört gewesen. Der Anwalt hatte am Nachmittag begonnen, seine Frau zu misshandeln, und dann war es immer so weitergegangen. Maud hatte sich gar nicht auf den Film mit Ginger Rogers und Fred Astaire konzentrieren können, der Heiligabend im Fernsehen lief. Die ganze

Zeit waren Lärm und Streit aus dem Stockwerk über ihr zu hören gewesen.

Recht früh am zweiten Weihnachtstag hatte ein Krankenwagen vor dem Haus gehalten. Maud hatte die Wohnungstür einen Spalt weit geöffnet. Sie hatte die sonore Stimme des Anwalts im Treppenhaus gehört, als er zu den Sanitätern sagte:

»Sie ist gestern auf der Treppe gestürzt. Ich wollte schon da einen Krankenwagen rufen, dachte aber, es wäre nicht so schlimm. Aber als ich dann heute bemerkt habe, wie sie aussieht, habe ich doch angerufen …«

Maud schloss die Tür mit angewidertem Gesicht. Was für ein abscheulicher Mann! Und die Feiertage hatte er ihr auch verdorben!

Anschließend war es einige Monate lang ruhig gewesen. Zweimal im Frühjahr hatte sie gehört, dass der Anwalt wieder über seine Frau hergefallen war. In der Woche vor Mittsommer hatte Maud die Frau auf der Treppe getroffen. Draußen hatte es in Strömen geregnet, aber trotz des Wetters hatte die Anwaltsgattin eine große Sonnenbrille getragen. Sie hatte sich außerdem ein großes Kopftuch umgebunden gehabt und ein Stück weit in die Stirn gezogen. Das ganze Gesicht war dick geschminkt. Aber das half nicht. Maud waren das zugeschwollene Auge und der Bluterguss über dem Jochbein aufgefallen. Sie hatten sich gegrüßt, und die Frau war an ihr vorbeigeeilt.

Der wunderbare Anwalt trank. Das hatte Maud jeweils feststellen können, wenn sie ihm im Treppenhaus begegnet war. Meist hatte er sie übersehen. Aber sie hatte seine

Alkoholfahne bemerkt, die noch lange in der Luft gehangen hatte, nachdem er die Treppe hinauf in seine Wohnung verschwunden war.

Jetzt hatte das Problem wieder an Heftigkeit zugenommen und zwar genau zum Fernsehprogramm »Heiligabend mit Donald Duck und seinen fröhlichen Kumpanen«. Maud hörte die zornige Stimme des Anwalts und das Schluchzen der Ehefrau. Dazu die inzwischen wohlbekannten Schläge aus dem Stockwerk über ihr.

Es war langsam an der Zeit, etwas gegen das Problem zu unternehmen. Maud fasste diesen Beschluss, noch bevor sich der Gedanke richtig in ihrem Bewusstsein hatte festsetzen können. Sie ging ins Badezimmer. Am besten hörte man aus der Klosettschüssel, aber der Lüftungsschacht verstärkte die Geräusche ebenfalls.

»Verdammte Schlampe! Du verdammte …«

Bonk, bonk, klonk.

Maud rang in hilflosem Zorn mit den Händen. Ihr Herz schlug vor aufflammender Wut immer heftiger.

»Wisch dir das Gesicht ab. So kannst du verdammt noch mal nicht rausgehen … die Parkzeit«, hallte die Stimme des Anwalts durch die Rohre.

Als Antwort war nur ein schniefendes Gemurmel zu hören.

»Alles muss ich immer … obwohl du es warst, die sich so eingesaut hat … ich gehe runter und löse einen Parkschein. Nicht einmal das kannst du! … Schlampe! Du hättest einen Parkschein für den ganzen Tag lösen sollen! Was sagst du? Kein Geld? Kannst du …«

Bonk, bonk.

Schwere Schritte waren über Mauds Kopf zu hören. Sie bewegten sich Richtung Diele. Sie hatte es plötzlich eilig und begab sich in ihren eigenen Flur. Vorsichtig öffnete sie die Wohnungstür und arretierte das Schnappschloss. Rasch schob sie den Rollator ins Treppenhaus und parkte ihn neben dem Fahrstuhl. Wer von oben die Treppe herunterkam, konnte ihn von dort nicht sehen. Das galt auch für Leute, die aus dem Aufzug traten. Die Treppenbeleuchtung hing an einer Messinghalterung an der Wand. Es handelte sich um eine Jugendstillampe in Form einer blühenden Tulpe. Rasch streckte Maud die Hand aus und drehte an der Glühbirne, bis sie erlosch.

Als sie hörte, wie im Stockwerk über ihr die Wohnungstür geöffnet wurde, stellte sie sich hinter ihrem Rollator in Position. Sie packte die Handgriffe und machte sich bereit. Murmelnd und murrend kam der Anwalt schwerfällig die Treppe herunter. Er klimperte mit den Münzen, die er lose in der Manteltasche hatte, und versuchte, sie auf der Handfläche zu zählen. Vor dem Fahrstuhl hielt er inne und machte sich weiter an den Münzen zu schaffen. Maud hätte die Hand ausstrecken und ihn an der rechten Schulter berühren können. Seine Fahne hätte sie beinahe zum Niesen gebracht.

»Nicht genug Münzen … muss mit Karte zahlen … verdammt, wie dunkel es hier ist …«

Auf unsicheren Beinen begann der Anwalt auf die Marmortreppe zuzugehen. Maud spannte ihre Muskeln an. Als er die Kante der obersten Stufe erreicht hatte, gab sie Gas und fuhr ihm unter Aufbietung all ihrer Kräfte in die Waden.

»Ah … Schei …«

Mehr sagte er nicht mehr, ehe er mit den Armen fuchtelnd das Gleichgewicht verlor und die Treppe hinunterfiel. Sein flatternder, schwarzer Mantel ließ ihn wie eine unbeholfene Fledermaus erscheinen. Vielleicht auch wie einen Vampir, dachte Maud, als sie auf ihre Tür zueilte. Den Rollator stellte sie wie immer in ihre Diele. Sie hatte sich nicht die Zeit genommen, nachzusehen, ob der Anwalt noch am Leben war. Der schwere Schlag, als er auf dem Marmorboden hinter der Treppe aufgeschlagen war, hatte geklungen, als knackte jemand eine Kokosnuss.

Erst als Maud hörte, wie die Sirenen vor ihrer Haustür verstummten, öffnete sie die Wohnungstür.

Die Nachbarin aus der Wohnung gegenüber stand auf dem Treppenabsatz und sah vollkommen fassungslos aus.

»Was ist hier los?«, fragte Maud und bemühte sich, etwas verwirrt auszusehen.

»Wie gut, dass Sie zu Hause sind … ich wollte gerade bei Ihnen klingeln … der Anwalt … er ist auf der Treppe gestürzt«, erklärte die Nachbarin etwas wirr.

Ein junger Polizeibeamter kam die Treppe hoch und grüßte die beiden Frauen.

»Wissen Sie, wer der Mann ist?«, fragte er freundlich.

Er sah die Nachbarin an, die mindestens zwanzig Jahre jünger war als Maud. Die Nachbarin teilte dem Polizisten mit, wie der Anwalt hieß und wo er wohnte. Der Polizist nickte und sagte, er würde zur Ehefrau des Mannes hochgehen und ihr mitteilen, was vorgefallen sei.

»Diese Treppe ist lebensgefährlich. Da ist meine Schwester auch gestürzt«, sagte Maud mit schwacher Stimme und deutete mit zitterndem Finger auf die Marmortreppe.

Die Nachbarin sah auf einmal etwas ruhiger aus.

»Aber liebe Maud. Das war doch, bevor Gunnar und ich hier eingezogen sind. Und wir wohnen schon seit fünfunddreißig Jahren hier«, sagte sie und warf dem Polizisten einen vielsagenden Blick zu.

Beschützend legte sie Maud einen Arm um die Schultern und begleitete sie zu ihrer Wohnungstür.

»Gehen Sie wieder rein. Wenn Sie wollen, können Sie gerne heute Abend bei Gunnar und mir reinschauen. Aber die Kinder und Enkel kommen nach »Donald Duck« hierher, und da wird es vielleicht etwas zu lebhaft …«

Die Frage blieb in der Luft hängen. Maud reagierte rasch und sagte:

»Nein, danke. Das ist sehr lieb, aber … nein, danke. Ich habe meinen Fernseher.«

Hinter sich hörte sie den Sanitäter zu seinem Kollegen sagen:

»Der stinkt wie eine ganze Schnapsfabrik.«

Der Krankenwagen und die Polizei waren weg. Jemand hatte die weinende Anwaltsgattin abgeholt.

Maud nahm die Delikatessen, die sie für ihr Weihnachtsmahl gekauft hatte, aus dem Kühlschrank und stellte alles auf einen Teewagen. Zum Hering genehmigte sie sich einen eiskalten Aalborg Aquavit. Es war ein anstrengender Tag gewesen, und sie hatte das Gefühl, einen Schnaps verdient zu haben. Im Ofen duftete der Kartoffelauflauf. Der Anblick des vollgeladenen Teewagens erfüllte sie mit Zufriedenheit. Sie rollte ihn ins Fernsehzimmer. Mit einem wohligen Seufzer ließ sie sich in ihren Sessel sinken.

Endlich senkte sich Weihnachtsfrieden über das alte Haus.

Aus dem Schwedischen von Lotta Rüegger und Holger Wolandt

Levi Henriksen

❄

Der Stern von Bethlehem

Ich sehe ihn nicht zum ersten Mal. Sein Mercedes ist immer frisch gewaschen, sogar im Winter, wenn das Salz Ränder hinterlässt wie Schweiß an einem Hemd. Im Wageninneren riecht es sauber, und er hat keine halb aus der Plastikfolie gezogenen Duftbäume am Rückspiegel hängen, um den Geruch zu vertreiben, den wir gleich ausströmen werden. Der Mann ist gut gekleidet, höflich und macht sich nicht die Mühe, seinen Trauring abzulegen, anders als viele andere Zebrafinger, wie wir sie nennen. Es ist vielleicht keine sonderlich passende Bezeichnung, wir haben schlimmere Namen, ganz bestimmt, für diese Männer, die die Kindersitze in den hinteren Teil ihrer riesigen Autos werfen und eine Decke darüber breiten. Es erinnert mich daran, wie ich mir als kleines Mädchen in Constanza die Augen zugehalten und geglaubt habe, niemand könnte mich sehen. Später, wenn die Männer zahlen sollten und das Handschuhfach öffneten, um das grade von der Bank geholte Geld rauszuholen, sah ich dann dort den Trauring liegen und funkeln wie eine Münze in einem Wunschbrunnen. Mehrmals habe ich erlebt, dass der Kunde die Geldscheine anspuckte, ehe er sie in meinen Schoß warf. Irgendwie war das fast besser, als wenn er in Tränen ausgebrochen wäre und einige zusätzliche Hunderter als Ablass glattgestrichen hätte.

Ich versuche, an Omas Haus in den Karpaten zu denken. Im Winter wurde dort die Hälfte der Zimmer abgesperrt, um Holz und Öl zu sparen. Auf ungefähr dieselbe Weise habe ich meine bald drei Jahre in Norwegen überlebt. Ich sperre einen Teil meines Körpers ab und freue mich auf die lange Dusche danach. Das Geld, das mir zugeworfen wird, stärkt die Verachtung, die ich mir selbst entgegenbringe. Die Verachtung, die nötig ist, um die Gefühle zu betäuben, die mich zum Menschen machen. Wenn du die Fähigkeit verlierst, wie betäubt zu sein, ist es nicht mehr weit bis zum Sprung ins Hafenbecken. Aurelia ist erst vor zwei Wochen gesprungen. Ich glaube, sie konnte die Vorstellung nicht ertragen, noch ein Jahr wie ein Schinken im Schaufenster des Schlachters ausgestellt zu werden. Vor Weihnachten ist es immer so. Hochsaison für die Brieftaschen. Das Herz, das noch ein wenig mehr zerreißt. Die Männer, die dafür sorgen, dass ihnen wenigstens ein Weihnachtswunsch erfüllt wird.

Als der Mercedes mir entgegenblinkt, denke ich daran, dass ich auch in diesem Jahr nicht in Constanza war. Ich habe das Schwarze Meer seit fünf Jahren nicht mehr gesehen, und plötzlich fehlt es mir wie ein Mensch. Wie jemand, an den ich mich nachts anschmiegen, wie jemand, der mich in den Arm nehmen kann. Es ist so kalt hier auf dem Gipfel von Europa. Eine solche Kälte habe ich noch nie erlebt – auch wenn ich mich vage daran erinnern kann, dass der Strom in unserem Block zwischen elf Uhr abends und sieben Uhr morgens ausgeschaltet wurde und Mama sagte, wir müssten frieren, damit Ceaușescu es warm hätte.

Meine kleinen Brüder und ich krochen abends vollständig angezogen unter die Decken. Aber es war auf andere Weise kalt. Wenn ich mich jetzt zähneklappernd an der Straßenecke herumdrücke, spüre ich keine solche Kälte, die erst unten in den Fußsohlen einsetzt und dann im Körper aufwärtskriecht. Nein, was mich zum Zittern bringt, ist etwas, das beim Brustkasten beginnt und sich dann nach unten weiterbohrt. In den letzten Wochen bin ich mehrmals schreiend aus dem gleichen Traum aufgewacht. Ich bin vom Hals abwärts gelähmt und liege in einem riesigen weißen Raum, in dem zwölf Krankenpfleger auf mich aufpassen. Immer sind es zwölf. Keine Ahnung, warum. Vielleicht sind sie die Jünger von irgendwem?

Plötzlich kann ich Mama vor mir sehen, wie sie die Wohnung schmückt. Mama, die diese seltsame Fähigkeit besitzt, in jeder Niederlage einen Sieg zu finden, in jedem Weinen ein Lachen zu hören. Die meisten Frauen aus meiner Familie sind so. Den Luxus, aufzugeben, dafür hatten sie keine Zeit. Die Männer waren bestenfalls abwesend. Ich erinnere mich, dass Oma einige Tage vor dem Heiligen Abend bei den Nachbarn anklopfte, weil sie Hilfe brauchte, um das Schwein zu schlachten, und dann war sie den ganzen nächsten Tag mit der Herstellung von Sarmale beschäftigt, unserem Nationalgericht.

Das Schwarze Meer scheint bei Constanza in den Himmel zu münden. Die Laternen wogen in der Nacht auf eine Weise, die es fast unmöglich macht, zu erkennen, ob die Schiffe das Land ansteuern oder es verlassen. Die anderen Häfen, auf die ich gestarrt habe, haben mich niemals mit demselben Gefühl von Anfang und Ende erfüllt. Der Bottnische Meerbusen ist nur ein kleines Wasserloch, und der Fjord, der sich um diese Stadt hier erstreckt, ein schlecht geglätteter Kuchenteig. In Riga habe ich geglaubt, jedenfalls für eine Weile, dass Ivars und ich vor einem Anfang stünden. In meiner Einfalt sah ich in unserer Beziehung etwas, das mich an Oma früher zu Weihnachten erinnerte, die Karpaten waren dicht verschneit, und alles wurde nur immer noch weißer, während meine Brüder und ich tiefer in den Wald gingen. Das Schmutzige und Grauschwarze musste sich geschlagen geben. Bei Ivars hatte ich das Gefühl, dass wir im Kreis wanderten. Am Ende schleppten wir uns durch Schnee, der immer schmutziger wurde, und als er seinen dritten Kumpel in unser Schlafzimmer ließ, war mir klar, dass ich solche Wanderungen immer wieder würde antreten müssen.

Der Mercedes ist jetzt stehen geblieben, und ich trete zwei Schritte vor. Schaue mich auf der Straße nach zivilen Streifenwagen um. Das neue Gesetz hat alles schwieriger gemacht, aber die Männer haben doch keine solche Angst, dass sie keine Männer mehr wären. Mehrere Male habe ich erlebt, dass Freier darum feilschen, wie viel ihnen der Ablass wert ist.

»Fröhliche Weihnachten«, sagt er und lächelt.

»Fröhliche Weihnachten«, antworte ich. Ich sage das in diesem Jahr zum ersten Mal, und obwohl es von der Aussprache her zu den einfachsten norwegischen Dingen gehört, habe ich das Gefühl, mich dabei erbrechen zu müssen.

»Möchtest du eine Runde mitfahren?«, fragte er, und ich sehe, dass er seinen Schal so gebunden hat wie die Kronprinzessin dieses Landes. Es steht ihm nicht wirklich. Es verstößt gegen die energische Art, in der seine Schultern den Mantel tragen, und gegen die Haare aus Stahlwolle, die er fast militärisch glatt nach hinten gekämmt hat. Ich glaube trotzdem, dass der Schal kein Versuch ist, jünger auszusehen, wie bei den Kunden, die ihre restlichen Strähnen mit Haarspray an die Kopfhaut kleben und sich mit Kleidung quälen, in denen auch zehn Jahre jüngere Männer lächerlich aussehen würden.

»Oder hast du zu tun?«, fragt er, das Lächeln ist noch immer in seinem Gesicht, und wenn ich hier nicht in kurzem Rock und hohen Stiefeln von einem Fuß auf den anderen träte, könnten wir Vater und Tochter sein, die sich zufällig begegnen und beschließen, zusammen nach Hause zu fahren.

»Ich bin nicht beschäftigt«, sage ich und steige ein. Durch das Fenster im ersten Stock sehe ich, wie Ivars sich eine weitere Zigarette anzündet und sich zum Zimmerinneren umdreht. Von unten auf der Straße aus sieht er aus wie irgendein Mann. Ein Mann, der am Kühlschrank eine Liste von Dingen hängen hat, an die er vor dem Heiligen Abend denken muss, und der möglicherweise mit dem Essen wartet, wenn seine Frau spät von der Arbeit kommt. Ivars hat niemals Essen für mich warm gehalten, und als ich vorhin oben war, um mich zu waschen und das Geld für die drei letzten Touren abzuliefern, hat er mir kurz mit dem Handrücken auf jede Wange geschlagen.

»Morgen ist Heiligabend. Die anderen hatten doppelt so viele Touren wie du«, sagt er, und ich frage mich, was an seinem Gesicht mich damals an Richard Gere erinnert hat. Seine Zähne sind gelb und fleckig, weil er fast immer durch eine Zigarette Atem holt, und seine Gesichtshaut hat dieselbe Farbe wie ein helles Stück Stoff, das zu lange in der Sonne gehangen hat.

»Die anderen sind zehn Jahre jünger. Vielleicht kriege ich bald mein Geld?«, murmelte ich, und er hob wieder die Hand und trat einen Schritt vor.

»Das macht mich auch nicht jünger«, sagte ich mit lauterer Stimme.

»Du erinnerst mich an Sophia Loren«, sagt der Mann beim Losfahren.

»Wie alt ist die? Achtzig?«, frage ich.

»Fünfundsiebzig«, sagt er. »Aber ich meine ja nicht unbedingt, dass sie dir jetzt ähnelt. Sie war schon mit siebzehn hübsch, und sie zieht noch immer die Männerblicke auf sich. Du hast die gleiche Art Gesicht, ein Gesicht, das nie verblassen wird.«

»Danke«, sage ich und denke an all die Dinge, die ich in dieser fremden kantigen Sprache schon genannt worden bin. Das Geräusch dieser Wörter erinnert mich an Kieselsteine, die über den Boden eines Zinkeimers schrappen.

Wir biegen jetzt zum Containerhafen hin ab. Die allermeisten fahren weiter aus dem Zentrum hinaus, aber ehe mein Kunde die Scheinwerfer seines Mercedes ausschaltet, sehe ich, dass schon ein Wagen hier steht. Die Leute haben vor Weihnachten wenig Zeit.

Es ist wie die letzten Male. Es ist vorbei, fast ehe ich ihn in mir gespürt habe.

»Verzeihung«, sagt er, noch immer die Arme um mich gelegt, als schulde er mir wirklich mehr als einige Geldscheine.

Normalerweise habe ich für dieses Gerede danach nur Verachtung übrig, für alle Männer, die fragen, ob es auch für mich schön gewesen sei und ob sie mich wiedersehen könnten. Als ob ich eine Frau wäre, die umworben werden muss. Ivars hat mir längst klargemacht, dass ich nur eine Form von Werbung brauche, nämlich das trockene Knistern von Geldscheinen, die den Besitzer wechseln.

Vielleicht, weil es der Tag vor dem Heiligen Abend ist, vielleicht, weil Ivars mich in letzter Zeit immer häufiger geohrfeigt hat, vielleicht, weil ich mich ebenso alt fühle wie Sophia Loren, habe ich es durchaus nicht eilig damit, meinen Rock über meine Oberschenkel zu streifen und meinen Büstenhalter hochzuschieben. Ich versuche, mich an das letzte Mal zu erinnern, als mein Körper etwas war, das Männer erobern mussten und nicht einfach fordern.

»Will sie nicht mehr?«, frage ich und bereue es sofort. Es ist schön warm hier im Auto. Er hat mir ein Kissen unter den Kopf gelegt, und ich werde schläfrig.

»Wer?«, fragte er und stützt sich auf den einen Ellbogen.

»Deine Frau«, sage ich und schließe die Augen, wappne mich gegen den Schlag, der kommen wird. Ich merke, dass er sich aufsetzt, ich kneife die Augen wieder zu und warte auf die Faust. Aber es wird ganz still, und ich liege jetzt unbequem. Meine Augen finden sein Gesicht, etwas an seinem Lächeln erinnert mich an die versteinerten Menschen, die ich auf Bildern aus Pompeji gesehen habe.

»Doch«, sagt er. »Meine Frau wollte noch, aber ihr Herz nicht.«

Ich weiß nicht, was ich sagen soll, und glaube, die Tränen, die mir in den Augen brennen, gelten mehr mir als ihm.

»Das ist jetzt das vierte Weihnachtsfest ohne sie«, sagt er dann.

Ich schiebe meinen Büstenhalter hoch und streiche mir den Rock über den Oberschenkeln glatt.

»Tut mir leid«, sage ich.

»Macht nichts. Es tut gut, über sie zu reden. Meine Kinder haben wenig Zeit für Erinnerungen.«

»Wart ihr lange verheiratet?«

»Fünfunddreißig Jahre.«

Ich setze mich auf und fange an, meine Lederjacke anzuziehen. Riesige Schneeflocken treiben vom Meer herein und setzen unten auf der Windschutzscheibe zur Landung an. Ich erinnere mich an die Schneeburgen, die meine Brüder und ich gebaut haben, wenn wir bei Oma zu Besuch waren. An den kleinen Augenblick, in dem ich jedes Mal dachte, mein Herz müsste stehenbleiben, wenn ein Schneeball den Weg unter meinen Mantelkragen fand.

»Was machst du am Heiligen Abend?«, fragt er, sein Gesicht ist blass im Licht der Laternen am Ende des Kais, und seine Kleidung riecht ein wenig nach Kampfer.

»Ich werde arbeiten«, sage ich und ziehe den Reißverschluss der Lederjacke hoch. Der Schnee ist jetzt die halbe Windschutzscheibe hochgekrochen, er erinnert mich an den Sargdeckel meines Vaters, damals, als ich dachte, jetzt muss ich dich nie wiedersehen.

»Kannst du nicht mit mir kommen?«, fragt er und wird bei jedem Wort leiser, aber sein Blick lässt den meinen nicht los. Plötzlich erinnert er mich an einen Hund, nicht an einen kleinen unterwürfigen, sondern an einen Bernhardiner. Einen Hund, der mit einem Cognacfässchen um den Hals kommt.

Er sieht mir weiterhin in die Augen, und ich weiß nicht, was ich sagen soll. Manchmal ist es fast besser, wenn der Mann nachher wütend wird und sich aufführt, als ob ich etwas verbrochen hätte.

»Mit dir ins Hotel kommen?«, frage ich und wickle mir den Schal doppelt um den Hals. Ich finde, dieser Prinzessinnenknoten sieht albern aus.

»Mit mir nach Hause kommen«, sagt er, und diesmal wird seine Stimme am Ende des Satzes nicht leiser.

»Und wo ist zu Hause?«

»Gleich bei der schwedischen Grenze.«

»Meinst du, ich soll mit dir bis fast nach Schweden kommen und bis morgen da bleiben?«

»Nein«, sagt er. »Du sollst mit mir zusammen Heiligabend feiern.«

»Und dann?«

»Das entscheidest du selbst.«

»Was entscheide ich selbst?«

»Was dann passiert. Ich habe ein großes Haus. Ich habe Platz genug.«

Ich werde wieder still. Setze mich mit dem Rücken zur Tür, mustere sein Gesicht, weiß jedoch, dass das, was ich dort finde, keinerlei Bedeutung hat. Oma hat immer gesagt, die Augen seien der Spiegel der Seele, aber sie hat sich geirrt. Ich hatte einmal einen katholischen Geistlichen als Kunden.

Ich habe ihn sofort erkannt, aus einer Messe, die ich hier besucht hatte. Ich habe niemals jemanden lebendiger über das Jesuskind in der Krippe sprechen hören, und als ich mich danach für die Predigt bedankte, war sein Blick voller Güte. Aber als er bei mir war, konnte er erst kommen, nachdem ich auf ihn uriniert hatte. Der Geistliche war im selben Alter wie der Mercedesmann.

Er öffnet die Brieftasche, und ich denke schon, er will Geld herausnehmen. aber er reicht mir eine Plastikkarte. Ich brauche einen kleinen Moment, um zu begreifen, dass es sein Führerschein ist.

»Hjalmar«, sagt er. »Ich heiße Hjalmar Sand.«

»Was?«

»So heiße ich.«

»Warum gibst du mir den Führerschein?«

»Weil ich Hjalmar Sand heiße. Der Führerschein ist der Beweis.«

Ich denke, dass es ein bisschen wie bei James Bond ist, er sagt seinen Namen zweimal, nur in umgekehrter Reihenfolge. Ich halte den Führerschein vor mich hin. Sehe, dass er bald siebzig wird.

»Was willst du von mir?«, frage ich.

»Was ich will?«, fragt er und scheint es wiederholen zu müssen, um zu begreifen, was ich meine.

Ich nicke.

»Ich will den Heiligen Abend mit einem Menschen verbringen, bei dem ich mich nicht zu verstellen brauche, einem Menschen, der nicht verlangt, dass ich etwas bin, was ich nicht bin.

»Wieso das?«, frage ich.

»Ich komme mir vor wie ein Mann, der nicht existiert hat, ehe meine Kinder geboren wurden. Ich liebe sie wirklich, aber sie brauchen sich nicht wie meine Eltern aufzuführen. Und mir die ganze Zeit zu erzählen, was ich zu tun habe. Was das Beste für mich ist.«

»Ich verstehe«, sage ich und glaube das auch. Die Menschen haben viele Möglichkeiten, sich ausgeschlossen zu fühlen. Tief in meiner Tasche vibriert jetzt mein Handy. Es kann nur Ivars sein oder jemand, dem er meine Nummer gegeben hat. Sonst ruft mich niemand an. Wenn ich mit Mama telefoniere, dann immer von einer Telefonzelle aus.

»Okay«, sage ich.

»Okay?«

»Ich komme mit.« Warum nicht, denke ich. »Ich habe nicht so viele Verabredungen«, sage ich dann, und nun tut er etwas, das kein Mann je mit mir gemacht hat. Er greift nach meinen Händen und küsst sie. Seine Lippen auf meiner Haut verpassen mir eine Gänsehaut und lassen mein Rückgrat erzittern. Ich weiß nicht, ob der Kuss es auslöst, aber plötzlich tue ich etwas, das ich in diesem Land noch nie getan habe.

»Ich heiße Constanza«, sage ich.

»Das ist ein schöner Name.«

»Ich heiße so nach meiner Heimatstadt«, sage ich, und dann werden meine Augen wieder blank.

Ich bitte ihn, bei der Ampel vor der Wohnung nach rechts zu fahren, zeige auf eine Bushaltestelle und sage, er könne dort warten. Dann springe ich aus dem Auto, laufe über die Straße und weiter zu dem Torweg, der gegenüber unserer Wohnung liegt. Die Schneeflocken legen sich auf meine Haare, schmelzen auf meiner Haut, und das weiße Geriesel gibt mir das Gefühl, ebenfalls zu fallen. Ein roter Audi fährt neben mir vor, das Fenster wird heruntergekurbelt, und ein junger Mann fragt, wie viel ich für einmal Blasen nehme. Ich rufe »Fuck off« und laufe in den Torweg, stopfe mir eine Handvoll Schnee in den Mund, ziehe das Handy heraus und wähle Ivars' Nummer. Er meldet sich beim zweiten Klingeln.

»Der will nicht bezahlen. Ich glaube, er hat mir den Kiefer gebrochen«, sage ich und hoffe, dass der Schnee meine Stimme so klingen lässt, als ob ich den Mund voll Blut hätte.

Ivars flucht, nennt mich eine unvorsichtige Scheißfotze und will wissen, wo ich bin. Ich sage, ich stünde in der Løvenskioldsgate und hätte diesen Mann schon früher einmal gesehen. Ich wüsste, an welcher Tankstelle er arbeitet.

Zwei Minuten später kommt Ivars auf die Straße gestürzt und springt in sein Auto. Die Hinterreifen lassen Schnee über ein altes Paar aufstieben, das gerade vorübergeht, während er losprescht.

Ich laufe über die Straße, die Treppe hoch, schließe die Wohnungstür auf und fange an, die Kleidungsstücke, die am normalsten aussehen, in eine Tasche zu stopfen. Alles andere lasse ich liegen, abgesehen von einem Skizzenblock, den ich schon in Rumänien hatte. Nach drei Jahren in Oslo lebe ich mit sehr leichtem Gepäck.

Auf dem Klo nehme ich den Deckel vom Spülkasten, fische die wasserdichte Dose heraus und schüttle die Geldscheine auf den Boden. Denke, das Richtige wäre es jetzt, das Geld in fünf gleich große Haufen zu teilen. Ivars kann damit leben, dass ich nur meinen Anteil nehme, denke ich, aber natürlich kann er das nicht. Wie viel oder wie wenig ich auch nehme, spielt überhaupt keine Rolle. Und die anderen Mädchen? Scheiß drauf. Denen schulde ich nichts. Nichts. Verdient ist ein Wort, das in meiner Welt nichts bedeutet, und die Einzige, der ich etwas schulde, bin ich selbst.

Genau fünf Minuten sind vergangen, als ich wieder unten auf der Straße stehe. Ich laufe den Bürgersteig entlang. Der Schnee fällt noch dichter und fängt alle Geräusche aus der Stadt ein, aber dann fängt ein Auto an zu hupen. Ich drehe mich um, um die Straße zu überqueren, als jemand meinen Namen ruft. Und kann mich nicht mehr bewegen. Ich hätte wissen müssen, dass ein Vorsprung von fünf Minuten nicht ausreichen würde, um Ivars zu entgehen. Ich denke, dass ich in meinem Leben immer schon fünf

Minuten zu spät gewesen bin. Wenn ich in meinem vorigen Leben in Constanza nicht den Abendzug verpasst hätte, hätte ich Ivars niemals kennengelernt. Erst nach einem Moment begreife ich, dass die winkende Bewegung im Schneegestöber nicht von Ivars kommt, sondern von Hjalmar, der seinen Wagen halb auf den Bürgersteig gefahren hat. Für einen Moment bleibt alles stehen. Das Bild erstarrt, und die Geräusche werden ausgeschaltet, dann schlägt meine Angst in Zorn um. Ich kann mich nicht entscheiden, in welche Richtung ich laufen soll, aber dann winkt er wieder. Ich brauche nur wenige Schritte, dann knallt meine Tasche gegen die Autotür, und der Spiegel knickt ab.

»Setz dich ins Auto«, fauche ich und reiße die Tür auf. Werfe die Tasche nach hinten und schlage mit der Handfläche so hart auf das Armaturenbrett, dass mir die Tränen in die Augen treten.

»Verdammter Idiot!«, rufe ich. »Ich hab doch gesagt, du sollst an der Bushaltestelle warten! Da hättest du dich auch gleich hier aufs Dach stellen und meinen Namen rufen können!«

Ich bin so wütend, dass ich zittere. In meiner Tasche liegt mein Messer, die Scheide ist ans Futter genäht, damit ich es mit einer einzigen Bewegung herausziehen kann. Für einen Moment sehe ich, wie ich die Klinge in seinen Arm bohre, und ich sehe die Überraschung auf seinem Gesicht, als ich ihn aus der Tür stoße.

»Da kam ein Bus«, sagt er, und plötzlich sieht es aus, als hätte der Schnee auf sein Gesicht abgefärbt. »Außerdem wollte ich dich nicht so weit durch den Schnee gehen lassen. Der kommt doch seitwärts.«

»Fahr einfach«, sage ich und hoffe, dass der Schnee die anderen Frauen vertrieben und niemand diese Szene mitbekommen hat.

Wir fahren eine Weile schweigend durch Straßen, die sich zu Weihnachten verkleidet haben. Glitzernd und synthetisch wird das Fest hier und da in den Schaufenstern ausgestellt, eingerahmt von wirklichen Bäumen, die von all dem Glitter und Glamour fast ins Abseits gedrängt werden. Unten im Zentrum, bei dem großen Hotel, wo die Popstars absteigen, gleitet ein Paar auf der Schlittschuhbahn hin und her. Der Schnee hat sich auch auf ihre Kleidung gelegt und lässt sie aussehen wie zwei riesige Vögel, die loszufliegen versuchen. Etwas an diesem kindischen Anblick von zwei erwachsenen Menschen Hand in Hand zusammen auf Schlittschuhen lässt mich lockerer werden, und ich lehne mich im Sitz zurück.

»Ich habe Eis immer gern gehabt, und ich wollte immer schon mal Schlittschuh laufen«, sage ich, und dann haben wir den ersten Tunnel erreicht und werden von Weihnachten aufgesaugt.

»Constanza, entschuldige, dass ich nicht da gewartet habe, wo du es wolltest. Ich habe nicht nachgedacht«, sagt Hjalmar, und das Jungenhafte seiner Bewegungen scheint zu erstarren, und sein Gesicht erinnert mich an die Grobskizzen, die wir während des Kunststudiums angefertigt haben.

»Vergiss es. Ich glaube nicht, dass jemand was gesehen

hat«, sage ich, bin aber alles andere als sicher. Wenn ich eins gelernt habe, dann, dass die Nacht Geheimnisse nur schlecht bewahrt. Ich schaue mich über die Schulter um, aber hinter uns kommt kein anderes Auto.

Die Stadt macht einer mehrspurigen Autobahn Platz, und die Lichtstreifen der Bebauung ziehen sich zum Horizont wie die flackernden Lichter, die ich mit meinen Brüdern im Schnee angezündet habe.

Ich fahre aus dem Schlaf hoch, als der Wagen stehen bleibt. Ich lag in einem tiefen traumlosen Schlaf, und die Uhrzeiger haben sich währenddessen anderthalb Runden gedreht. Zuerst glaube ich, dass er nur eine Pinkelpause einlegt, um uns herum ist es ganz dunkel, aber dann sehe ich, wie sich die Umrisse eines Hauses aus der Nacht lösen.

»Da sind wir. Willkommen«, sagt er und öffnet die Tür. Er hebt meine Tasche vom Rücksitz und zeigt mir den Weg zum Schlafzimmer. Ich rechne damit, dass er sich neben mich legen wird, aber er gibt mir einen Gute-Nacht-Kuss und löscht das Deckenlicht. Ich krieche vollständig angekleidet unter die Decke.

Im ersten Moment weiß ich nicht, wo ich bin, und bilde mir ein, zu Hause bei Oma zu sein. Dann fallen mir Hjalmar und die Autofahrt wieder ein. Ich gehe zum Fenster. Das Eis auf dem See unterhalb des Hauses ist blank wie Glas, bis zu einer breiten Rinne in der Mitte. Gezackte Tannen stehen Schulter an Schulter und frösteln unter dem Himmel, und obwohl hier fast kein Schnee liegt, erinnert die Landschaft mich an die Karpaten. Aber für ein Land mit so einem rauen Klima haben die Bäume etwas Zaghaftes an sich. Die Baumgrenze zu Hause liegt sicher viel höher als hier. Vor zwei Jahren habe ich etwas über einen Schweden gelesen, der Kiefernsetzlinge aus den Karpaten mitbrachte und sie in seiner Heimat oberhalb der Baumgrenze pflanzte, in der Hoffnung, auf diese Weise reich zu werden. Alle Bäume starben. So ist es in meinem Land. Ausländer, die an uns Geld verdienen wollen, indem sie uns an Orte bringen, wo wir uns nicht wohlfühlen. Aber wir waren immer schon zähe Teufel, und Leute von außerhalb ist es immer schon schwergefallen, uns zu durchschauen. Vlad Tepes, zum Beispiel, von dem alle glauben, er habe nur anderen das Blut aussaugen wollen. Für uns ist er ein Revolutionsheld, der die Türken aufgefordert hat, sich ins Knie zu ficken, ehe er ihre Köpfe auf Stangen spießte wie Erdbeeren auf einen Grashalm.

Hinter mir öffnet sich die Tür, und Hjalmar kommt herein. Das Hündische von gestern, als ich ihn im Auto ausgeschimpft habe, ist vollständig verschwunden. Ich weiß nicht, wie ich es beschreiben soll, aber es ist, wie ein Foto von ihm als jungem Mann zu sehen. Ein Foto, bei dem Glas und Rahmen eingestaubt und fleckig geworden sind und die Züge unkenntlich gemacht haben. Ein Foto, das dich automatisch den Blusenärmel über das Handgelenk ziehen lässt, um Staub zu wischen. Ich weiß nicht, warum, aber ich strecke die Hand aus und streichle ganz schnell seine Wange. Seine Augen bekommen etwas Weiches.

»Hast du gut geschlafen?«, fragt er.

»Wie ein kleines Mädchen«, sage ich.

Das Frühstück geht ins Mittagessen über, ohne dass wir uns vom Küchentisch erheben. Die hohen Fenster erinnern mich an die Kirche zu Hause. Ich picke an den Dingen herum, die er hingestellt hat, und nippe am Kaffee und der süßen Milch. Das Essen hier ist noch immer ungewohnt, die Kuchen sind seltsam trocken, und ich habe noch nicht gelernt, Soße zu essen. Aber im Moment habe ich kein Heimweh, ich genieße es einfach, hier zu sitzen, ohne irgendwo hinzumüssen. Ich bitte Hjalmar, mir von seinem Wohnort zu erzählen, und er redet eifrig drauflos.

»Da«, sagt er und »dort« und zeigt mit den Händen wie mit einem Gewehrlauf, und dann feuert er los und redet rasch über Dinge, die geschehen sind. Ich bekomme nur ungefähr die Hälfte mit, aber etwas an seinem Tonfall gibt mir das Gefühl, dass jedes einzelne Wort mich erreicht. Fast wie früher, als ich das Gefühl hatte, dass die ausländischen Popmusiker geradewegs zu mir sprachen, auch wenn ich nicht verstand, wovon ihre Lieder handelten.

Ich frage, ob er mir einige Familienbilder zeigen kann. Zuerst zögert er ein wenig, aber als ich darauf bestehe, verschwindet er im Wohnzimmer und bringt einen Stapel von Alben. Und ich weiß nicht, was es ist, aber etwas an den Bildern – sie führen ihn vom Jungen zum Bräutigam, vom Vater zum Großvater, von der Silberhochzeit zum Sarg seiner Frau in der Kirche – lässt meine Schultern beben. Zuerst ist das Weinen so, wie es in den letzten Jahren immer war. Ein wehes Schluchzen, ein stilles Sickern, weil ich weiß, dass Weinen alles schlimmer macht, aber dann bohrt es sich in mir tiefer und gibt mir das Gefühl zu zerreißen.

Ich bin alt geworden, ohne jemals jung gewesen zu sein, ich bin eine Menge leerer Seiten in einem Album. Jetzt breche ich wirklich in Stücke. Hjalmar legt die Arme um mich, und Tränen und Rotz fließen über seine blaue Hemdbrust. Er drückt mich weiterhin an sich, bis ich ohne Schluckauf atmen kann. Dann fragt er, ob ich Bilder von meiner Familie hätte, und ich zeige ihm das Foto von meinen Brüdern und das von Mama, das ich zusammenzukleben versucht habe, nachdem Ivars es zerrissen hatte.

»Nette Jungs«, sagt Hjalmar und stellt das Telefon vor mich auf den Tisch. »Ruf sie doch an und wünsch ihnen gesegnete Weihnachten«, sagt er und streichelt meinen Handrücken.

Ich starrte den Hörer des altmodischen grauen Telefons an wie die Klinke einer Tür, bei der ich mich konzentrieren muss, um sie öffnen zu können.

»Ich warte noch ein wenig und hoffe, dass sie zur Abendbrotzeit dann alle da sind«, sage ich. Aber allein schon, dass er das Telefon vor mich hinstellt, lässt mich Mamas Stimme hören, mit dem leicht förmlichen Klang, den sie immer hat, wenn ich anrufe, weil sie sich so zusammenreißen muss, um nicht zu weinen.

Als Hjalmar die Tür aufmacht und wir auf den Hof hinausgehen, bleibe ich stehen und fröstele in dem ein wenig zu großen Mantel, den er mir geliehen hat. Ich kann mich nicht erinnern, wann ich zuletzt eine so klare Luft geschnuppert habe. Ich ziehe den neuen Tag tief in meine Lunge und sage mir, dass Ivars mit den anderen Mädchen genug zu tun haben wird. Ich bin aus seinem Leben schon verschwunden. Vergessen.

»Möchtest du die Tiere sehen?«, fragte Hjalmar.

»Die Tiere?«

»Na ja, was heißt schon Tiere. Es ist ja nur ein kleiner Hof, aber ich habe zwei Schweine im Stall, und die brauchen Futter und Wasser.«

Ich nicke, und er holt einen roten Plastikeimer, dann führt er mich zu einem kleinen Stall, der Wand an Wand an einem Holzschuppen liegt.

»In der besten Zeit hatten Helga und ich Schweine, Schafe, Truthähne und ein paar Ziegen. Nach einigen Jahren ohne Tiere habe ich mir im Frühling die Schweine gekauft. Ich wollte sie zu Weihnachten schlachten, aber ich habe es einfach nicht über mich gebracht. Jetzt will ich sie im Sommer auswildern, damit sie zu Wildschweinen werden können.«

Ich sehe ihn an, er lächelt nicht, aber ich gehe davon aus, dass es ein Witz sein soll. Ich weiß nicht, ob es noch andere gibt, die Witze mit so ernsten Gesichtern erzählen können wie die Norweger.

»Zu Hause in Rumänien gibt es jede Menge Wildschweine«, sage ich.

»Die würde ich gern sehen.«

»Ich kann sie dir ja zeigen«, sage ich und meine das auch.

»Ja, das wäre schön«, sagt er und krault das eine Schwein hinter dem Ohr.

Über den Schweinen hängen drei rote Wärmelampen,

die im Raum eine behagliche Temperatur verbreiten. Die Tiere grunzen eifrig, als sie uns sehen, und sie reiben sich mit einem Scharren aneinander, das mir eine Gänsehaut beschert. Der harsche Mistgeruch füllt meine Nase, und ich kann mich nicht erinnern, wann ich zuletzt etwas so Gutes gerochen habe. Ich muss den Handrücken vor meine Augen heben, um nicht zum zweiten Mal an diesem Tag meine Schminke zu ruinieren.

»Meine Oma hat immer gesagt, dass Schweine alles fressen«, sage ich.

»Da hatte deine Oma ganz recht«, sagt Hjalmar, leert den Eimer in den Trog, legt mir den Arm um den Rücken und schiebt mich aus der Tür, während das Grunzen der Schweine in zufriedenes Schlabbern übergeht. Nachdem ich die Tür hinter uns zugezogen habe, geht er in einen Raum neben dem Schweinestall und kommt mit einem Paar weißer Schlittschuhe in der Hand zurück.

»Gestern hast du gesagt, dass du gern mal Schlittschuh laufen würdest. Diese hier haben meiner Tochter gehört. Ich glaube, sie passen. Fröhliche Weihnachten.«

Im ersten Moment weiß ich nicht, was ich antworten soll, und ich denke an die Geschenke, die ich früher von Männern bekommen habe.

»Jetzt?«, frage ich. »Meinst du jetzt? Ich habe es noch nie versucht.«

»Wir können es machen, während der Braten in der Röhre ist. Ich helfe dir«, sagt er, und wir bleiben stehen, die Arme umeinander gelegt.

Wir trinken Kaffee und knabbern an ein paar Plätzchen, dann schaltet Hjalmar den Backofen ein und holt ein Stück Schweinerippe aus dem Keller. Für einen Moment schwanke ich in einem hohlen Nichts und frage mich, wie das Leben sich jetzt wohl wenden wird. Hjalmar hat auf den Handflächen Altersflecken so groß wie Kupfermünzen, und obwohl sein Gesicht sich gut gehalten hat, können die Hautfalten unter seinem Kinn nicht verbergen, wie alt er wirklich ist. Zugleich hat ein Mann, der Fleisch im Laden kauft, weil er es nicht über sich bringt, seine Schweine zu schlachten, etwas Rührendes, egal, ob es ein Witz war oder nicht, dass er sie freilassen will.

»Was kann ich tun?«, frage ich.

»Setz dich und mach es dir gemütlich.«

»Ich muss etwas tun.«

»Du kannst die Kartoffeln schälen und dann welche für die Schweine abkochen, aber die brauchen nicht geschält zu werden.«

Ich mache mich an die Arbeit, und während der Duft des vor sich hin köchelnden Fleisches sich im Zimmer ausbreitet, komme ich mir nützlicher vor als seit vielen Jahren. Als ich das Wasser von den Schweinekartoffeln gieße, geht der Tag bergab, und der Himmel hat etwas Erschöpftes.

»Wenn du die Schlittschuhe holst, können wir einen kleinen Ausflug versuchen. Ich muss nur noch den Kohl kleinschneiden und den Schweinen die Kartoffeln geben, dann komme ich nach«, sagt Hjalmar und streichelt meinen Oberarm. Dann schrillt die Türklingel. Das Geräusch lässt mich mitten in der Bewegung erstarren, und ich kann mich erst bewegen, als Hjalmar öffnen geht und ich einen jüngeren langhaarigen Mann sehe, der mir noch nie begegnet ist. Sie wechseln einige Worte, die ich nicht verstehe. Hjalmar nickt und nimmt etwas entgegen, das in eine Decke gewickelt ist, dann schließt er die Tür.

»Ich muss oben im Dorf den Weihnachtsmann spielen, aber das dauert nicht lange«, sagt er und zieht die Stiefel und den roten Mantel an, die in die Decke gewickelt waren.

»Kann ich inzwischen die Schweine füttern? Das habe ich gemacht, als ich klein war«, sage ich.

»Schaffst du das denn?«, fragt Hjalmar.

Ich sehe ihm ins Gesicht und nicke.

Ich muss die Kartoffeln abkühlen lassen und trinke zwei Tassen Tee, ehe ich mit dem Kessel auf den Gang hinausgehe. Ich stelle den Kessel auf den Boden, ziehe den Mantel an, binde die Schnürsenkel der Schlittschuhe aneinander und hänge sie mir über die Schulter.

Der Schnee hat jetzt auch dieses Dorf erreicht, und die Kristalle rieseln wie Zucker über mein Gesicht. Die Schweine müssen einen sehr guten Geruchssinn haben, denn ihr Grunzen wird immer infernalischer, je näher ich dem Stall komme. Als ich hineingehe, kreischen sie dermaßen, dass ich die Tür offen stehen lasse, damit das Geräusch entweichen kann. In aller Eile werfe ich Hände voll Kartoffeln in den Trog, und der Lärm wird so effektiv gedämpft, als hätte ich den Schweinen eine Schlinge um den Hals gelegt und diese zugezogen. Ich kippe die restlichen Kartoffeln aus dem Eimer und mische Kraftfutter darunter, wie Hjalmar es mir gesagt hat, und ich könnte schwören: das eine Schwein zwinkert mir zu.

»Gesegnete Weihnachten, Mama, gesegnete Weihnachten, Cosmin, gesegnete Weihnachten, Florin«, sage ich, als plötzlich die Tür hinter mir zuknallt und ich herumfahre.

»Auch dir gesegnete Weihnachten, Constanza«, sagt Ivars.

Meine Hand lässt den Eimer los, er bleibt neben meinem Fuß liegen wie die Kugel einer Fußkette.

Die Zigarette glüht in Ivars' Mundwinkel wie der böse Blick, und etwas an dem roten Schein der Wärmelampen lässt mich an die Hölle denken. Satan mit verzerrtem Gesicht in einer blutfarbenen Grotte, wo er einen riesigen Speer schwenkt. Ivars hat kein verzerrtes Gesicht, er lächelt fast gutmütig. Ivars hat keinen Speer, er hat die Hände in engsitzende Lederhandschuhe geschoben, die ich noch nie gesehen habe. Ich weiche zurück, bis ich spüre, wie der Schweinekoben sich in mein Kreuz bohrt, der Mantelsaum findet den Weg durch die Gitterstäbe und ich merke, dass die Schweine am Stoff nagen wie an alten Essensresten.

Ivars machte einige Schritte nach vorne und bleibt unmittelbar vor mir sehen. Er lächelt noch immer, und plötzlich bin ich ganz ruhig. Mehrere Weihnachtsfeste sind vergangen, seit er zuletzt gelächelt hat, und ich weiß, was das bedeutet. Ich habe mich oft gefragt, wie das Ende aussehen wird. Habe mir einen Hauseingang vorgestellt, eine Spritze in meinem Arm, das Knacken meines Kopfes auf dem Bürgersteig oder mein Herz, das bricht, während das dunkle

Wasser um mich zusammenschlägt. Auf irgendeine Weise kommt es mir ganz richtig vor, dass es hier geschehen soll, irgendwie ist es fast wie zu Hause. Ich fange an zu beten, aber nicht zu Gott. Ich bete zu Mama, zu meinen Brüdern, zu Oma. Ivars lächelt noch immer, während er Handschellen aus der Jackentasche reißt und mich an die Gitterstäbe kettet.

»Du hast also mit Eiskunstlauf angefangen«, sagt er, nimmt die Schlittschuhe von meiner Schulter und fängt an, mir die Haare abzuschneiden. Es fühlt sich eher an, als würden sie mit der Wurzel ausgerissen, und ich kann die Tränen nicht zurückhalten. Er wirft die Haare den Schweinen hin, die sofort aufhören, am Mantel zu nagen.

»Du solltest vorsichtiger sein, wenn du dich abholen lässt, Constanza. Jedenfalls, wenn du nicht zurückkommen willst«, sagt er und fängt an, mir auf der anderen Seite des Kopfes die Haare abzuschneiden. Ich reiße an den Handschellen. Bin nicht mehr ruhig. Denke an das Geld, das Mama niemals sehen wird, und an Hjalmar, der als Nächster büßen muss. Ivars zieht meinen Kopf nach hinten, und meine Augen scheinen aus den Höhlen zu quellen. Ich versuche zu schreien, bekomme aber keine Luft. Versuche mich zu wehren, aber er reißt meinen Kopf nur noch weiter nach hinten. Die Schlittschuhkufe wird mit einem Geräusch durch meine Haare gezogen wie eine Geigensaite, die gespannt wird. Die Handschellen schneiden sich in die Haut, ich versuche zu treten, treffe aber nicht. Versuche, ihm ins Gesicht zu spucken, aber mein Mund ist wie ausgedörrt, und die Spucke fühlt sich an wie Sägespäne. Ich versuche, ihn Satan, Teufel und Arsch zu nennen, aber mein Schluchzen und mein Stöhnen ertrinken im Lärm der Schweine. Vaterunser. Ich muss mich an den Anfang des Vaterunsers erinnern.

Dann fallen die Schlittschuhe plötzlich in den Schweinekoben, und Ivars lässt mich los. Er hat dasselbe Gesicht wie immer, wenn er sich einfach bedient hat. Hinter mir schlabbern die Schweine noch immer, und ich glaube, ihm ist schlecht. Er ist mitten in der Bewegung erschlafft, seine Augen sind wie Steinwürfe auf ein Autofenster. Dann sehe ich die Zinken der Heugabel, die aus seiner Brust ragen, das Blut, das jetzt über die Jacke tropft.

Hjalmar stößt zu, und Ivars fällt in die Ecke. Von hinten sieht er aus wie gepfählt. Hjalmar geht zu einem Werkzeugkasten unter dem Fenster, nimmt eine große Zange heraus und schneidet die Kette zwischen meinen Handgelenken durch.

»Geht's so weit?«, fragt er, und ich falle ihm um den Hals. Wenn er jetzt loslässt, werde ich nie wieder aufstehen können. Wenn ich kippe, werde ich immer weiter fallen, auch, nachdem ich den Boden erreicht habe.

»Ist er tot?«, frage ich, und meine Stimme ist deutlich lauter als das Grunzen der Schweine.

»Die Heugabel hat sein Herz durchbohrt«, sagt er mit einem Blick, der meinen nicht loslässt.

»Bist du sicher?«

Hjalmar nickt.

Ich lasse ihn los und trete einen Schritt vor. Meine Beine zittern nicht mehr. Ich denke daran, wie oft Ivars mich gezwungen hat, mich gebeugt, mich gekrümmt, mich gebrochen, mich benutzt, mich verflucht, mich geschlagen, mich verhöhnt, mich gehasst hat. Wie oft er mir eingehämmert hat, dass er Gott ist, dass er mir Leben einhaucht, dass ihm jeder Schritt gehört, den ich gehe. Jetzt liegt er zusammengekrümmt in der Ecke des Schweinestalls, wie ein Sack Mehl, den jemand weggeworfen hat, während ich fester auf meinen Beinen stehe denn je.

»Tut mir leid, Constanza. Ich hätte versuchen müssen, ihn niederzuschlagen, aber ich hatte Angst, er würde mich überwältigen. Plötzlich hatte ich die Heugabel in der Hand. Das ist jetzt mein Problem«, sagt Hjalmar, seine Augen sind ernst, aber sein Blick ist blau und klar.

»Du hast richtig gehandelt«, sage ich.

»Ich fahre dich in ein Hotel in Kongsvinger, dann rufe ich die Polizei und gebe Bescheid.«

»Hjalmar«, sage ich und spreche zum ersten Mal seinen Namen aus. »Nicht du hast ein Problem. Nicht ich habe ein Problem. Ivars hat ein Problem.«

Dann erinnere ich ihn daran, was meine Großmutter immer gesagt hat.

Nachdem Hjalmar die Schlüssel für die Handschellen gefunden hat, bleibe ich auf dem Hofplatz stehen und reibe mir die Handgelenke. Weiter oben am Hang scheint jemand zu schießen, und wie auf ein Signal hin wird auf jeder Seite des Tales eine Rakete abgefeuert, und beide treffen sich in der Mitte über dem Dorf.

Hjalmar öffnet das Handschuhfach des Autos, mit dem

Ivars gekommen ist, findet die Fahrzeugpapiere und sagt einen Namen, den ich noch nie gehört habe.

»Die kenne ich nicht«, sage ich.

»Dann hat er den Wagen sicher gestohlen. Im Wagen liegt nichts, was ihm gehört. Kannst du fahren?«

Ich schüttle den Kopf.

»Wir müssen auch das Auto loswerden«, sagt er, und ich nicke nur.

»Weißt du«, sagt er dann. »Der Flyktningsee ist der tiefste hier in der Gegend. Kannst du deine Schlittschuhe holen?«

»Was?«, frage ich und spüre einen rostigen Geschmack im Mund.

»Ich fahre den Wagen zur Rinne, aber ich kann es nicht riskieren, die Scheinwerfer zu benutzen und von der Straße aus gesehen zu werden. Du musst mitkommen und mir mit einer Taschenlampe den Weg leuchten. Früher sind wir am Heiligen Abend immer Schlittschuh gelaufen, und wenn jemand auf den See hinaus sieht, dann ist nur die Taschenlampe von einem Menschen zu sehen, der über das Eis gleitet.«

»Aber ich kann das Gleichgewicht nicht halten«, wende ich ein.

»Du kannst neben dem Auto herlaufen und dich am Seitenspiegel festhalten. Das geht sehr gut«, sagt er.

Hjalmar steuert den Zwischenraum zwischen zwei Tannen an, und dann ist er auf dem Eis. Er steigt aus und öffnet für mich die Tür. Die Schlittschuhe sind ein bisschen zu klein und pressen meine Zehen zusammen, und als ich versuche, einen Schritt zu machen, gleiten meine Beine auseinander. Hjalmar legt den Arm um mich und schiebt mich auf die Fahrerseite. Ich stütze die Taschenlampe auf den Spiegel, wie er sagt, und lege den anderen Arm durch das Fenster und um seine Schulter.

»Wird denn niemand die Spuren sehen?«, frage ich.

»Wir sind jetzt auf der Schlittschuhbahn, und erst kurz vor der Rinne liegt wieder Schnee, und ich glaube, die Spuren werden bis morgen verschwunden sein.«

Dann setzen wir uns in Bewegung. Ich leuchte mit einem kleinen Strahl den Weg und klammere mich ans Auto. Wir sind vielleicht noch zwanzig Meter von der Rinne entfernt, als Hjalmar anhält.

»Hier sollte ich stoppen«, sagt er, und ich bleibe am Spiegel hängen.

Hjalmar steigt aus, legt einen Ziegelstein auf das Gaspedal, und mit der Spitze eines Skistocks schaltet er in den ersten Gang. Langsam bewegt das Auto sich vorwärts, und für einen Moment glaube ich, es werde das Loch verfehlen, das dort draußen im Eis klafft, dann trifft das linke Rad auf der Eiskante auf, und der Wagen kippt seitwärts in die Rinne. Er bleibt einen Moment lang liegen und wippt hin und her, dann höre ich das Wasser durch die offenen Fenster schäumen, das Heck richtet sich ein wenig auf, und dann versinkt das Auto.

Ich habe schon lange nicht mehr an einem See gestanden, der mir eher wie ein Meer vorgekommen ist. Als wir uns umdrehen und Hjalmar mich zum Land zieht, bleiben einige Schneeflocken auf meinen Wimpern liegen, und die Lampe über der Tür zum Schweinestall scheint mir für einen Moment zuzuzwinkern wie der Stern von Bethlehem. An jenem Abend hat alles angefangen, und ich stelle mir das Kindlein in der Krippe vor, das zu einem solchen Glauben heranwuchs, dass es übers Wasser gehen konnte.

Und also lasse ich diese Geschichte hier enden.

Aus dem Norwegischen von Gabriele Haefs

Maria Ernestam

❄

Irmas feste Oberschenkel

Diese Geschichte handelt von einem kleinen Zimmer. Genauer gesagt, von der Kammer, die in unserer eleganten Wohnung als Verbindungsgang diente, nachdem Irma und ich uns zur Trennung entschlossen hatten.

Aber lassen Sie mich von Anfang an erzählen.

Irma und ich hatten uns in jungen Jahren kennengelernt. Ich arbeitete damals nebenbei als Trainer im örtlichen Sportverein von Bad Homburg. Ich war selbst kein schlechter Turner, und um mir etwas dazuzuverdienen und auch, um die geschmeidigen Glieder der jungen Mädchen bewundern zu können, wenn sie auf der Matte Dehnungsübungen vornahmen, hatte ich diesen Posten dankend angenommen.

Irma war einige Jahre jünger als ich. Sie gehörte nicht zu den Besten in ihrer Gruppe, aber sie hatte die beeindruckendsten Oberschenkelmuskeln, die ich jemals gesehen hatte. Meine Familie besaß damals eine kleine Schlachterei, und in Sachen Fleisch macht mir keiner was vor. Ich weiß, was Qualität ist. Irmas Oberschenkel hätten zu Delikatessenpreisen verkauft werden können, aber das sagte ich ihr natürlich nicht. Und darum ging es mir ja auch nicht.

Sowie ich den ersten Blick auf diese schönen Beine geworfen hatte, wusste ich, dass ich mit ihnen in den Bergen wandern, das Bett teilen, kurz gesagt, leben wollte. Immer wenn ich mit Irma trainierte und dabei ihre Beine berühren durfte, wurde ich in diesem Entschluss bestärkt, und es dauerte nicht lange, bis ich Irma hemmungslos und aufs Heftigste umwarb.

Ihre Familie besaß eine kleine Bäckerei, in der Irma schon als Kind ausgeholfen hatte. Hier wurden alle Arten von Brötchen und Gebäck verkauft, besonders bekannt aber war der Laden für seine Marzipancroissants. Kein französisches Croissant kann jemals so bittersüß und luftig geschmeckt haben wie diese kleinen Kunstwerke, und niemand konnte sie mit einem solchen Lächeln verkaufen wie Irma.

Ich begriff rasch, dass die Croissants zu den weichen Grübchen in ihren Oberschenkeln geführt hatten, und bald war ich ebenso süchtig danach wie sie. Unser erster Liebesakt fand übrigens in der Bäckerei statt und wurde folglich mit etlichen Croissants eröffnet und vollendet. Als wir auf dem Boden der Backstube hinter dem Tresen lagen, Irmas Oberschenkel an meinen Hüften und ihre Lippen, süß vor Marzipan, an meinen, wusste ich, dass sie die Richtige war. Ich machte ihr einen Heiratsantrag, und sie sagte ja.

Wir zogen nach Frankfurt, und ich trat meine Stelle bei Haupt&Schröder an, einem kleineren Versicherungsunternehmen. Irma gab die Arbeit in der Bäckerei klaglos auf, die Croissants konnte sie inzwischen übrigens selbst backen, ihr Vater hatte ihr das Rezept zur Hochzeit geschenkt. Sie hieß die Großstadt und deren Vergnügungen mit offenen Armen willkommen. Für einige kurze Monate konnten wir die Restaurants und Bierstuben der Stadt und ihre Umgebung mit ihren Weinproben genießen, dann wurde Irma schwanger. Wieder und wieder und wieder, wenn ich die Sache so zusammenfassen darf.

In wenigen intensiven Jahren brachte Irma unsere drei Buben zur Welt, starke Wichte mit ebenso festen Oberschenkelmuskeln wie ihre Mutter. Irma entpuppte sich als eben so hingebungsvolle Mutter, wie sie Turnerin und Bäckerin gewesen war, und niemals hatte ich den Eindruck, dass ihr Leben als Hausfrau sie langweilte.

Oft war sie, wenn ich nach Hause kam, in Aktivitäten vertieft, die sie und die Kinder zu einem schallenden Lachen verführten, ob sie nun gemeinsam aufräumten oder gewaltige Türme aus Klötzchen bauten. Natürlich wurde das Essen serviert, das sich für eine traditionsreiche Familie aus der Schlachter- und Bäckerbranche gehörte. Irmas Oberschenkel schwollen zu ungeahnten Dimensionen an, und meine Taille stand ihnen kaum nach.

Wir waren eine durch und durch glückliche Familie, und davon profitierte auch meine Arbeit. Von Beginn an hatte ich ein System entwickelt, das sich im Laufe der Jahre als überaus effektiv in Sachen Glückserhaltung erweisen sollte. Statt bis zum Erbrechen Einlagen, Vorlagen und Anlagen zu lesen, griff ich bei meinen Versicherungsfällen zum Würfel. In der Schule hatte ich eine besondere mathematische Begabung gezeigt, und die Wahrscheinlichkeitsrechnung mit ihren stokastischen Prozessen kann mich noch immer fast so erregen wie Irmas Oberschenkel. Niemand hätte also behaupten können, meine Strategie sei nicht genauestens untersucht und wissenschaftlich anerkannt.

Ich würfelte. Ein Einer oder Zweier bedeutete, dass der Antrag auf Erstattung abgelehnt wurde. Die anderen Ziffern brachten einen positiven Bescheid. Natürlich war das zum Schaden des einen oder der anderen, die ihren rechtmäßigen Lohn für jahrelanges Sparen hätten einfahren sollen, aber wenn man nachrechnete, ergab sich schnell, dass dadurch doppelt so viele Geld erhielten, die niemals damit gerechnet hatten. Die Danksagungen waren viel zahlreicher als die Klagen, ich war zufrieden, meine Chefs ebenso.

Meine Methode ersparte mir außerdem eine Menge langweiliger Aktenlektüre, was bedeutete, dass ich pünktlich nach Hause kommen und dadurch Irma und die Kinder bei Laune halten konnte. Ich lebte in der besten aller Welten und glaubte, es werde ewig so weitergehen, bis dass der Tod uns scheide, auch, nachdem die Kinder von zu Hause ausgezogen waren. Was sie taten, eins nach dem anderen.

Stellen Sie sich deshalb meine Überraschung vor, als Irma mir am Tag, nachdem der jüngste Sohn ausgezogen war, mitteilte, sie wolle sich scheiden lassen. Nicht, dass sie mich nicht mehr gern hätte, wie sie erklärte, als wir bei einem knusprigen Nussbrot mit Käse über die Angelegenheit sprachen. Sie war nicht unzufrieden mit dem, was gewesen war, und schon gar nicht bitter. Aber es gab noch allerlei Dinge, die sie erleben wollte, ehe es zu spät war, und dazu gehörte eben kein Ehemann.

Und wenn es denn so wäre, dass ich die ehelichen Freuden vermissen würde, so würde sie in diesem Punkt durchaus mit sich reden lassen. Aber gesagt war gesagt. Ich hatte meine Würfel betätigt, sie wollte sich nun ins Unbekannte werfen. Fortsetzung folgt, lieber Dieter, sagte sie und legte den Kopf schräg. Und, Gott möge mir helfen, ich beugte mich vor, streichelte ihre Oberschenkel und wünschte ihr alles Gute.

In derselben wunderbaren Eintracht entschieden wir, dass es ganz und gar unnötig war, dass sie oder ich unser gemeinsames Heim verließen. Unsere Wohnung von der Jahrhundertwende war groß genug für uns beide, vor allem jetzt, wo die Kinder das Nest verlassen hatten, und deshalb beschlossen wir ganz einfach, sie zu teilen. Ich nahm den östlichen Flügel, Irma den westlichen. Das einzige Bindeglied zwischen den beiden Teilen war eine kleine Vorratskammer von nur wenigen Quadratmetern mit Türen auf beiden Seiten. Anfangs hatten wir mit dem Gedanken gespielt, die Türen zu entfernen, ganze Wände einzuziehen oder unsere Scheidung auf andere Weise zu zementieren, aber da wir beide keine direkten Verbindungen zur Handwerkerbranche hatten, dauerte das alles. Und inzwischen erwies sich, dass die kleine Verbindungskammer in ihrem ursprünglichen Zustand viel nützlicher war.

Wenn ich verreiste, kümmerte Irma sich um meine Post, und wenn ich zurückkam, lag immer alles ordentlich auf dem Boden der Kammer. Natürlich revanchierte ich mich, wenn Irma unterwegs war. Wenn ich aus dem kleinen Schrebergarten, den ich mir zugelegt hatte, mit mehr

Pflaumen und Birnen nach Hause kam, als ich verbrauchen konnte, stellte ich die überzähligen in die Kammer, damit Irma nach Belieben zugreifen konnte.

Als Dank konnte eine Woche später ein Teller voller Marzipancroissants dastehen, was nicht nur mein Sonntagsfrühstück vergoldete, sondern auch mein frisch erworbenes Junggesellendasein. Unsere Kammer funktionierte ebenso gut wie weiland der Checkpoint Charlie, als die Berliner Mauer noch stand, und das ohne Stacheldraht oder Soldaten.

Ich ging mein neues Leben mit Entschlossenheit und Optimismus an. Die alten gymnastischen Übungen beherrschte ich noch, und mit Spaziergängen und der einen oder anderen Schwimmrunde hatte ich mich bald wieder in akzeptable Form gebracht. Dieser Erfolg ermutigte mich dazu, mich in der Tanzschule Bäppler zu einem Kurs anzumelden, und der ewige Mangel an Kavalieren und mein sportlicher Hintergrund sorgten dafür, dass es mir nie an Damengesellschaft fehlte. Ich traf mich mal mit dieser, mal mit jener und konnte mich nicht beklagen, auch wenn ich immer wieder feststellen musste, dass keine der Frauen in meiner Umgebung Oberschenkel hatte, die sich mit denen meiner gewesenen Gattin messen konnten.

Auch Irma schien es gut zu gehen. Ab und zu – es ließ sich nicht vermeiden, dass ich es mitbekam, auch wenn ich betonen möchte, dass es unter meiner Würde liegt zu spionieren – konnte ich sehen, dass sie Herrenbesuch hatte. Die Herren wirkten meistens gediegen und sympathisch. Einige konnten sogar als richtig, um nicht zu sagen, überraschend attraktiv bezeichnet werden. Das dachte ich jedenfalls bis zu dem Tag, an dem ich in der Vorratskammer mit Irma zusammenstieß. Ich hatte die Nachricht hinterlassen wollen, dass ich für einige Tage verreisen würde, und Irma hielt die Einladung zu einem Familienfest bei einem unserer Söhne in der Hand.

Sie sah großartig aus. Die Grübchen wirkten fester und glänzender denn je. Das Ganze wurde noch betont von einer Art weiblichen Kleidungsstücks, das, glaube ich, Bustier genannt wird. Es drückte jedenfalls die oberen Köstlichkeiten hoch, umschloss sie in der Mitte und rundete sie unten auf eine Weise ab, die Irma wie einen Engel von Botticelli erscheinen ließ, wenn auch viel attraktiver, um nicht zu sagen herausfordernder. Ihre roten Locken – habe ich schon gesagt, dass ihre goldenen Locken einen Stich ins Rote hatten? – fielen ausgelassen über ihren Rücken, und an den Füßen trug sie hinreißende Stiefel im Stil der Jahrhundertwende. Ihre Oberschenkel wurden von Netzstrümpfen umschlossen.

Wir trennten uns nach dem Austausch einiger Höflichkeitsfloskeln, aber als Irma in ihren Teil der Wohnung zurückgegangen war, musste ich mich einfach in die Kammer schleichen und mein Ohr an die Tür legen, die zu ihren Gemächern führte. Bald hörte ich, wie ihre Wohnungstür geöffnet und geschlossen wurde und wie sie nun mit dem Besucher sprach, den sie offenbar eingelassen hatte. Dann verstummte das Gespräch, aber nachdem ich meine Aufmerksamkeit bis zum Äußersten anspannte, konnte ich hören, wie ein Bett knackte, danach nahm ich ein leises

Summen wahr, das für das zufriedene Schnurren einer Katze gehalten werden konnte.

Am nächsten Tag ging ich ganz einfach in die Kammer und klopfte an ihre Tür. Irma öffnete sofort und ließ mich ein. Dort, auf dem Sofa, das einst unser gemeinsames gewesen war, stellte ich sie zur Rede. Ich wusste ja, dass sie machte, was sie wollte, wir waren geschieden, aber ich glaubte, als ehemaliger Gatte und Freund, das betonte ich besonders, ein gewisses Recht auf Information über ihr derzeitiges Gewerbe zu haben. Irma war so offen wie immer. Du bist großzügig, Dieter, das warst du schon immer. Aber niemand kann behaupten, dass deine Einkünfte außergewöhnlich wären.

Ganz zu schweigen davon, dass es trotz allem teurer ist, allein zu leben als mit einem anderen Menschen. Telefon, Zeitung, Versicherungen und dergleichen, alles musste am Monatsende bezahlt werden, und es war durchaus nicht so, dass sie es witzig fand, wenig Geld zu haben. Eigenes Geld, fügte sie hinzu, das sie sich selbst zusammengespart hatte.

Von einem »Gewerbe« konnte übrigens keine Rede sein. Es ging einfach darum, gute Freunde zu haben, mit denen man sich bei Tag und auch bei Nacht amüsieren konnte. Freunde, die gern für dies und jenes bezahlten, für Kleider oder gutes Essen oder warum nicht mal für eine Reise. Sie selbst, Irma, würde niemals etwas tun, was sie nicht wollte, deshalb suchte sie sich diese Freunde äußerst sorgfältig aus. Und sie fand, sie habe dabei auch eine Menge gelernt, wie sie nach einer Weile hinzufügte. Dies und jenes habe sie gelernt, und wenn du dich also einsam fühlst, Dieter, dann weißt du Bescheid.

Und auch hier zeigte sich der feste und feine Boden, auf dem unsere Ehe und nunmehr unsere Freundschaft ruhten. Ich war nicht empört, sondern empfand sogar einen gewissen, sagen wir, Stolz, darüber, dass meine ehemalige Gattin offenbar noch immer auf so viele Männer dermaßen anziehend wirkte. Wir beendeten das Gespräch mit einer köstlichen Tasse Kaffee und außerdem mit einigen Marzipancroissants, ehe wir allerlei alte Erinnerungen auffrischten. Irma hatte recht gehabt. Sie hatte sich in positiver Richtung entwickelt.

Ich hatte weitere Tanzkurse besucht und war inzwischen richtig gut, was die lateinamerikanischen Tänze anging, vor allem Rumba und Cha-cha-cha. Es gefiel mir sehr, die Sache mit der Keuschheit oberhalb der Taille, und dass alles unterhalb der Gürtellinie stattfand. Einige der Damen, mit denen ich tanzte, ließen sich bei diesen heißen Rhythmen energisch gehen. Eines Abends nahm ich eine von ihnen mit nach Hause, und wir übten so intensiv, dass am Ende an meine Tür der Verbindungskammer geklopft wurde. Ich machte auf, und dort stand Irma, zusammen mit einem relativ gut aussehenden Mann.

Wir stellten uns gegenseitig vor, und dann fragte Irma, ob sie und ihr Besuch, der übrigens Hans hieß, sich uns nicht anschließen dürften, da unsere Aktivitäten sich so lebensbejahend anhörten. Wir stimmten zu und verbrachten danach einen richtig feurigen Abend auf meinem frisch gebohnerten Boden. Irma hatte eine Begabung für das Tanzen, die mir schon in jungen Jahren aufgefallen war, und als ich sie nun in den Armen hielt, reichte ich sie nur widerwillig und mit einem gewissen Stich der Sehnsucht an Hans zurück. Gleich darauf verschwanden die beiden durch die Kammer in Irmas Teil der Wohnung. Für mich und meine Bekannte hatte der Abend damit seinen Schwung verloren, und ich nahm die betreffende Dame nie wieder mit zu mir.

Hans war schon seit längerer Zeit mit im Spiel, wenn ich das richtig verstanden hatte, da der einst regelmäßige Besucherstrom bei Irma mehr und mehr versiegte. Hans war ein ehemaliger Bankdirektor und hatte genug an allem. Da war die Villa gleich außerhalb Frankfurts, gefüllt mit allerlei wertvollen Antiquitäten und dem Schmuck seiner leider verstorbenen Gattin. An den Wänden hingen Nolde und Matisse, der Flügel war ein Steinway, und die Kinder, mit denen hatte er sich dermaßen überworfen, dass er ihnen nichts anderes vererben wollte als die kürzlich gepflanzten Rhododendrenbüsche.

Hans besaß außerdem ein Ferienhaus in Chamonix und eine Residenz irgendwo in Griechenland. Die falsche Jahreszeit am falschen Ort zu verbringen, war nichts für ihn, und so kam es, dass Irma oft für ein oder zwei Wochen verreiste, um dann mit rosigen Wangen aus einem Skiurlaub oder braungebrannt von einem Platz an der Sonne zurückzukehren.

Ich legte wie immer ihre Post in die Kammer, und zum Dank hinterlegte sie ein nettes Reiseandenken. Aus Frankreich kamen köstliche Flaschen alten Rotweins, aus Griechenland ein Gutschein für einen Aufenthalt in einem nicht gerade schlichten Hotel, das offenbar in der Nähe von Hans' Villa lag. Ich fing an, Hans für einen akzeptablen, wenn nicht sogar angenehmen Zuwachs in Irmas und meinem (ich nannte es noch immer so) Verhältnis zu halten.

Und dass das Vermögen bei den Kindern landen könnte, war also ausgeschlossen. Erstens hatte Hans erklärt, dass er noch eine ganze Weile zu leben gedenke, zweitens sei es nützlich für Kinder, in schlichten Vorortwohnungen zu hausen und betagte Autos in der Garagenauffahrt stehen zu haben. So habe auch er seine Laufbahn begonnen, und wer schon hat, weiß nicht, was er braucht.

Alte ehrsame Eigenschaften wie Fleiß, Tugend und Sparsamkeit täten seinen Söhnen gut, auch wenn er fand, das mit der Tugend könne man in späteren Jahren leichter nehmen. Er sagte es ein wenig scherzend zu Irma, während er sie in die Taille kniff. Das hatte sie mir jedenfalls erzählt, und ich sah keinen Grund, an ihren Worten zu zweifeln.

Dass Irma es auf Hans' Geld abgesehen haben könnte, was seine Kinder offenbar angedeutet hatten, war ausgeschlossen. Es klingt vielleicht naiv, aber ich kenne meine Frau und weiß, dass sie niemals versuchen würde, sich etwas zu erschleichen, was ihr nicht zustünde. Vermutlich war es diese Grundeinstellung, die Hans dazu brachte, ihr so großzügig sein Bankkonto zur Verfügung zu stellen. Als erfolgreicher Bankdirektor hatte er sicher einen besonderen Sinn dafür entwickelt, den Charakter anderer Menschen zu beurteilen, und in Irma sah er, was er eben sah, einen durch und durch ehrlichen Menschen.

Da Hans noch immer über unbegrenzte Mittel verfügte, nutzte Irma die Möglichkeit, sich selbst und ihren Teil unserer Wohnung um einiges zu verbessern. An Wänden und im Gesicht, an Böden und Oberschenkeln wurde gemalt, getischlert und gefegt. Das Ergebnis war hinreißend.

Ein halbes Jahr verging, einige weitere Monate verstrichen. Der Advent kam, und die Stadt mit ihren Geschäften, Straßen und all dem Prunk geriet in die übliche Vorweihnachtsstimmung, die ziemlich schön hätte sein können, wenn es nur ein wenig geschneit hätte.

Wie oft bin ich schon über den Platz vor der Alten Oper gewandert, habe an den alten Wirtshäusern, die nach dem Krieg so schön restauriert wurden, Glühwein getrunken, habe prachtvoll geschnitzte Holzfiguren von unseren Brüdern und Schwestern in der Zone bewundert, habe mir eine dicke Wurst gekauft und einem Straßenmusiker eine Münze hingeworfen? Wie oft habe ich Stollen, Lübecker Marzipan und Baumkuchen gebunkert, nach Hause getragen, auf Teller verteilt und aufgegessen? Um danach zu wünschen, ja, wirklich zu wünschen, wir könnten diesen schönen Schnee haben, den wir zumeist nur auf Weihnachtskarten aus Schweden sehen?

So waren meine Gedanken in diesem Advent, und so dachte ich auch, als ich meine Wohnung für Weihnachten schmückte. Weder Irma noch ich waren jemals übertriebene Weihnachtsfanatiker gewesen, wir wollten es lieber einfach und gemütlich haben, mit ein paar roten Blumen, einem Adventskranz und, wie gesagt, leckerem Gebäck. Ich hatte unseren gemeinsamen Karton mit den Weihnachtsdekorationen vom Dachboden geholt und meinen Teil aufgehängt. Jetzt öffnete ich die Kammertür, um den Karton hinzustellen, damit Irma sich den Rest nehmen konnte. Stellen Sie sich meine Verblüffung vor, als die Kammer voller Weihnachtsmänner war.

Hier standen nicht nur ein oder zwei Weihnachtsmänner, es wimmelte geradezu von ihnen. Weihnachtsmänner aus Porzellan, Kunststoff, Holz und Stroh. Weihnachtsmänner in Rot und Weiß, Weihnachtsmänner mit und ohne Bart, alte Weihnachtsmänner und junge Weihnachtsmänner, Weihnachtsmänner mit Schlitten und mit Rentieren, Weihnachtsmänner, die gerade Brei kochten, Weihnachtsmänner, die lachten, Weihnachtsmänner, die ein ernstes Gesicht machten.

Ich bückte mich gerade und hob einen davon hoch, einen Weihnachtsmann so groß wie meine Hand, eine Laterne fest im Griff, als die Tür zu Irmas Wohnung aufgerissen wurde. Meine ehemalige Gattin stand vor mir!

»Dieter, du musst mir helfen«, rief sie und zog mich in die Wohnung. Ich folgte ihr und blieb dann mitten im Raum stehen. Überall Weihnachtsmänner. Weihnachtsmänner auf den Tischen und Weihnachtsmänner auf den Stühlen, Weihnachtsmänner im Fenster, an der Wand und unter der Decke. Weihnachtsmänner in Scharen in den Ecken, Weihnachtsmänner auf jedem Regal. Am Kühlschrank hingen zahllose Weihnachtsmannmagnete. Irma war rot im Gesicht, was ihr übrigens gut stand.

»Drei Wochen hat er dafür gebraucht«, seufzte sie. »Er sammelt seit fünfundzwanzig Jahren Weihnachtsmänner. Reist um die ganze Welt, um die schönsten Exemplare zu finden. 10 137 hat er schon. Das weiß er, bis zur kleinsten Weihnachtsmannmütze. Alles untergebracht in zweihundertdreißig Umzugskartons. Ich dachte, er macht Witze, als er davon gesprochen hat. Witze? Ha! Ich hätte begreifen müssen, dass er niemals Witze macht, wenn es um seine Besitztümer geht. ›So soll es zu Weihnachten hier aussehen‹, sagt Hans. ›Es soll gemütlich und weihnachtlich sein.‹ Er hat extra Tische aufgestellt, damit alle Platz haben. Und das macht mich wahnsinnig!«

Sie sah auch ein wenig wahnsinnig aus. Das war ungewöhnlich. Irma hatte immer schon ein gutmütiges Wesen gehabt.

Ich versuchte, sie zu beruhigen. Viele Leute sind empfindlich, wenn es um Weihnachtsdekorationen geht, sagte ich. Wir haben alle unsere kleinen Eigenheiten. Die einen wollen viel, die anderen wenig, und wenn es Hans doch so wichtig ist, dann lässt es sich einem geliebten Freund zuliebe wohl hinnehmen?

Aber Irma schüttelte den Kopf.

»Das hier ist meine Wohnung, und hier soll es so aussehen, wie ich das will«, rief sie. »Ich backe ja auch in seiner Designerküche keine Croissants. Das ist zu fettig, sagt Hans, und das kann ich akzeptieren. Aber dann will ich in meinem eigenen Reich keine einzige Weihnachtsmannmütze sehen!«

»Einige sind doch sogar schön«, versuchte ich es wieder

und schnappte mir einen, auf den ich fast getreten wäre. Er war aus Gummi, und als ich ihn hochhob, drückte ich aus Versehen auf seinen Bauch, worauf er ein heiseres Geräusch ausstieß. »With a hey, hey, hey and a ho, ho, ho«, sang der Weihnachtsmann und stieß ein fieses und raues Lachen aus, das wirklich jedem Kind Angst hätte einjagen können.

Irma jammerte und behauptete, die Weihnachtsmänner verpassten ihr eine Gänsehaut. Sie könne kaum noch schlafen. Sie habe das Gefühl, die Weihnachtsmänner brächen in ihre Träume ein oder erdrückten sie mit ihren ewigen Wünschen nach fröhlichen Weihnachten. Und ihr sei schon schlecht, seit dieses Theater angefangen habe. Auf der Toilette wimmele es von Weihnachtsmännern. Nicht einmal dort habe sie ihre Ruhe.

Ich bat sie zu mir herüber und konnte sehen, wie die alte Irma zurückkehrte, nachdem wir eine Weile dort gesessen, ein Glas Portwein getrunken und einige Nüsse geknackt hatten. Irma seufzte wieder und gab zu, dass ihr unsere alten Weihnachtsfeiern fehlten. »Dass wir in so vielen Dingen einer Meinung sind, Dieter«, sagte sie, und für einen Moment sahen wir einander in die Augen und dachten zurück an die schönen Weihnachtstage vieler Jahre, als die Zeit mit Essen und nicht mit Dekorationen verbracht worden war. Gänse mit Pflaumen und Knödeln, ab und zu Karpfen, Heringssalat, Grünkohl, Weihnachtsbier und Früchtebrot.

Dann erhob sich Irma, weil sie glaubte, ihre Türklingel gehört zu haben. Möglicherweise Hans! Mit weiteren Umzugskartons voller Weihnachtsmänner.

Irma und ich hatten wie üblich entschieden, dass die Kinder mit ihren Familien zu Weihnachten zu uns kommen sollten. Zum Fest ließen wir immer fünf gerade sein, das taten wir eigentlich fast immer, aber vielleicht vor allem zu Weihnachten. Jetzt kam es uns also ganz natürlich vor, die Feier in meinem Teil der Wohnung stattfinden zu lassen. Dass Hans etwas mit dieser Feier zu tun haben könnte, auf diese Idee kam ich einfach nicht. Irma auch nicht. Es war deshalb fast ein Schock, als ich die Kammertür öffnete, um eine Flasche Wein hinzustellen, eine trockene Spätlese, die ich Irma gerne zum Probieren gegeben hätte, und einen Zettel fand, auf dem Irma mitteilte, dass Hans mit uns zusammen Weihnachen feiern wollte.

Hans gefiel es gar nicht, dass sie, Irma, das Fest mit ihrem ehemaligen Gatten verbrachte, der, so Hans, wie ein Liederjan wirkte, der seine Lüste nicht unter Kontrolle hatte. Überhaupt zeigte Hans jetzt um einiges weniger Toleranz für jene Seiten an Irma, die ihm früher so gefallen hatten. Der Zettel war in erregtem Zustand geschrieben, und ich klopfte an Irmas Tür, um zu hören, ob sie zu Hause war. Aber niemand öffnete.

Drei Tage vor Weihnachten schoben sich am Horizont dichte Wolken zusammen. Ich stand aus dem Bett auf und schaute aus dem Fenster. Die Weihnachtsbeleuchtung auf dem Markt ein Stück weiter unten leuchtete tröstlich, aber draußen war es noch immer grau und regnerisch. Es könnte ein Gewitter geben, und es könnte ein prachtvolles Unwetter losbrechen, das rein gar nichts mit Weihnachten zu tun hätte, sondern eher mit den Meeresabenteuern, die Irma und ich in unseren Herbstferien auf Sylt erlebt hatten.

Sylt … ich verlor mich schon in Erinnerungen an Strandwanderungen, als an meine Tür in der gemeinsamen Kammer geklopft wurde. Ich machte auf. Vor mir stand Irma.

Sie sah noch wilder aus als einige Tage zuvor. Ihre Haare standen nach allen Seiten ab, und der Morgenrock, den sie übergeworfen hatte, konnte ihren roten Spitzenunterrock nur notdürftig verbergen. Ihr Lippenstift war in den Mundwinkeln verschmiert und ihre Wimperntusche über die Wangen gelaufen.

Sie warf sich in meine Arme, als sie mich sah, und ich drückte sie an mich, streichelte ihren Rücken und dachte, diese Situation hätte unter anderen Umständen sehr angenehm sein können. Aber Irma entwand sich meiner Umarmung rasch, fasste mich am Arm und zog mich in ihren Teil der Wohnung.

Die Weihnachtsmänner sahen mitten in der Nacht boshafter aus denn je, und ich hätte schwören können, dass einige sich sogar bewegten. Das Licht im Zimmer war gedämpft, und hier und da brannte eine Kerze. Das Bett war nicht gemacht, und zuerst begriff ich nicht, was dort für ein großer Gegenstand lag, halb verborgen unter einer Decke. Ich ging näher und hob die bunte Bettwäsche hoch.

Der Gegenstand war Hans. Er war nackt. Daran, dass er tot war, konnte es keinen Zweifel geben, auch wenn ich sofort Puls und Atem überprüfte. Hinter mir hörte ich Irma unbegreifliche Reden führen.

»Ich wollte doch nicht … ach, Dieter, du weißt, ich hätte

nicht, hätte niemals, hätte doch nie gewollt … aber er kam mit noch drei Kartons und fing an, das Bett zu dekorieren … und dann wollten wir schlafen gehen, und er hatte ein Weihnachtsmannkostüm mitgebracht, das ich anziehen sollte …. nein, kein Weihnachtsmannkostüm, einen BH aus rotem Fell mit kleinen Glöckchen und eine Unterhose, auf der *fröhliche Weihnachten* stand, und eine Weihnachtsmannmütze … und ich habe mich geweigert, und Hans wurde wütend, und dann wurde er richtig bedrohlich, und da konnte ich ihn noch herlocken, und es kam, wie es kommen musste, aber er war brutal, überhaupt nicht zärtlich, und ich weiß nicht, wie es kam, aber ich hatte die Beine um seinen Hals, und plötzlich fiel mir ein, wie wir damals die Oberschenkelmuskeln trainiert haben, um sie innerlich geschmeidig zu machen, und dann habe ich ein bisschen fester zugedrückt, und Hans hat ein wenig geröchelt, ich meine, du weißt, wie das ist, er war doch erregt, und dann wurde er plötzlich ganz schlaff, und es kam kein Geräusch mehr, und ich habe ihn losgelassen, aber er bewegte sich nicht und …«

Ich drehte mich zu Irma um und legte ihr behutsam die Hand auf den Mund. Sofort verstummte sie.

»Hans ist tot«, sagte ich, so ruhig ich konnte. »Du hast ihn erwürgt, Irma. Wenn er nicht an seiner Erregung gestorben ist. Oder aus purem Schreck.«

Ich sprach ruhig und bedächtig, damit sie verstand. Es ging besser, als ich erwartet hatte, auch wenn sie ein wenig weiß im Gesicht war. Ihre Unterlippe zitterte, als sie sich neben ihren toten Liebhaber auf die Bettkante sinken ließ.

Ich wollte gerade sagen, dass wir die Polizei verständigen müssten, dass das hier als Unfall gelten und sie sicher eine Bewährungsstrafe erhalten würde, mildernde Umstände im Zeichen der Leidenschaft und so weiter, aber sie kam mir zuvor.

»Niemand weiß, dass er hier ist«, sagte sie.

Ich fragte, was sie damit meinte, sie holte tief Luft, und dann brach es aus ihr heraus.

»Dass er hier ist … ich meine, seine Söhne waren doch sowieso wütend auf mich, weil sie dachten, ich wollte nur sein Geld, was nun wirklich nicht der Fall war, das weißt du, Dieter. Aber jedenfalls hat Hans sonst immer mit seinen Söhnen zusammen gefeiert, er war doch ein Mann, der Traditionen achtete, einige jedenfalls, aber jetzt und heute wollte er das nicht, und außerdem hatte er seine Weihnachtsmänner doch hier aufgestellt, also hatte er hier die Weihnachtsmänner und mich, so hat er das ausgedrückt. Um Streit zu vermeiden, hat er seinen Kindern erzählt, er würde in diesem Jahr in seiner Villa in Griechenland Weihnachten feiern. Damit niemand protestiert, hat er auch klargestellt, dass er alleine fahren würde, weil ich, also Irma, mit dir und meinen eigenen Kindern feiern würde. Er hatte ihnen sogar ein Flugticket gezeigt. Ich weiß, es sieht Hans überhaupt nicht ähnlich, nicht genau das zu tun, was er wollte, aber das gehörte zu seinem Plan. Er war ein Meister im Manipulieren. Die Kinder waren so froh, dass er sich von mir getrennt hatte, dass sie sofort allerlei Papiere unterschrieben, ohne sich groß Gedanken zu machen. Und die Sache mit der Übertragung eines

Hauses auf Ibiza haben sie alle nicht bemerkt. Ja, das sollte Hans' Weihnachtsgeschenk für mich sein …«

Ich schaute meine Frau lange an, bis mir dämmerte, was sie meinte. Für seine Familie war Hans in Griechenland. Er würde so bald nicht vermisst werden. Hans war mit der Straßenbahn hergekommen und hatte den Wagen zu Hause stehen lassen, wie Irma mir mitteilte, als ich in meinen Gedanken gerade so weit gekommen war. *Great minds think alike,* wie wir immer sagen, wenn wir international sein wollen. Jetzt aber mussten wir uns um eine Leiche kümmern. Und, wie Irma mich erinnerte, um 10 137 Weihnachtsmänner.

Irma holte die Spätlese, und wir tranken ein Glas Wein, während wir überlegten. Den Leichnam auf irgendeiner Müllhalde abzulegen oder im trüben Wasser des Mains zu versenken? Zu riskant und zu schwer. Jemanden für diese Arbeit anheuern? Kein sicherer Ausweg. Die Gegend um den Frankfurter Hauptbahnhof wimmelt zwar nur so von kriminellen Elementen, die für eine Handvoll Geld sicher auch um einiges wertvollere Dinge entsorgen würden als Hans.

Aber diese kriminelle Energie könnte sich dann auch gegen Irma und mich wenden. Keine lustige Zukunftsaussicht für ein Paar, das bisher mit der Welt und miteinander auf so gutem Fuß gestanden hat, dass der einzige Scheidungsrichter, den wir je gebraucht hatten, eine kleine Kammer war.

Die Kammer, ja.

Ich griff zu dem Würfel, den ich immer in der Schlafanzugtasche habe. Kniff die Augen zu und würfelte. Ein

Sechser. Ich schaute zu Irma hoch. Nach einer Weile, als wir unsere Überlegungen beendet hatten, hoben wir die Gläser. Und leerten sie.

Heiliger Abend. Da saßen wir also, wie schon so oft zu Weihnachten, die ganze Familie versammelt um den Esstisch in meinem Teil der Wohnung. Dort saß Irma in ihrem weinroten Kleid, das den halben Oberschenkel freigab. Da saßen unsere Söhne, stripp, strapp, strull, zusammen mit Gattinnen und Verlobten. Dort sprangen zwei Enkelkinder herum und spielten ein altes Würfelspiel, das ich vom Dachboden geholt hatte.

In der Ecke stand der Weihnachtsbaum, grün und hoch, einer der Vorteile von vier Meter hohen Wänden. Oben saß der Stern, und natürlich hatten wir echte Kerzen im Baum, wie wir das immer haben. Unter dem Baum lagen die Geschenke, alle schön verpackt, und ich muss zugeben, dass ich gespannt war, wenn ich sie betrachtete. Auf dem Fensterbrett befand sich der Adventskranz, die Schüssel für die Süßigkeiten war bis zum Rand gefüllt, der Weihnachtsstern leuchtete rot, und die eine oder andere Weihnachtstischdecke erinnerte an Stickerei und Klöppelwerk früherer Generationen.

Irma trug die Gans auf, die köstlicher schmeckte denn je. Erst bei Kaffee und Pudding erhob ich mich und hielt die Rede, die ich während des Essens ersonnen hatte. Die Ansprache, in der ich mitteilte, dass ich und Irma, meine geliebte Gattin, eure Mutter und Schwiegermutter und Großmutter, uns wieder zusammentun würden.

Tatsache war, dass wir groß zuschlagen und noch einmal heiraten wollten, denn doppelt genäht hält besser, und damit war die ganze Tafelrunde hiermit nach Ibiza eingeladen. Dort nämlich sollte die Hochzeit stattfinden, und danach sollte eine Woche Ferien in unserem frisch erworbenen Haus auf der Insel folgen. Ein Haus auf Ibiza? Ja, zu unserer, aber auch zur Verfügung der ganzen Familie. Prost, ihr Lieben. Es ist wunderbar, dass ihr hier seid. Fröhliche Weihnachten.

Jubel brach aus. Frohes Lachen. Umarmungen und Wangenküsse, glückliches Plappern. Ach, ich bin ja so froh. Ich habe es immer so schade gefunden … ihr passt so gut zusammen, das war immer schon so … nur wenigen ist es vergönnt, eine solche Liebe …

Und dann die erstaunte Frage einer Schwiegertochter.

»Aber wenn ihr jetzt wieder heiratet … und so wohnen bleiben wollt, wenn ich das richtig verstanden habe … warum habt ihr dann die Kammer zwischen dem Ost- und dem Westflügel zugemauert?«

Irmas Antwort kam ohne das geringste Zögern. Ein beginnender Feuchtigkeitsschaden. Nicht so lustig, jetzt zu Weihnachten. Der Maurer an der Ecke hatte rasch mit Material ausgeholfen. Dass Dieter und ich so geschickt sind, hättet ihr wohl nicht gedacht. Aber wir werden natürlich eine neue Tür brechen lassen. Zu seiner Zeit.

Ein Enkelkind lief zu der nagelneuen Mauer. Fuhr mit seinem weichen Händchen über die raue Oberfläche und schrie entzückt auf.

»Wisst ihr was? Da sitzt ein Weihnachtsmann in der Wand. Ich sehe die Mütze! Ich sehe sie!«

Und da drehte ich den Kopf weg und sah aus dem Fenster. Es hatte angefangen zu schneien. Endlich. Große weiße Flocken. Genau wie auf einer Weihnachtskarte aus Schweden.

Aus dem Schwedischen von Gabriele Haefs

Anne B. Ragde

❄

Mord auf Spitzbergen

Wenn man Probleme dabei hat, die richtigen Worte zu finden, um ein Naturerlebnis echt, wahrhaftig und stark genug zu beschreiben … ja, wenn man diese passenden Worte ganz einfach nicht zu finden vermag, dann ist es immer von Vorteil, zu denen von anderen greifen zu können.

Das Motiv für einen solch literarischen Diebstahl liegt gewöhnlich darin begründet, dass Naturgewalten zarte Menschenkinder oft in eine gewissermaßen sakrale und nahezu heilige Stimmung versetzen, so dass die Worte der großen Dichter plötzlich beglückend überzeugend erscheinen. Auch wenn dies nicht immer ganz unheikel ist. Denn offensichtlich ist es dem Norweger nur dann gestattet, hemmungslos der Natur zu huldigen, wenn er sich im Krieg befindet. In Friedenszeiten sieht das ganz anders aus. In dem Jahr, in dem diese Geschichte spielt, darf man diese Art von Schwulst jedenfalls nicht von sich geben, ohne als klischeebeladener Trottel dazustehen, als aufgeblasener sentimentaler Dussel, nicht abgebrüht genug, um an der Debatte über Robbenjagden oder den Mitgliederversammlungen des Schriftstellerverbandes teilzunehmen. »Empfindsam« wird zum Schimpfwort.

Deshalb war es für mich eine große Freude, an jenem

Tag draußen auf dem Eis, dass plötzlich die Worte eines anderen zur Stelle waren. Die richtigen Worte. Ich ließ den Motor des Schneemobils absterben, und es war Stille.

Stille.

Ein anderes Wort habe ich nicht. Aber wenn Sie jetzt »Stille« für das halten, was Sie abends im Wohnblock hören, nachdem alle Kinder eingeschlafen sind, dann liegen Sie damit vollkommen falsch. Ich rede nämlich von »Stille«. Und zwar zusammen mit folgenden Faktoren: 26 Grad unter Null, tief stehende Sonne am blassblauen Polarhimmel, ein Blickfeld von an die fünfzig Kilometer in jeder Richtung, dazu ein wahnwitzig überbordendes Freiheitsgefühl aus ganz besonderen Ursachen, auf die ich später noch zurückkommen werde.

Und weiß.

Wenn Sie glauben, »weiß« bedeute weiß, dann liegen Sie erneut vollkommen daneben, vor allem, wenn Sie an Blendax und frisch gewaschene Laken und unbenutzte Wegwerfwindeln und solche Dinge denken. Sie irren sich sogar, wenn Sie an die Hardangervidda mitten im Winter denken. Ich meine »weiß«. Ungebrochenes Weiß. Bis dahin, wo das Blau beginnt.

Ich zog die Fäustlinge aus, nahm die Brille mit dem gefrorenen Kondenswasser auf der Innenseite ab und brach den erstarrten Schal unter meinem Kinn nach unten. Ich setzte mich seitwärts auf das Schneemobil, zündete eine steuerfreie Mentholzigarette an, mit einem eiskalten Dunhillfeuerzeug, das in der Brusttasche meines Thermoanzugs gelegen hatte, und musterte die Spur hinter mir. Sie verschwand in dem vielen Weiß, in der weiten Stille. Ich lauschte der Pelzmütze, die an meinen Ohrmuscheln entlangschrappte, wenn ich den Kopf bewegte. Ich sah nach vorn, nach dorthin, wo ich wollte. Genauer gesagt: in die Richtung, in die ich wollte. Einen bestimmten Punkt anzupeilen war unmöglich. Im Osten entlang des Tempelfjords gab es die schwache Andeutung einer Schneemobilspur, die man unmöglich hätte erahnen können, wenn man nicht gewusst hätte, dass sie dort war.

Dann lauschte ich den Worten und wiederholte sie laut. Meine Stimme brach in der Stille.

Ich war nicht ganz sicher, ob alles korrekt wiedergegeben war, aber es reimte sich, und ein Gedicht, das sich reimt, ist einfach immer schön. Ich war auch nicht sicher, welch großer Geist sie überhaupt geschrieben hatte. Und wo und wann. Aber es passte. Hier und jetzt. Und ich gelobte mir, mich niemals darüber zu informieren, von wem die Zeilen stammten. Oder nachzusehen, ob ich sie wortwörtlich aufgesagt hatte.

Denn jetzt gehörten sie mir, eine schwülstige Huldigung, hinter der ich stehen konnte, mit einem alten versoffenen Dichter als Puffer und Alibi:

Bist du so feige?
Sehnende Zweige
Starren von Reif; du wurdest verhext.
Doch ich bin stärker,
sprenge den Kerker,
wo sich dein Lebensfunke versteckt.

Die Wörter waren wie Balsam gegen die Qual der Stunden, die hinter mir lagen, und die Herausforderungen der Stunden, die noch vor mir lagen. Die einzigen Lebensfunken in meilenweitem Umkreis waren ich selbst und die beiden Zündkerzen des Motors. Ich sprengte den vor Reif starrenden Kerker mit geschlossenen Augen vor den senkrecht fallenden Seidenschatten des Tempelfjells, drückte die Zigarette im Pulverschnee aus und folgte der schwachen Spur weiter gen Osten.

Der Mann, der halb vom Schnee bedeckt zehn Kilometer weiter hinter einer kleinen Odde lag, hatte ebenfalls einen zitternden Lebensfunken gehabt. Einen Lebensfunken, der hätte sprechen und erzählen können.

Das tat er nun nicht mehr. Der Lebensfunke dort hatte dieselbe Temperatur wie die Luft – ziemlich niedrig gewissermaßen.

Der Mann lag auf dem Bauch und presste die Arme an die Brust, genau, wie ich es erwartet hatte. Ich fuhr an ihm vorbei, während ich mein Schneemobil sorgfältig an türkisenen Eisbuckeln entlangbugsierte, wo es keine Spuren hinterlassen würde. Fünf Kilometer weiter entdeckte ich ein schwarzes Schneemobil, das still auf dem Eis stand. Verlassen. Fünf Kilometer. Das hatte ich nicht erwartet. Er war ausdauernder gewesen, als ich gedacht hatte.

Ich ließ den Motor laufen, während ich mich vom Sitz losriss und wie ein Astronaut auf das schwarze Schneemobil zustapfte. Meine beiden Zylinder tickten gleichmäßig und klangvoll hinter mir, mit ausreichend Zufuhr von fettem 98-Oktan-Benzin. Es war genau das Geräusch, das ich jetzt hören wollte. Das Stille konnte warten. Weiß würde es schon früh genug werden.

Ich drehte den Deckel vom Benzintank am Schneemobil des Toten. Dann entfernte ich den Draht, der gleich unter dem Deckel befestigt war und den Benzinschwimmer auf »Full« hielt. Anschließend drehte ich den Deckel wieder fest. Meine Fingerspitzen schmerzten schon vor Kälte, die Knöchel pochten. Der Pfeil stürzte auf »Empty«.

Wind war aufgekommen. Die eisige Kälte der tief stehenden Sonne flüsterte in weißen Wirbelstreifen über dem Eis und tilgte alle Spuren von Schneemobilketten und schweren Thermostiefeln. Das kam mir wie gerufen, ein wenig Glück wird man ja wohl noch haben dürfen. Sicherheitshalber drehte ich auf dem Eis einen weiten Bogen zurück über den Fjord. Ich wollte durchaus nicht noch einmal an dem Toten vorbeifahren.

Stattdessen wiederholte ich die unendlich schönen Worte und war dem Kerker entronnen, der Tacho erreichte die 130. Hinter mir wirbelte Pulverschnee hoch wie fauchende Jetspuren an einem Sommerhimmel, das Schneemobil brüllte infernalisch in Richtung Fredheim und Sassendalen und weiter nach Adventdalen.

In gleichmäßigen Abständen musste ich mir den rechten Fäustling gegen das Gesicht pressen, die Wärme des Lenkers taute meine gefrorene Haut auf, der Dampf der Netzhäute sammelte sich hinter den Brillengläsern. Es war kälter geworden. Am liebsten wäre ich gleich ins Huset gefahren, dem einzigen Restaurant in dieser gottverlassenen Gegend, zu einem Renault Cognac sowie Schnecken in Knoblauch – eine unerhörte Kombination, noch dazu in der Glühweinzeit so kurz vor Weihnachten, aber das Einzige, worauf ich Lust hatte. In diesem Moment.

Vor dem Schalter beim Regierungsbevollmächtigten war es warm.

Aber meine Wangen waren verschwunden.

»Das sind Frostschäden«, sagte die Frau, die vor mir in einem roten Pullover saß. »Ihre Wangen sind ja grünweiß, machen Sie, dass Sie zum Arzt kommen.«

»Mein Mann ist verschwunden«, gab ich zurück. Ich hatte das Gefühl, diese Wörter müssten wie giftig gelbe Neonröhren im Zimmer leuchten, aber das taten sie nicht. »Er wollte nach Svea. Wir haben ein Zimmer im Pakkis bestellt, als wir gestern dort waren. Er ist nicht angekommen, ich habe angerufen. Ich habe ihn gesucht … ich kann ihn nicht finden.«

Meine letzten Worte würzte ich mit einer Messerspitze Hysterie. Sie kam hinter dem Schalter hervor, packte meine Arme und drückte mich in einen passenderweise direkt daneben stehenden Sessel. Mein Körper knackte. Sie öffnete meinen Thermoanzug, nahm mir die Pelzmütze ab. Das Zimmer dampfte und flimmerte um mich herum.

Am Ende landete ich dann doch im Huset. Aber ihnen waren die Schnecken ausgegangen. Die hatten sich sicher in wärmere Gefilde weiter südlich verzogen. Ich verzehrte würzigwarmes Filetsteak aus Argentinien. Der Renault war ihnen auch ausgegangen. Ich bekam ein Ersatzprodukt. Das wärmte auch entsprechend. Meine Wangen pochten so intensiv, dass ich nicht mehr klar blicken konnte; wenn ich direkt nach unten sah, wurden sie dick und rot und blank und versperrten mir die Sicht auf die Tischdecke. Ich hatte einmal von einer Frau gelesen, die sich selbst in den Arm geschossen hatte, nachdem sie ihren Mann erledigt hatte. Sie schoss sich in den Arm, damit die Polizei ihr die Geschichte von dem mörderischen Einbrecher glaubte.

Gefrorene Wangen waren besser, ich hatte ja fast mein Leben aufs Spiel gesetzt, das konnte jeder Trottel sehen. Alle waren nett zu mir, sie wussten, dass im Moment nach meinem Mann gesucht wurde. Inzwischen waren es dreißig Grad unter null, und niemand sagte etwas.

Ich fing an, mich reich zu fühlen. Und berauscht. Ich war dem Kerker als neureiche Witwe entronnen. Mit einem kleinen Stück Draht. Einem Ticket to ride erster Klasse. Aber der Regierungsbevollmächtigte würde wütend auf mich sein. Darauf war ich vorbereitet. Beim Kaffee kam er.

»Warum haben Sie uns nicht sofort informiert? Und warum haben Sie ihn allein nach Svea fahren lassen? Er ist doch zum ersten Mal hier? Das ist doch Wahnsinn. Warum wollte er heute wieder hin?«

»Er wollte unbedingt auf eigene Faust los. So ist ER eben. Harter Hund. Konnte nicht hinnehmen, dass ICH etwas schaffte, was ER nicht konnte. Daran ist er nicht gewöhnt.«

»Aber Sie haben doch zwei Jahre hier gewohnt. Er muss doch einsehen, dass das etwas ganz anderes ist.«

»Er wollte nur an der Spur entlangfahren, er hat auch eine Karte mitgenommen. Ich wollte ihm in sicherer Entfernung folgen, aber er wäre wütend geworden, wenn er mich in Svea entdeckt hätte.«

»Wir können ihn nicht finden. Schwarzes Schneemobil. Das müsste doch leicht zu sehen sein. Aber wir finden ihn nicht. Und jetzt sind es schon dreißig minus.«

»Er hat auch ein schwaches Herz. Hohen Blutdruck. Nimmt Medizin. Aber das soll niemand wissen. Er will stark sein.«

Ich fing an zu weinen. Die Tränen machten an meinen Wangen alles noch schlimmer, aber ich musste doch weinen. Dem Regierungsbevollmächtigten wurde Kaffee gebracht. Er starrte auf die Tischplatte. Ein Hubschrauber näherte sich draußen, landete. Einige Sekunden später waren stampfende Schritte im Gang zu hören, ein Beamter stolperte herein.

»Wir haben ihn gefunden! Im Tempelfjord, fast beim Von-Post-Gletscher!«

»Im TEMPELFJORD?! Was zum Teufel … wollte er nicht nach Svea?«

Der Regierungsbevollmächtigte sah mich verdutzt an, bat mich, sitzen zu bleiben und stürzte davon. Gleich darauf hörte ich, wie der Hubschrauber wieder startete. Der Kellner brachte das Ersatzprodukt. Ich stoppte die Flasche über meinem Glas in der Luft und schüttelte den Kopf. Der Kellner lächelte mitfühlend und fragte, ob ich einen anderen Wunsch hätte.

»Nein«, murmelte ich mit tränenerstickter Stimme.

Ich hatte ihm ein falsches Selbstvertrauen eingeflösst. Hatte ihm immer wieder gesagt, welch guter Schneemobilfahrer er doch sei, wie rasch er gelernt habe, die vielen Pferdestärken zu lenken. War das bewundernde Weib gewesen, wie alle Jahre vorher. Ein unselbständiges dummes Ding. Eine verlogene Schauspielerin, so tüchtig, wie das nur Frauen sein können, die versorgt werden wollen. Aus Angst davor, sich nicht selbst versorgen zu können. Aber in diesen Tagen hatte ich das bewundernde Weib aus eiskalter Überlegung gegeben. Obwohl er wie eine alte Kuh auf dem Sitz herumwackelte, wann immer das Schneemobil einen Eisbuckel traf, obwohl er mit Rücken und Nieren auf den Sitz knallte, statt die Oberschenkel zu benutzen. In einer Woche hätte er rot gepisst. Aber das immerhin blieb ihm erspart. Nichts ist so schlimm, dass es nicht noch schlimmer kommen könnte.

Komischerweise war es meine Zeit auf Spitzbergen gewesen, die ihn anfangs so fasziniert hatte. Er hatte mich für eine toughe Lady gehalten. Und das war ich wohl auch gewesen, damals. Aber nicht mehr, als ich ihn kennengelernt hatte. Da war ich eine erfolglose Möchtegerndichterin ohne Ausbildung gewesen. Mit einem grenzenlosen Hang zum süßen Leben. Eine schlechte Kombination, die entweder zum Strich am Osloer Hauptbahnhof oder zu einem Trauring auf dem Osloer Millionenhügel führt.

Ich hatte mich für den Millionenhügel entschieden. Kleine Essensgesellschaften und Kurse in Porzellanmalerei und niedliche Lesegruppen. Liebesschmöker und solche Dinge. Schlaraffenleben. Aber dann hatte ich es satt bekommen. Zwei Monate, ehe die Schnecken von Spitzbergen geflohen waren.

Ich wäre ihn nicht anders los geworden als mit Draht und lebensgefährlich aufgeputschtem Selbstvertrauen, das die eigenen Fähigkeiten über- und die der Natur unterschätzt. Die Kripo in Oslo hätte sofort Argwohn geschöpft, wenn sie ihn gefunden hätte, ob nun erschossen oder mit einem harten Gegenstand erschlagen oder oben am Hang abgestürzt. Sie hätten auch an keinen fiktiven Einbrecher geglaubt, und wenn ich mir beide Arme mit schwerer Munition perforiert hätte. Aber hier oben? Hier dachten sie nicht in solchen Bahnen. Mord auf Spitzbergen?

Nimmermehr.

Hier klammerten sich alle ans Leben, wie das Polarrentier, das mit seinen kurzen Beinen Flechten von der Tundra kratzt.

Deshalb hatte ich entschieden, dass es hier passieren sollte. Am Schauplatz meiner Jugend, wo ich stark sein konnte. Hier oben war ich immer entschieden und entschlussfreudig aufgetreten, das mussten hier alle sein. Ich hatte das Gefühl von damals schon empfunden, noch ehe das Flugzeug gelandet war. Als ich die Berge gesehen hatte. Die kannte ich. Vor denen hatte ich keine Angst. Und meine Stärke war ansteckend gewesen. »Es ist eine harte Tour vom Von-Post-Gletscher, die solltest du nicht allein machen. Können wir nicht bis morgen warten, ich habe heute Kopfschmerzen.«

Voll auf den Leim war er mir gegangen. Die männliche Eitelkeit. Schnickschnack, diese Tour fuhr er doch gern vor dem Abendessen. Rambo. Ich bot an, das Schneemobil bereitzumachen, das Öl zu überprüfen und Benzin nachzufüllen. Tank bis oben voll. »Dann schaffst du es leicht hin und zurück«, sagte ich. Aber bald danach presste er sich nur noch tief gefrorene Hände an die Brust, an das Herz, das vor Angst vor der gigantischen Polareinsamkeit bei 78 Grad Nord stehengeblieben war.

Jetzt war er allein in dem Weißen und Stillen. Ich hatte ihm genug Benzin gegeben, um weit genug von den Menschen fortzukommen. Und es war Mittwoch. Alle waren bei der Arbeit. Nicht ein einziger Journalist oder berggeiler Fotograf war unterwegs, das hatte ich überprüft. Denn die waren überall, wenn sie erst einmal hier waren.

Jetzt würden sie mich bald holen. Sie würden herkommen und mich vorsichtig zu meinem aufgetauten und zimmertemperierten Gatten bringen. Dann würde er zum Festland hinübergeschafft werden. Ich hingegen würde ein Zimmer im Funken bestellen und unmittelbar nach der Beisetzung hierher zurückkehren. Ferien. Allein. Das Leben genießen, wie eine richtig wohlhabende Polarpennerin. Mit Mengen von muskulösen und schwarz bestäubten Bergarbeitern, die mir abends im Huset Gesellschaft leisten konnten. Und später vielleicht auch.

Ich könnte auch versuchen, wieder ein wenig zu schreiben. Eigene Worte zu finden, statt die von anderen zu übernehmen. Ich betastete meine Hosentasche. Da lag es. Das Stück Draht, das das Leben zwischen mir und ihm gekappt hatte, das Stück Draht, das jetzt mein Bankkonto bis zum Bersten füllen würde. Das Haus auf dem Millionenhügel würde ich verkaufen. Und den Mercedes. Von der saftigen Lebensversicherung ganz zu schweigen. Vorsichtig zog ich den Draht aus der Tasche, nachdem ich mich im Restaurant umgeschaut hatte. Niemand sah zu mir herüber. Aber ich sah den Draht an, mein feines kleines Ticket to ride.

Er war aus rotem Kupfer.

Er war aus rotem Kupfer. Ich fing an zu zittern. Der dürfte nicht aus rotem Kupfer sein. Nicht mein Draht. Der war grau. Es war so einer, wie man ihn zum Löten verwendet. Ich hatte ihn unmittelbar vor unserer Abreise aus dem Keller geholt. Das hier war nicht mein Draht. Er war zwar irgendwo abgerissen worden. Aber das hier war nicht mein Draht. Und natürlich war er jetzt tot. Aber das hier war nicht mein Draht. Warum hatte ich ihn nicht genauer angesehen, ehe ich ihn vom Schwimmer gewickelt hatte? Ich brach in Tränen aus. In der Ferne hörte ich die Rotoren des Hubschraubers, die sich durch die Minusgrade hackten. Das hier war ein Draht, den ich noch nie zuvor gesehen hatte. Aber jetzt schnitt er sich bei jedem Rotorschlag, der sich da draußen drehte und drehte, bis er zum Stillstand kam, tiefer und schmerzlicher in meine Hand.

Der Regierungsbevollmächtigte nahm nicht meinen Arm, wie ich das erwartet hatte. Er sagte nichts über das Polarrentier, das sich ans Leben klammert. Er sagte rein gar nichts. Er fuhr mich das kleine Stück zu seinem Büro, ein fester Punkt am Ende der Wagenspuren vor uns, auf den ich meine Augen richten konnte, das prachtvolle Haus, wie ein Schweizer Chalet, wo sein Büro untergebracht war.

Auf den Millionenhügel hätte es wunderbar gepasst.

Er hatte es noch geschafft, etwas auf die Karte zu zeichnen. Einen großen Deckel mit der Aufschrift »Empty«, Bleistiftstriche, die sich um den Schwimmer darunter wanden, ein grauer Draht war durch die Karten gepresst worden, zwischen den Bleistiftkreisen. Pfeile zum Draht hin, mein Name auf den Rand der Karte gekritzelt. Den anderen Draht musste er aus dem Motor gefischt und um den Schwimmer gewickelt haben, damit ich nicht weitersuchte. Ich ließ den Kopf hängen, versuchte, den Ausdruck in meinen Augen zu korrigieren, aber es gelang mir nicht so recht. Es war schwer, hier oben Schauspielerin zu sein, wo das Publikum nicht mehr lebte. Der Draht war verschwunden, auch wenn jeder Lebensfunke in mir zitterte und sich wehrte, als ich den Kopf hob und dem Blick des Regierungsbevollmächtigten begegnete.

Ich sah in diesem Blick nicht ein einziges Rentier. Ich sah die Osloer Kripo. Und plötzlich wusste ich, dass Bjørnson die Worte geschrieben hatte.

Damit hatte ich auch sie verloren.

Aus dem Norwegischen von Gabriele Haefs

Åsa Larsson

❄

Die Postkutsche

Es war am Abend des 14. Dezember 1912, dass Postillon Johansson und sein Laufbursche ums Leben gebracht wurden. Und es waren der Fuhrunternehmer Erik Bäckström und sein Gehilfe, die sie fanden.

Bäckströms Gehilfe fand nach diesem Erlebnis nie wieder zu sich. Vorher war er einer von der munteren Sorte gewesen. Einer, der bei der Arbeit sang. Danach wurde er ernster. Scherzte nie mehr mit den Töchtern von Kaufmann Hannula, wenn er Waren holte, und verspielte oft am Kartentisch seinen ganzen Lohn. Brachte von den Schwarzhändlern in Malmberget Schnaps mit und verkaufte ihn an die Bergarbeiter. Das aber hat Bäckström zum Glück nie erfahren.

Bäckström und sein Gehilfe waren auf dem Weg nach Gällivare. Sie hatten ihren Schlitten voll beladen mit Schneehühnern, die mit dem Zug nach Stockholm gebracht werden sollten. Aber zwischen Kiruna und Gällivare konnte der Zug nicht fahren, weil die Gleise verschneit waren. Drei Tage lang war der Schnee vom Himmel ausgespien worden, erst jetzt hatte die Lage sich ein wenig beruhigt. Die Gastwirte in Stockholm jedoch mochten nicht warten.

Bäckström freute sich über den Winterabend. Große weiße Schneesterne fielen langsam vom Himmel. Wie verschlafen legten sie sich einer neben den anderen auf die äußersten Haare seines Wolfspelzes. Und sammelten sich wie eine weiße Kuppe oben auf seiner Russenmütze.

Der Mond suchte sich seinen Weg zwischen den Schneewolken. Es war auch nicht sonderlich kalt. Auch wenn der Gehilfe natürlich fror, denn wie immer trug er nur Filz und Wolle. Er war doch erst siebzehn Jahre alt und hatte Heimweh nach seiner Mutter.

Er versetzte dem Pferd einen aufmunternden Klaps, wenn es ab und zu vom Winterweg abkam und tief im Schnee versank. Der Schlitten blieb auf dem Weg. Aber der viele Neuschnee machte das Gehen beschwerlich, und das Pferd dampfte vor Anstrengung.

Erik Bäckströms Gedanken wanderten zu seiner Mutter. Er lächelte zum Himmel hoch und dachte, dass Gottes Engelsheer vielleicht aus einer Schar von handarbeitenden Frauen bestand. Nicht sehr viel anders als seine verstorbene Mutter und die Frauen im Heimatdorf. Vielleicht saßen sie dort vor Gottes Pforte und häkelten, in ihren langen Kleidern und mit Tüchern über dem hochgesteckten Haar.

Auch im Leben hatten sie solche Arbeiten geleistet. Wie viele Strümpfe und Pullover, Mützen und Schals sie auch hergestellt hatten, es gab nie genug. Sie hatten gesponnen, gestrickt, gewebt und gehäkelt. Aber jetzt konnten sie sorglos in der Hut des Herrn Schneeflocken formen. Mit knochigen Fingern, die an grimmigen, kalten Morgen aus dem Brunnen das Wasser für die Kühe geholt und die in den Flusskolken Wäsche gewaschen hatten, stellten sie alle diese Sterne her und ließen sie dann gedankenverloren nach unten fallen.

Wo es keinen Boden gibt, dachte der Fuhrunternehmer philosophisch, nur das Gewölbe über unseren Köpfen.

»Warum lacht der Herr?«, fragte der Gehilfe keuchend.

Er war vom Schlitten gesprungen und lief nun nebenher, um sich aufzuwärmen.

»Einfach so«, antwortete Bäckström und freute sich innerlich von Herzen über die Freiheit, die die Gedanken trotz allem hatten.

Ein Arbeitsmann und Geschäftsmann wie er konnte so ohne Gefahr noch die altjüngferlichsten Gedanken hegen.

Der Gehilfe sprang wieder auf den Schlitten. Wickelte sich den Schal bis über die Ohren um den Kopf.

Abgesehen vom eintönigen Schnauben des Pferdes war es so still, wie es das nur in einem Winterwald sein kann, wenn der Schnee fällt.

Die Kufen glitten lautlos über den weichen Neuschnee. Und die Glocken hörten sie erst unmittelbar vor der Begegnung mit dem anderen Schlitten.

Bäckström und sein Gehilfe erkannten die Postkutsche sofort.

Sie riefen dem Postillon einen lauten Gruß zu.

»Hallo, Johansson!«

Es kam keine Antwort. Postillon Elis Johansson saß weit vornüber gebeugt auf dem Schlitten und blieb stumm, so sehr Bäckström und sein Gehilfe auch lärmten.

»Ist der betrunken?«, fragte der Gehilfe und schaute über die Schulter zurück, als sie vorbei waren.

Die Postkutsche war jedoch schon nicht mehr zu sehen. Nur die schwarzen Silhouetten der Bäume im trüben Mondlicht, das sich durch die Schneewolken zu drängen verstand.

»Unsinn«, erwiderte Bäckström verärgert. »Johansson doch nicht!«

Elis Johansson war tiefgläubiger Laestadianer und Temperenzler.

»Vielleicht war er ins Gebet versunken«, scherzte der Gehilfe.

Erik Bäckström gab keine Antwort. Beschämt wegen seiner eigenen törichten Gottesspekulationen von vorhin, gelang es ihm nicht, Johansson gebührend zu verteidigen.

Aber er wusste, dass Johansson ein arbeitsamer und tüchtiger Mann war. Sein Glaube war ernsthaft und in der Schrift verankert. Niemals würde er so über den Himmel phantasieren, wie Bäckström das soeben getan hatte. Und Johansson behielt seinen Glauben für sich. Er sagte zum Beispiel nichts, wenn andere einen Schnaps tranken, was viele seiner Glaubensbrüder durchaus wagten. Sie konnten zu Hause mit anderen zusammensitzen und den Schnaps ablehnen und dann die anderen, die einen kippten, verärgert anstarren.

»Dieser Schnaps wird sich gleich einsam fühlen«, predigten sie. »Er will Gesellschaft, und schon sind es zwei. Die streiten sich und brauchen einen dritten, der vermittelt. Und dann ist es Sauferei.«

Nein, so war Johansson nicht. Er ließ andere in Ruhe.

Bäckström hätte seinem jungen Gehilfen deshalb eigentlich gerne eine Backpfeife verpasst.

Der Gehilfe dagegen redete sich in Rage. Verbreitete sich darüber, dass es auch unter den Laestadianern Heuchler und Lügner und Säufer gab. Das war doch bekannt. Solche, die zur Andacht gingen und Gott und die Brüder um Vergebung anflehten, um, wenn der Montag kam, ganz normal weiterzusündigen. Und überhaupt. Wovon, wenn nicht vom Schnaps, konnte man auf einem Schlitten sitzend so tief einschlafen?

Er wurde in seinem Wortschwall unterbrochen, als das Pferd plötzlich stehen blieb. Es legte die Ohren nach vorn, reckte den Hals und schien Witterung aufzunehmen.

»Was hat die sich denn jetzt in den Kopf gesetzt?«, fragte der Gehilfe und ließ die Peitsche knallen.

Die Stute rührte sich nicht.

Bäckström legte dem Gehilfen eine Hand auf den Arm, als der zu einem weiteren Hieb ausholen wollte. Zugleich beugte er sich vor und suchte unter dem Kutschbock nach dem Gewehr. Linttu war ein gehorsames Tier. Wenn sie auf diese Weise stehen blieb, dann hatte das einen Grund. Seine Gedanken wanderten zu Geschichten, die er über Wölfe gehört hatte. Oder über Bären, die aus dem Winterschlaf geweckt wurden.

Er rechnete damit, dass die Stute plötzlich aus der Deichsel springen würde. Oder kehrtmachen und durchgehen. Vielleicht den Schlitten umwerfen. Und wenn er aus dem Schlitten fiel und mit dem Wolf alleingelassen würde, dann wollte er das Gewehr zur Gesellschaft haben.

»Ist da vorn jemand?«, fragte der Gehilfe und starrte aus zusammengekniffenen Augen in den rieselnden Schnee.

»Was?«, fragte Bäckström, der rein gar nichts sah.

»Da ist doch ein Mensch. Warte einen Moment!«

Der Gehilfe sprang vom Schlitten und rannte ein Stück weiter vor. Jetzt sah auch Bäckström, dass quer über dem Weg etwas lag.

Der Gehilfe rannte immer noch, aber auf dem letzten Stück Weges zu dem Körper, der dort vorne den Weg versperrte, riss er sich zusammen und ging langsamer weiter.

»Wer ist das?«, rief Bäckström

Die Person vor ihnen lag auf dem Bauch, mit dem Gesicht im Schnee. Der Gehilfe ging in die Hocke und schaute ihn von der Seite her an.

»Das ist Oskar Lindmark«, rief er Bäckström zu, der jetzt im Schlitten aufgesprungen war und nach vorn starrte. »Und ich glaube, er ist tot.«

Oskar Lindmark war Postillon Johanssons zwölf Jahre alter Laufbursche.

»Wie meinst du das?«, rief Bäckström zurück. »Ist er vom Schlitten gefallen und hat sich das Genick gebrochen, oder was?«

»Nein, ich glaube …«

Der Gehilfe beugte sich über den Toten und verstummte. War das Blut, das Schwarze da? Im schwachen Mondlicht verschwanden alle Farben. Die Schneeflocken landeten im Dunkeln und lösten sich auf.

»Hör mal«, sagte er und legte die Hand auf Oskar Lindmarks Rücken.

Dann drehte er den Körper entschlossen um. Zog an dem einen Arm, um Oskar Lindmark auf den Rücken zu drehen. Dachte noch immer, dass Oskar vielleicht doch nicht tot war. Dass er nur Luft brauchte.

Oskars Gesicht war weiß wie der Schnee selbst. Seine Augen offen und blicklos. Sein Mund weit aufgerissen, aber wortlos.

Ist das Blut?, dachte der Gehilfe, zog den Handschuh aus und berührte das Schwarze auf Oskars Stirn.

Ja. Vielleicht. Es war Blut. Er musterte seine Fingerspitzen. Rieb Daumen und Zeigefinger aneinander.

Plötzlich stand Bäckström neben ihm.

»Ist er tot?«, fragte der Gehilfe. »Ich glaube, ja, oder?«

»Ach, du großer Gott«, sagte Bäckström schroff. »Sicher ist er tot. Siehst du denn nicht, dass ihm jemand den Schädel eingeschlagen hat?«

Erst jetzt sah es der Gehilfe. Hastig richtete er sich auf. Wich von dem Toten zurück.

Bäckström drehte sich in Richtung Jukkasjärvi um.

»Johansson«, rief er verzweifelt in den Wald.

Der Schnee saugte seine Stimme auf. Sie wurde nicht weiter getragen. Sie konnten rufen, so viel sie wollten.

»Schaff den Jungen auf den Schlitten«, sagte er zu seinem Gehilfen, der zitternd vor ihm stand und sich an einer Birke festhielt, um nicht zusammenzubrechen.

»Ich kann nicht«, rief der Gehilfe. »Der ist doch blutüberströmt. Ich kann ihn nicht anfassen.«

»Reiß dich zusammen, Bursche«, brüllte Bäckström. »Wir müssen die Postkutsche einholen.«

Dann schleppten sie den toten Jungen gemeinsam zum Schlitten und legten ihn auf die Schneehühner. Bäckström dachte, die Gastwirte in Stockholm brauchten nicht zu erfahren, was für ein Blut an den weißen Vögeln klebte.

* * *

Auf der Polizeistation von Kiruna saßen Dorfschulze Björnfot und sein Landjäger Spett einander am Schreibtisch gegenüber. Draußen rieselte der Schnee im Schein der elektrischen Straßenlaternen. Die Station besaß einen echten Kachelofen, und Spett hatte den ganzen Tag schon Birkenholz nachgelegt. Auf einem Flickenteppich auf dem Boden lag seine Hündin Kajsa und kaute auf einer Elchfrikadelle herum.

Dorfschulze Björnfot führte Protokoll über die Ereignisse des Tages. Viele Zeilen kamen nicht dabei heraus. Er war der ältere der beiden, hatte etliche Jahre in Stockholm gearbeitet, hatte dort seine Frau kennengelernt und war erst vor einem Jahr mit Frau und zwei Töchtern nach Kiruna zurückgekehrt. Er war ein bedächtiger Mann und hatte eigentlich nichts dagegen, Protokoll zu führen oder Zeugenvernehmungen aufzuzeichnen, was nur selten passiert war, als Spett allein für die Vorgänge auf der Station zuständig gewesen war.

Spett, der unverheiratet war, stopfte eine Socke. Über dem Kachelofen hing ein weiteres Paar zum Trocknen. Björnfot drückte in solchen Dingen ein Auge zu. Als er seinen Dienst angetreten hatte, hatten Spett und Kajsa in der Wache gehaust. Um des lieben Friedens willen achtete Björnfot nicht darauf, dass gewisse Gewohnheiten aus jener Zeit überlebt hatten.

Sie waren beide breitschultrige Burschen mit beträchtlichen Körperkräften. Spett war sehnig, Björnfot dagegen hatte einen beeindruckenden Bauch. »Diplomatische Fähigkeiten sowie starke Physis«, das verlangte die Bergwerksgesellschaft, die die Polizei vor Ort bezahlte, von den Dienern des Gesetzes. Also die Fähigkeit, Krawallmacher voneinander zu trennen. Denn an solchen herrschte im Ort kein Mangel. Sozialisten und Kommunisten, Agitatoren und Gewerkschafter. Nicht einmal auf die Religiösen war Verlass. Laestadianer und Freikirchenprediger, immer an der Grenze zu Ekstase und Gesetzlosigkeit. In Kautokeino hatte eine Gruppe von frisch bekehrten Laestadianern in ihrem Eifer, Sünde und Schnapsverkauf ein Ende zu setzen, den Dorfschulzen und den Kaufmann erschlagen, den Pfarrhof in Brand gesteckt und den Pfarrer und dessen Frau misshandelt. Das war zwar lange vor der Geburt des jetzigen Dorfschulzen gewesen, aber dennoch, noch immer wurde vom Aufstand in Kautokeino gesprochen. Und dann waren da ja auch noch die vielen jungen Männer, Straßen- und Bergarbeiter, die reinen Grünschnäbel, von Gott weiß woher zugezogen. Weit weg von Vater und Mutter gaben sie ihren Lohn für Schnaps aus, und was dabei herauskam, konnte man sich ja denken.

Aber jetzt war die Zelle in der einen Ecke des Raumes

leer, und Björnfot schlug das Protokollbuch zu und dachte an seine Frau, die ihn zu Hause erwartete.

Kajsa erhob sich und bellte. Sekunden später wurde an die Tür geklopft, und Fuhrunternehmer Erik Bäckström kam herein. Er ließ sich nicht einmal Zeit für einen Gruß.

»Ich habe Postillon Johansson und Oskar Lindmark im Schlitten«, sagte er. »Sie sind beide tot.«

Unten im Hof standen der Postschlitten und Fuhrmann Bäckströms Schlitten. Bäckströms Gehilfe hatte die Pferde zugedeckt. Johansson lag im Postschlitten, der junge Oskar Lindmark in Bäckströms Schlitten.

Spett verscheuchte einige Neugierige, die im Hofeingang stehen geblieben waren.

»Hier gibt es nichts zu sehen«, rief er. »Geht weiter, ehe ich übellaunig werde!«

»... und dann fanden wir Oskar Lindmark im Schnee und wussten sofort, dass Johansson etwas zugestoßen sein musste«, sagte Bäckström. »Wir haben Oskar in den Schlitten gelegt und gedreht und Johansson eingeholt. Sein Pferd war einfach weitergetrottet. Es kannte ja den Weg. Herrgott, als wir es anhielten und sahen, dass Johansson erschossen worden war ...«

Er schüttelte den Kopf. Sah seinen Gehilfen an, der einfach neben ihm stand, weiß wie Papier, und der die Pferde an den Zügeln hielt.

»Und dann haben wir das Postpferd an unseren Schlitten gebunden«, endete er. »Und sind sofort hergefahren.«

Dorfschulze Björnfot stieg auf den Postschlitten und musterte Johansson ausgiebig. Drehte ihn um.

»In den Rücken geschossen«, sagte er nachdenklich. »Und als ihr ihn gefunden habt, saß er.«

»Ja.«

»Und der junge Lindmark lag auf dem Boden?«

»Ja. Mit dem Gesicht im Schnee.«

Björnfot untersuchte Johanssons Taschen. Sah sich im Schlitten um.

»Wo ist seine Pistole?«, fragte er. »Er war zwar ein friedlicher Mann, aber bestimmt war er bewaffnet, wenn er dienstlich unterwegs war.«

Bäckström zuckte mit den Schultern.

»Wir haben keine Pistole gesehen«, sagte er.

»Und die Posttruhe ist aufgebrochen worden«, sagte Dorfschulze Björnfot jetzt. »Also war es ein Raubüberfall. Aber dass jemand ihn mit seiner eigenen Pistole erschossen haben soll, kommt mir seltsam vor.«

Er ging zum anderen Schlitten weiter und musterte den eingeschlagenen Schädel des jungen Oskar Lindmark. Er beugte sich über den Jungen und hielt die Laterne sehr dicht an dessen Gesicht.

»Es schneit doch«, sagte er. »Konntet ihr irgendwelche Spuren sehen?«

»Nein«, antwortete Fuhrmann Bäckström. »Aber es war auch dunkel. Und wir waren sehr durcheinander.«

»Dann schau dir das mal an«, sagte Björnfot zu Spett.

Spett trat näher.

»Es sieht doch aus wie gefrorene Tränen«, sagte Björnfot

und tippte Oskar Lindmarks Gesicht an. »Und sieh dir den Schal an, so dünn angezogen, da hätte er sich das Gesicht damit verdecken sollen.«

»Ja, und?«, fragte Spett.

»Ich sehe das so«, sagte Björnfot. »Man könnte sich vorstellen, dass der Mörder Johansson erschossen hat und dass der Junge weggelaufen ist. Weinend. Und dass er den Schal vor das Gesicht gezogen hat, um beim Laufen atmen zu können.«

»Vielleicht«, sagte Spett nachdenklich. »Aber warum ist er nicht auch erschossen worden?«

Björnfot fuhr sich mit einer Geste durch das Gesicht, die bedeutete, dass er nachdachte. Seine Hand fuhr über den kräftigen Schnurrbart zum Mund hinunter. Seine Finger und sein Daumen schlossen sich um das Kinn, um sich dann bei der Kinnspitze zu treffen. »Wir müssen mit dem Posthalter sprechen«, sagte er. »Hören, was es heute für Sendungen gab. Und dann müssen wir Johanssons Witwe unterrichten. Und Oskar Lindmarks Eltern.«

Spett sah ihn flehend an. Sogar Kajsa hörte auf, an den Schlittenkufen herumzuschnüffeln, setzte sich in den Schnee und blickte zu ihm hoch. Ihr Schwanz schlug bettelnd auf den Boden. Björnfot wusste sehr gut, was diese Blicke bedeuteten. Sie wollten nicht mit Trauernachrichten zu weinenden Witwen gehen müssen. Sie wollten der blutigen Spur folgen.

»Ja, ja«, sagte Björnfot seufzend und sah dabei Kajsa an. »Du sprichst mit dem Posthalter, dann übernehme ich die Angehörigen.«

Bei dieser Nachricht bellte Kajsa glücklich los. Sie kam auf ihre vier Pfoten und sprang zum Tor. Auf der Straße drehte sie sich um und sah ihr Herrchen auffordernd an. Ihre spitzen Ohren waren nach vorn gerichtet. Ihr Schwanz peitschte hin und her. Jetzt komm schon, schien sie zu sagen. Wir haben eine Aufgabe zu erledigen.

Fuhrunternehmer Bäckström musste trotz der erschütternden Ereignisse dieses Abends lachen.

»Die da«, sagte er zu Spett. »Demnächst wird sie noch deine Hemden bügeln.«

»Dazu ist sie zu klug«, kommentierte Spett und schaute seinem jüngeren Kollegen hinterher, der hinter seinem Hund auf der Straße verschwand.

* * *

Im Haus war alles dunkel und still, als Björnfot um kurz nach elf nach Hause kam. Er fand seine Frau am Küchentisch.

»Hallo«, sagte er.

Sie drehte sich langsam zu ihm um. Sah aus wie vom Grund eines Sees hochgetrieben. Langsam kam sie an die Oberfläche. Sie schien sich nur mit Mühe daran erinnern zu können, dass sie ihn anlächeln sollte.

Björnfot dachte an Spett und Kajsa. Wie einfach dieses Junggesellenleben doch zu sein schien.

»Sitzt du hier in der Dunkelheit«, fragte er und kam sich sofort blöd vor.

Das konnte er doch sehen. Er zündete die Petroleumlampen unter der Decke und auf dem Tisch an.

Sie gab keine Antwort. Fragte stattdessen:

»Möchtest du etwas zu essen?«

Sie holte Brot und Wurst. Machte zudem Feuer im Herd. Das störte ihn. Sie schien zu meinen, dass für sie allein kein Feuer nötig sei. Er fragte nach den Mädchen. Sie antwortete, die schliefen.

»Was ist das da?«, fragte Björnfot und nickte zu einem Paket auf der Anrichte hinüber.

»Noten von Mutter«, sagte seine Frau, ohne hinzusehen.

»Willst du sie nicht aufmachen?«

»Ich kann doch nirgendwo spielen«, sagte sie mit ruhiger Stimme. »Ich begreife nicht, warum sie mir Noten schickt. Reichen drei Scheiben Brot?«

Er nickte, und ihm fiel nichts ein, was er sagen könnte. Er wollte sie daran erinnern, dass sie jederzeit das Klavier im Versammlungshaus benutzen könnte. Und das in der Schule der Bergwerksgesellschaft auch. Aber wozu hätte das gut sein sollen? Sie hatte doch eine Antwort auf alles, und er wollte diese Antwort nicht hören. Das eine Klavier war so schlecht gestimmt, dass sie es nicht ertragen konnte. Das andere wurde von der Schulleiterin eifersüchtig gehütet, und immer tauchte die in dem Moment auf, in dem Frau Björnfot auf dem Klavierhocker Platz nahm. Und da die Schulleiterin bei Schulfesten spielte und Unterricht gab, hatte sie an den Tasten Vortritt. Immer.

»Du kannst es doch trotzdem aufmachen«, schlug er

vor. »Es kann doch nett sein, zu sehen, was es ist. Und sicher hat deine Mutter einen Brief geschrieben.«

»Mach du auf, wenn du willst«, sagte sie, noch immer mit trügerisch ruhiger Stimme.

Björnfot sah das Paket an. Sollte das nun über Weihnachten auf der Anrichte liegen und Missstimmung verbreiten? Ihn überkam die Lust, es ins Feuer zu werfen.

Stattdessen kaute er missmutig auf seinen Butterbroten herum. Seine Frau sah ausdruckslos zu. Nicht unfreundlich. Trotzdem hatte er das Gefühl, bestraft zu werden. Er wusste nur nicht, weshalb.

Er dachte an Elis Johanssons Witwe, die er inzwischen aufgesucht hatte. Ihre stumme Reaktion, als er den Tod ihres Mannes gemeldet hatte. Sechs Kinder in der Wohnung, und zwei Zimmer und Küche. Die Kinder, die alt genug waren, um zu verstehen, hatten sich um sie zusammengedrängt. Hatten ihn angestarrt, dunkel gekleidet, wie Laestadianer sich und ihre Kinder eben anzogen. Tiefe Brunnen von Augen, als er seinen Spruch aufgesagt hatte. Frau Johansson hatte dort gestanden, auch sie schlicht gekleidet, graues langes Kleid, Kopftuch und schlichte Strickjacke. Kein Prunk. Keine Spitzen. Auch die Wohnung war so schlicht gewesen, keine Vorhänge, keine Bilder an den Wänden. Sie hatte nicht geweint. Aber er sah, wie ihr Mund und ihre Nasenlöcher sich vor Angst weiteten.

Was wird sie jetzt anfangen, überlegte er. Wird sie die Kinder allein versorgen können? Wird sie einige weggeben müssen? In der Wohnung konnten sie nicht bleiben, denn die gehörte der Post. Sie hatte ihm Kaffee angeboten, aber er hatte abgelehnt. Ihre verängstigten Augen waren mehr, als er hatte ertragen können. Und in seinen Ohren klang noch immer das Weinen von Oskar Lindmarks Eltern.

Er hatte sich zu Emilia und den Mädchen nach Hause gesehnt.

Jetzt wäre er gern früher nach Hause gekommen. Wenn die Mädchen noch wach gewesen wären. Das hätte die Stimmung verbessert.

Warum kannst du nicht glücklich sein, hätte er gern gefragt.

Die Mädchen waren gesund. Sie hatten Essen auf dem Tisch. Sie hatte kürzlich neue Vorhänge gekauft. Wieso hatte sie immer das Gefühl, dass alles so elend war? Als die Lesegesellschaft für Frauen sie umworben und ihr die Mitgliedschaft angetragen hatte, hatte sie mit einem Vorwand abgelehnt, an den er sich nicht mehr erinnern konnte.

Er lag noch lange wach, nachdem sie zu Bett gegangen waren. Schaute in die Dunkelheit hinaus und dachte an Oskar Lindmarks eingeschlagenen Schädel. An Postillon Johanssons Witwe. Er sehnte sich danach, seine Frau zu berühren, hatte aber Angst, abgewiesen zu werden.

»Schläfst du?«, fragte er.

Sie gab keine Antwort. Aber er konnte ihrem Atem anhören, dass sie noch wach war.

Als er aufwachte, war es noch immer dunkel. Er brauchte eine Weile, um zu begreifen, was ihn geweckt hatte. Jemand warf Schneebälle gegen das Fenster. Die Taschenuhr auf dem Nachttisch zeigte Viertel nach fünf.

Unten standen Spett und Kajsa. Bei ihnen war Fuhrmann Bäckström.

»Zieh dich an und komm mit«, rief Spett. »Bäckström will uns etwas zeigen.«

Zusammen gingen sie im rieselnden Schnee durch die Stadt. Kajsa lief manchmal vor, manchmal hinter ihnen her. Bohrte mit der spitzen Nase im daunenleichten Schnee. Prustete ab und zu und machte bisweilen einen kleinen Freudensprung.

Björnfot war durchgefroren, trotz Winteruniform und Mantel. Und dabei war es durchaus nicht so kalt, wie es das im Dezember werden konnte.

In vielen Wohnungen brannte bereits Licht. Die Frauen waren aufgestanden und hatten Feuer gemacht. Jetzt waren sie mit Frühstück und Mittagbrot für ihre Männer beschäftigt. Danach mussten sie sich um ihre eigene Arbeit kümmern. Die Küchenfenster waren von innen beschlagen.

Als sie bei Bäckströms Wohnung angekommen waren, führte er sie in die Wagenremise. Sie gingen zu einem der dort abgestellten Schlitten.

»Vor einer Stunde kam eine der Stuten allein nach Hause und zog diesen Schlitten hinter sich her. Irgendwer hat sie heimlich mitgenommen und dann einfach irgendwo stehen lassen. Aber sie hat allein den Weg nach Hause gefunden. Stand in der Kälte vor dem Stall und wartete darauf, eingelassen zu werden. Und als ich mir den Schlitten genauer angesehen habe …«

Er beendete seinen Satz, indem er auf den Schlittenboden zeigte.

Eine Axt. Spett bückte sich und hob sie auf. Die Rückseite der Axt war mit Blut und Haaren beklebt.

»Wer bringt denn so etwas über sich?«, fragte Bäckström. »Übrigens habe ich auch das hier gefunden.« Er streckte die Hand aus und zeigte kleine rote Reste eines erbrochenen Siegels.

»Ist das das Siegel der Post?«, fragte Spett.

»Wir nehmen es mit auf die Wache und sehen es uns genauer an«, sagte Björnfot. »Hast du mit dem Posthalter gesprochen?«

»Ja. Er hat gesagt, dass Johansson ein Wertpaket im Schlitten hatte. Es war mit vierundzwanzigtausend Kronen versichert. Und bestimmt das Doppelte wert. Und er war bewaffnet. Da war sich der Posthalter ganz sicher.«

»Jemand hat die Stute fast zu Schanden gehetzt«, sagte Bäckström. »Sie ist auf die Flanken geschlagen worden und hat so sehr geschwitzt, dass ihr Fell von einer Eisschicht bedeckt war. Der Knecht hat sie abgerieben und in eine Decke gewickelt. Ich kann froh sein, wenn sie mir nicht krank wird und stirbt.«

»Ja«, sagte Björnfot nachdenklich. »Die Pferde haben seit gestern ganz schön viel erlebt. Schade, dass sie nicht sprechen können.«

»Das können sie doch«, sagte Fuhrmann Bäckström. »Aber vielleicht nicht über solche Dinge.«

In diesem Moment wurde die Tür zur Wagenremise aufgerissen, und ein Junge schaute herein. Er war um die zehn. Trug eine viel zu große Felljacke. Eine rotzige Nase lugte aus einem gehäkelten grünen Schal hervor. Schneeklumpen hingen wie Trauben an den gestrickten Handschuhen.

»Hier sind Sie also«, sagte er zu Dorfschulze Björnfot und brachte etwas zustande, das einer Verbeugung ähnelte. »Ihre Frau hat gesagt … ich war schon überall im Ort … sie haben Ihren Räuber gefangen. Herr Dorfschulze. Sie warten vor der Polizeistation auf Sie.«

* * *

Auf der Straße vor der Polizeistation warteten vier Männer auf Björnfot und Spett. Alle waren um die zwanzig Jahre alt. Drei schützten sich mit Pelzmänteln gegen die Winterkälte. Der Vierte trug nur Hemd und Hose. Zwei der Bepelzten hielten den Dünngekleideten fest. Der eine bog ihm den Arm hinter den Rücken. Der andere hatte einen Handschuh ausgezogen und den Mann im Nacken gepackt.

Der, der die Hände frei hatte, rief, sowie er Björnfot und Spett sah:

»Und hier kommt die Obrigkeit. Wir haben ein Paket für euch!«

Der Mann, der das gerufen hatte, war von kräftiger Statur, er konnte sich mit den beiden Dienern des Gesetzes, die auf ihn zukamen, sehr wohl messen. Er war blond und hatte leuchtend blaue Augen.

Der Mann, den sie festhielten, war dünn, ja, fast schmächtig, und hatte Schultern wie eine Flasche. Er hatte braune strähnige Haare, und seine Augen waren so dunkel, dass sie in seinem bleich gefrorenen Gesicht aussahen wie Lachen voll schwarzem Wasser. Seine Lippe war geschwollen und gesprungen. Ein Auge hatte sich geschlossen, die Nase war rot und dick. Offenbar hatte er mit dem Hemdsärmel versucht, den Blutstrom aus seiner Nase zum Stillstand zu bringen, denn der weiße Ärmel war bis zum Ellbogen hoch rot befleckt.

»Hier habt ihr euren Mörder«, sagte der Kräftige und reichte Björnfot die Hand. »Ich heiße Per-Anders Niemi. Arbeite bei der Post. Der Posthalter hat erzählt, was gestern Abend geschehen ist. Und da brauchte man ja eigentlich nur noch nachzudenken. Wer hat von dem Geldtransport gewusst? Und als Pekkari heute Morgen nicht aufgetaucht ist, dachte ich, dass … tja, dass man ihn vielleicht mit einem Besuch überraschen könnte.«

»Sind Sie Pekkari?«, fragte Björnfot den Festgehaltenen.

»Antworte schon«, sagte der Mann, der den Nacken des Schmächtigen gepackt hielt, und schlug ihm mit der freien Hand gegen die Schläfe.

Pekkari gab keine Antwort.

»So ist es«, sagte Per-Anders Niemi. »Er arbeitet auch bei der Post. Als Landbriefträger. Wie gesagt, er wusste von dem Geldtransport, und das hier haben wir in seiner Wohnung gefunden.«

Er zog eine Pistole aus der Tasche und reichte sie dem Dorfschulzen.

»Die gehört Johansson«, sagte er. »Ich habe sie wiedererkannt.«

»Und das Geld?«, fragt Dorfschulze Björnfot.

»Haben wir nicht gefunden«, sagte Per-Anders Niemi. »Aber wir haben auch nicht so genau gesucht. Vor allem wollten wir ihn zu Ihnen bringen.«

»Hat er Widerstand geleistet?«, fragte Spett und musterte Pekkaris zerschundenes Gesicht.

Per-Anders Niemi und seine beiden Kumpels grinsten und zuckten mit den Schultern.

»Wir sperren ihn ein«, sagte Björnfot. »Und dann durchsuchen wir seine Wohnung.«

Pekkari starrte ihn entsetzt an.

»Sie dürfen mich nicht einsperren«, brachte er mit Mühe hervor. »Ich bin unschuldig.«

Per-Anders Niemi fuhr blitzschnell herum und schlug ihn in den Magen. »Halt die Fresse«, brüllte er. »Du verdammter Scheißmörder!«

Pekkari sank im Schnee in die Knie.

»Wir können ihn für Sie bewachen«, sagte Per-Anders Niemi zu Björnfot.

»Hier wird niemand bewacht«, erklärte Spett resolut und riss Pekkari zu sich wie einen Sack.

Dann schleppte er Pekkari ins Haus. Kajsa bezog draußen Posten. Nach einer Weile kam Spett wieder heraus. Schloss die Tür von außen ab und steckte den Schlüssel demonstrativ in die Tasche.

»Den sollte man sofort aufhängen«, sagte Per-Anders Niemi mit dumpfer Stimme.

»Wer die Tür auch nur anrührt, während wir nicht hier sind …«, warnte Spett.

»Aber Jungs«, sagte Dorfschulze Björnfot. »Jetzt will ich erst einmal Pekkaris Wohnung durchsuchen.«

Pekkari wohnte im zweiten Stock eines Holzhauses in der Järnvägsgata. Der Mief von gekochtem Fleisch, zähem Rauch und feuchter Wolle schlug Dorfschulze Björnfot und Landjäger Spett entgegen, als sie durch die Tür traten.

»Hier ist es«, sagte die Vermieterin und öffnete die Tür zu einer kleinen Kammer unter dem schrägen Dach. Sie schaute Kajsa verärgert an, sagte aber nichts.

»Mit wem teilt er das Zimmer?«, fragte Björnfot.

»Er teilt nicht«, sagte die Vermieterin. »Hat darauf bestanden, als er im Oktober hier eingezogen ist. Und da die Fensterscheibe geplatzt und das Fenster vernagelt worden war, hat er das Zimmer billig bekommen. Nein, er kennt niemanden und wohnt allein. Stimmt es, dass er Johansson und dessen Laufjungen totgeschlagen hat? Das hätte ich nicht erwartet. Er hat nie viel von sich hergemacht. Hat immer rechtzeitig die Miete bezahlt.«

Ein Bett, eine Kommode, ein Schemel und ein Rasierspiegel. Für mehr war in der Kammer kein Platz. Rasch war alles durchsucht. Björnfot sah die Kommode durch, zog alle Schubladen heraus. Untersuchte den Mantel, der an einem Haken an der Wand hing, griff in die Taschen. Spett versetzte den Flickenteppichen auf dem Boden einen Tritt, um festzustellen, ob es lockere Bodenbretter gab, unter denen man Geldscheine verstecken könnte. Sie fanden nichts.

»Was für ein Reinfall«, sagte Spett, als sie wieder im Treppenhaus standen.

»Sind Sie fertig«, fragte die Vermieterin. »Sie können ihm sagen, dass ich das Zimmer gleich neu vermieten werde.«

»Was ist da oben?«, fragte Björnfot und zeigte auf eine Dachluke.

»Nichts«, antwortete die Vermieterin. »Der Spitzboden eben.«

»Den wollen wir sehen«, sagte Björnfot.

Spett holte den Stuhl aus Pekkaris Zimmer, stellte ihn unter die Luke und öffnete diese. Er klappte die Leiter herunter, die auf der anderen Seite der Luke angebracht war. Die Vermieterin wurde gebeten, eine Lampe zu holen, und Björnfot kletterte mit der Lampe in der Hand hoch.

Als er oben auf der Leiter angekommen war und die Lampe auf den Boden stellte, um dann hinterherzusteigen, hörten sie dort oben ein Rascheln.

Eine Ratte sprang über die Hand, die Björnfot an den Rand der Luke hielt, und er hörte, wie zahllose Ratten hin und her liefen. Ihr schrilles Piepen zerschnitt die Dunkelheit. Rasch stieg Björnfot rückwärts die Leiter wieder hinunter.

»Ratten!«, rief er. »Verdammtes Teufelszeug!«

Die Vermieterin lachte belustigt. Angst vor Ratten zu haben. So ein großer Kerl.

»Platz gemacht, Dorfschulze, dann schicken wir Kajsa hoch«, sagte Spett.

Spett nahm die Hündin unter den Arm und trug sie die Leiter hoch. Ließ sie oben in der Dunkelheit los.

Jetzt brach auf dem Boden eine wilde Jagd aus. Sie hörten die Ratten über den Boden rennen. Und sie hörten Kajsas schwerere, aber doch rasche Schritte. Dann ertönte ein Todesschrei, als sie einer Ratte den Rücken durchbiss, und danach war alles still. Sie hörten nur das knackende, schmatzende Geräusch, mit dem Kajsa in aller Eile ihre Beute verzehrte. Die übrigen Ratten waren entkommen und würden in der nächsten Zeit ihre hässlichen Nasen tunlichst nicht zeigen.

Nach einer Weile war in der Luke Kajsas zufriedenes Gesicht zu sehen. Sie schaute auf die Herren herunter und schien sagen zu wollen, dass jetzt die Bahn frei sei.

»Das kannst du wirklich, Mädel«, sagte Spett stolz und stieg, gefolgt von Björnfot, die Leiter hoch.

Sie durchsuchten den Dachboden. Und diesmal suchten sie nicht vergeblich.

* * *

»Jetzt wird es Zeit für ein Geständnis.«

Dorfschulze Björnfot stand vor der Zellentür und sprach mit Edvin Pekkari. In der Hand hielt er einen Baumwollsack, der mit dem Emblem der Post bedruckt war.

»Den hier haben wir auf dem Boden über deinem Zimmer gefunden«, sagte er dann. »Er enthält fünftausend Kronen. Kannst du erklären, wie er dorthin gekommen ist?«

Pekkari gab keine Antwort. Saß auf der hintersten Ecke der Pritsche.

»Du kannst deine Lage verbessern, wenn du eine Aussage machst«, sagte Björnfot jetzt. »Morgen kommt der Untersuchungsrichter. Wenn du die Beute auslieferst und alles zugibst, wird das zu deinen Gunsten verwendet werden. Im Sack waren angeblich fünfzigtausend. Wo steckt das restliche Geld?«

»Hör auf den Dorfschulzen«, sagte Spett, nahm die trockenen Socken vom Kachelofen und stopfte sie in seine Hosentaschen. »Was nutzt dir das Geld, wenn dir der Kopf abgehackt wird?«

»Ich bin unschuldig«, sagte Pekkari leise. »Ich habe doch gesagt, dass …«

Spett fuhr herum. Kajsa sprang auf und fing an zu bellen. Ihr Gebell begleitete jede Silbe von Spetts Rede.

»Johansson hatte sechs Kinder!«, rief er. »Die Götter mögen wissen, was jetzt aus ihnen werden soll. Oskar Lindmark war zwölf Jahre alt. Johanssons Pistole lag in deinem Zimmer. Der Sack mit einem Teil des Geldes war auf dem Dachboden über deinem Zimmer versteckt. Du hast von dem Geldtransport gewusst. Also musst du mir erzählen … erzählen, wie du bei Fuhrmann Bäckström den Schlitten entwendet hast, wie du Johansson mit seiner eigenen Pistole erschossen hast, wie du Oskar Lindmark mit der Axt erschlagen hast. Ich will mir deine verdammten

Lügen nicht mehr anhören, bis du gestehst, hältst du also von nun an die Fresse.«

Er riss Uniformrock und Pelzmütze an sich.

»Ich gehe nach draußen«, sagte er zu Björnfot. »Ich brauche frische Luft.«

Er riss die Tür auf, und ein Mann, der draußen stand und gerade hatte anklopfen wollen, taumelte in den Vorraum. Spett fing ihn auf, sonst wäre der Mann gefallen. Es war ein kräftiger Bursche mit einem beeindruckenden Schnurrbart. »Borg Mesch, Fotograf«, stellte der Mann sich vor. »Ich wollte den Gefangenen fotografieren.«

Jetzt war Spetts Interesse geweckt. Er hängte den Rock wieder an den Haken und ließ Kajsa hinaus, die nun allein ihren Abendspaziergang machen musste. Herr Mesch schleppte seine schweren Taschen mit der Ausrüstung herein. Danach schob er die Hand durch die Gitterstäbe und begrüßte Herrn Pekkari.

»Darf ich Sie fotografieren?«, fragte er.

Herr Pekkari zog seine Hand zurück.

»Nein«, sagte er. »Ich bin …«

Er schaute kurz zu Landjäger Spett hinüber und verstummte.

»Ich kann euch vielleicht einige Bilder zeigen«, sagte Borg Mesch eifrig, um das Schweigen zu brechen.

Er öffnete seine Aktentasche und zog einen Stapel schwarzweißer Fotografien heraus. Sie waren sorgfältig in Seidenpapier eingewickelt, und er legte eins nach dem anderen vor. Ehe er das nächste Bild zeigte, wickelte er das davor gewissenhaft wieder ein.

»Dieses hier«, sagte er. »Sehen Sie nur … das ist König Oscar II nach der Einweihung der Erzbahn oben an der Landesgrenze. Das hier ist vom königlichen Festmahl mit Direktor Lundblom. Wichtige Herren. Ich mache Bilder von wichtigen Herren. Das ist mein Beruf. Na, was können wir noch zeigen … ja, hier … sehen Sie nur … der Athletenclub von Kiruna.«

Jetzt mussten auch Spett und Björnfot dazutreten und einen Blick auf die kräftigen Burschen des Athletenklubs werfen, die mit verschränkten Armen posierten, in schwarzem Trikot, weißem ledernen Nierengurt und hellen Beinkleidern. Auf dem Boden vor ihnen lagen runde Eisengewichte mit Handgriffen oder Stangen.

»Der mit den Medaillen ist Herman Turitz«, sagte Fotograf Mesch. »Dass wir wirklich einen so hervorragenden und vielseitigen Sportsmann hier im Ort haben …«

Er unterbrach sich und musterte Herrn Pekkari interessiert.

»Sie sehen ihm ein wenig ähnlich. Würden Sie bitte den Kopf kurz abwenden … nein, in die andere Richtung … sehen Sie, meine Herren? Sehen Sie die Ähnlichkeit?«

Der Fotograf redete weiter, während er in überraschender Schnelligkeit seine Ausrüstung auspackte.

»Vor allem die Stirn, aber auch die Wangenlinie. Sie haben eine phrenologisch interessante Stirn, Herr Pekkari. Das weist auf Seelenstärke hin, haben Sie das gewusst? Das habe ich auch zu Herrn Turitz gesagt, als ich sein Portrait aufgenommen habe. Dass man mit einem herkulisch stark entwickelten Hinterkopf rechnen könnte.

Wie man ihn bei den meisten mit physischen Kräften sieht. Aber nein, es ist seine Stirn. Ach, ich hätte die Portraits mitbringen sollen. Sie würden sie interessant finden. Nächstes Mal vielleicht. Ich habe Herrn Turitz gesagt, dass Seelenstärke für einen Athleten wichtiger ist als körperliche Kraft. Schließlich ermöglicht sie ihm das eifrige Training, die Opferbereitschaft, durch die die vielen Medaillen errungen werden. Kürzlich erst habe ich gehört, dass er zum Training durch den tiefen Schnee bis hinab nach Kurravaara gelaufen ist. Könnten Sie … wenn ich ein Bild machen darf … könnten Sie vielleicht näher ans Gitter kommen? Ja, genauso. Nein, Sie brauchen nicht herüberzuschauen, lassen Sie den Blick ein wenig gesenkt, wie bisher. Ich sehe eine Wehmut in Ihrer Miene, von der ich wünschte, ich könnte ihr Gerechtigkeit widerfahren lassen. Jetzt stillhalten …«

Das Blitzlicht wurde angezündet und abgebrannt.

Borg Mesch wechselte die Glasplatte und füllte Magnesiumpulver für das Blitzlicht nach.

»Und jetzt können Sie vielleicht noch näher kommen«, plapperte er dann weiter. »Ich würde gern Ihr Gesicht zwischen den Gitterstäben sehen. So. Können Sie wohl das Gitter anfassen? Die eine Hand oben, die andere unten. Genauso. Ich bin sicher, Sie könnten Schauspieler werden, wenn Sie wollten, Herr Pekkari. Einen Augenblick nur …«

Fotograf Mesch eilte zu Herrn Pekkari und zog an dessen Ärmel, damit die vielen Blutflecken deutlich zu sehen waren.

»Machen Sie die Augen noch ein wenig weiter auf, Herr Pekkari. Ja, so. Sie sind Gedankenleser!«

Dorfschulze Björnfot sah Herrn Pekkari an, als dieser verewigt wurde.

Jetzt posierte er wirklich vor der Kamera. Stand dort und schien sich aus der Zelle drängen zu wollen. Die Augen weit aufgerissen und die Hände um die Gitterstäbe geschlossen, als ob er daran rüttelte. Blut am Hemdsärmel, blaues Auge und geschwollene Lippen.

Draußen bellte Kaja. Spett ließ sie ein, und sie suchte sofort ihre Elchfrikadelle, legte sich vor den Kachelofen und fraß. Fotograf Mesch bot türkische Zigaretten an.

»Wer ist das denn schon wieder?«, fragte Spett, als an die Tür geklopft wurde. »Was für ein verdammter Andrang.«

Fotograf Mesch schaute aus dem Fenster. Es wurde jetzt wieder dunkel. Es war um die Jahreszeit, in der es nur für ganz kurze Zeit mitten am Tag hell ist.

»Hüten Sie Ihre Zunge«, sagte Mesch augenzwinkernd. »Denn hier kommen die Diener des Herrn.«

Ostlaestadianerprediger Wanhainen war schlicht gekleidet, in schwarze Hose, schwarze Arbeitsbluse und Wollmantel. Es war ein Arbeiter und fuhr tagsüber in der Stadt Wasser aus. Die Prediger waren nicht wie die Geistlichen der Amtskirche, die von der Mühsal ihrer Geschwister lebten. Nein, ein Prediger versorgte sich selbst. Er war nicht vornehmer als irgendeiner seiner Brüder.

Jetzt betrat er die Polizeistation, gefolgt vom Vater des ermordeten Knaben Oskar Lindmark.

Wanhainen grüßte nach Brauch der Laestadianer mit

einer halben Umarmung mit dem linken Arm und reichte zugleich nach schwedischem Brauch die Hand.

»Jumalan terve.«

Gott zum Gruß.

Björnfot und Spett wurden steif und fühlten sich unbehaglich. Es lag an der Art des Predigers, den Handschlag lange auszudehnen, an seinem Blick, der sein Gegenüber anstarrte, als besäße Wanhainen Gottes durchdringendes Auge. Und dann hatte er noch die Angewohnheit, die Umarmung durch einen ein wenig zu harten Schlag in den Rücken zu beenden.

Borg Mesch behielt seine gute Laune, erwiderte den Gruß sogar, obwohl Spett fand, es klinge wie ein neckisches »Jumalalle terveisiä«, Grüße an Gott.

Der Prediger wandte sich nun Pekkari zu.

»Der Knabe, den du erschlagen hast«, sagte er. »Sein Vater ist hergekommen, um dir zu vergeben.«

Er legte die Hand in den Rücken des Vaters und schob ihn vor die Zelle.

»Wie mir selbst vergeben worden ist«, sagte der Vater des kleinen Lindmark mit brüchiger Stimme, »will ich nun dir vergeben.«

»Bist du bereit?«, fragte der Prediger mit salbungsvoller Stimme. »Willst du dein sorgloses Leben aufgeben und die Erlösung durch deinen Bruder annehmen? Was auf Erden gebunden ist, ist auch im Himmel gebunden, und was auf Erden gelöst ist, ist auch im Himmel gelöst.«

Pekkari wurde von einer Kraft, der er nicht widerstehen konnte, zu dem Gitter gezogen.

Im tränenfeuchten und aufrichtigen Blick des Vaters sah er vielleicht ein Bildnis seines himmlischen Vaters.

Er konnte seine Hände nicht daran hindern, die knorrigen Finger von Oskar Lindmarks Vater zu umfassen. Und als er diese in den seinen hielt, strömten beiden die Tränen übers Gesicht.

Borg Mesch machte seine Kamera bereit und verewigte den Augenblick.

»Gottes Vergebung«, sagte der Prediger und fasste ebenfalls Pekkaris Hände durch das Gitter.

In diesem Moment wurde die Tür aufgerissen. Und herein schritt der Westlaestadianerprediger Jussi Salmi. Ost und West waren seit der Spaltung der laestadianischen Gemeinde Gegner im Glauben. Prediger Salmi hatte auf Umwegen gehört, was sich vor der Zelle abspielte, und deshalb hatte er Postillon Johanssons Witwe geholt, die seiner Gemeinde angehörte. Seine roten Wangen und die Tatsache, dass er keine Handschuhe trug, zeigten, dass er sich beeilt hatte. Er grüßte mit der gleichen Umarmung und einem »Gottes Friede«.

Johanssons Witwe murmelte ebenfalls »Gottes Friede«. Spett sah, dass es ihr schwerfiel, einem der Anwesenden ins Gesicht zu blicken.

»Jumalan terve«, sagte Prediger Wanhainen und wischte sich mit einem Taschentuch umständlich die Tränen von den Wangen. »Heute Abend hat Pekkari die Vergebung der Sünden erlangt.«

Prediger Jussi Salmi knirschte bei dieser Mitteilung mit den Zähnen. Es war schändlich, an zweiter Stelle das Ziel zu erreichen und zudem den Wettlauf um Pekkaris Erlösung verloren zu haben. Aber er ließ sich nicht so leicht entmutigen. Er riss sich den Rock vom Leib und zeigte auf Johanssons Witwe.

»Diese Mutter«, sagte er mit zitternder Stimme zu Pekkari. »Diese Frau, die ihren Mann verloren hat. Die Mutter der vaterlosen Kinder ist jetzt gekommen, um dir zu vergeben. Sie ist nicht wie ein feiner Herr mit Schlitten und Schellen gefahren …«

Hier legte er eine kurze Pause ein, während der sein Widersacher Wanhainen vor Ärger rot anlief. Prediger Wanhainen und Lindmarks Vater waren mit Pferd und Schlitten gekommen.

»… sie hat an diesem Abend ihre Kleinen verlassen und ist zu Fuß durch den finsteren Abend gewandert …«

Nun folgte eine einfühlsame Predigt über die Witwe, die ohne Versorger dastand. Und die jetzt ihr Vertrauen auf Gott und auf ihre Glaubensgeschwister setzen musste. Die Rede irrte ein wenig hin und her, zum Scherflein der Witwe und dem Kamel und dem Nadelöhr und dass viele in ihren eigenen Augen zu groß sind, um ins Himmelreich zu gelangen, dass aber der wahre Gott der Gott der Armen ist, ja, der Gott der Witwe. Und hier war sie nun.

Prediger Wanhainen schien große Lust zu haben, den Westprediger und die Witwe hinaus in den Schnee zu stoßen. Es war kein Geheimnis, dass es Hofbesitzer Lindmark nicht schlecht ging. Und sie waren ja auch mit seinem Schlitten gekommen. Prediger Wanhainen bereute jetzt, dass sie nicht nach Pilgerart zu Fuß gegangen waren.

»Seinen einzigen Sohn zu verlieren«, begann er.

Aber niemand hörte zu. Jetzt hatten sich durch das Gitter auch die Hände der Witwe und die des Mörders gefunden.

Er bat sie um Vergebung. Und die Witwe flüsterte, ohne dass sie es über sich gebracht hätte, seinen Blick zu erwidern, wenn seine Reue ehrlich wäre, dann würde sie vergeben. Dann wandte sie sich zu ihrem Gemeindeprediger um und sagte, die Kleinen seien allein zu Hause. Und sie müsse zu ihnen.

Durch das Fenster sah Landjäger Spett, wie sie auf die Straße trat. Er sah im Licht der Straßenlaterne, dass sie sich bückte und ihre Hände mit Schnee abrieb, wie um sie zu waschen. Dann eilte sie davon.

Bei der Zelle waren die Prediger nun verstrickt in einen Disput über die Eitelkeit der Welt und die Tatsache, dass die Frauen der Ostlaestadianer Hüte tragen durften.

Spett drehte sich um.

»Raus«, brüllte er. »Jetzt ist Schlafenszeit für Bekehrte und Sünder. Ihr könnt morgen nach der Verhandlung wiederkommen.«

Als alle Besucher verschwunden waren, beugte Spett sich zum Gitter vor und sagte zu Pekkari:

»Jetzt, wo Er Gottes Vergebung erlangt hat, kann Er uns vielleicht erzählen, wo der Rest der Beute sich befindet.«

Björnfot, der damit beschäftigt war, vor der Verhandlung des kommenden Tages seine Stiefel zu wienern, unterbrach diese Tätigkeit und schaute auf.

Aber der junge Herr Pekkari gab keine Antwort. Wortlos wich er in die Ecke der Zelle zurück, legte sich auf die Pritsche und kehrte der Obrigkeit den Rücken zu.

* * *

Am nächsten Morgen kam der Untersuchungsrichter. Es schneite nicht mehr, aber in der Nacht war Wind aufgekommen, und jetzt toste ein Schneegestöber. Der Sturm riss den lockeren Schnee mit und ließ ihn hemmungslos über die Berge und durch die Straßen des Ortes peitschen. Man konnte kaum die Hand vor Augen sehen. Der Wind war so stark, dass er den Menschen den Atem verschlug.

Trotzdem hatten die Menschen sich in den Gerichtssaal durchgekämpft. Das Gerücht über die Bluttat hatte sich verbreitet. Und alle wollten einen Blick auf den Mörder werfen.

Der Untersuchungsrichter Manfred Brylander schaute sich im Gerichtssaal um. Der war von Zuschauern überfüllt, sogar im Vorraum drängten sich die Leute. Natürlich wurde es auch warm. Der Hausmeister hatte den ganzen Morgen über eingeheizt. Jetzt dampften feuchte Wollmäntel und Felljacken. Der Schnee schmolz auf dem Boden zu kleinen Lachen. Aus Schnabelschuhen roch es nach ranzigem Fett. Mehrere Hunde lagen zu Füßen ihrer Besitzer und trugen zu dem harschen Geruch von Armut und einfachen Menschen bei, der den Saal füllte. Manfred Brylander wischte sich den Schweiß von der Stirn, schlug mit seinem Hammer auf den Tisch und forderte Frauen, Kinder und Jugendliche auf, sich zu entfernen. Das geschah auch, aber das Gedränge wurde davon nicht geringer. Die, die im Vorraum gewartet hatten, wollten jetzt herein. Frauen und Kinder blieben im Vorraum, wo der Richter sie nicht sehen konnte.

Er starrte die Zuhörer wütend an. Da saßen die Laestadianerbrüder wie düstere Raben auf einer Tanne. Die Ostbrüder schielten nach Westen und umgekehrt. Dort saß die aufgewühlte Öffentlichkeit, Lappen, Schweden und Finnen, die sehen wollten, wie der Mörder mit dem Leben bezahlen musste.

Per-Anders Niemi und seine Kumpel saßen in der ersten Reihe. Sie hatten den Mörder Pekkari gefangen und genossen bewundernde Blicke und Schulterklopfen. Jemand steckte ihnen sogar einen Geldschein zu.

»Fängt das hier irgendwann mal an«, rief Per-Anders Niemi, in dem sicheren Wissen, dass er nicht des Saales verwiesen werden konnte.

Kiruna, dachte Untersuchungsrichter Brylander. Diese Stadt der Aufwiegler und Agitatoren. Im Raum schien es eine elektrische Kraft zu geben. Etwas Vibrierendes, das nur darauf wartete, freigesetzt zu werden. Er sah es in ihren brennenden Blicken. Er fürchtete, allein der Anblick des Angeklagten könne den Volkszorn ausbrechen lassen. Er sah Dorfschulze Björnfot und Landjäger Spett an. Beide in Uniform, tadellos, mit geputzten Stiefeln. Die Hand des Dorfschulzen ruhte leicht auf seiner Dienstwaffe.

»Ein Ausbruch, und ich lasse den Saal räumen«, warnte Richter Brylander, schaute dabei aber nicht Per-Anders Niemi an.

Als Staatsanwalt fungierte Kronvogt Svanström. Einen Verteidiger gab es nicht. Der Angeklagte hatte sich schließlich zu einem Geständnis bereit erklärt.

Jetzt wurde der an Händen und Füßen gefesselte Gefangene hereingeführt. Die Fesseln klirrten, als er auf der Anklagebank Platz nahm. Er sah in den weiten Anstaltskleidern kleiner aus denn je.

Die Vernehmung nahm ihren Anfang. Kronvogt Svanström führte die schweren Beweise aus, die gegen Pekkari sprachen. Johanssons eigene Dienstpistole, die in Pekkaris Zimmer gefunden worden war, der mit einem Teil der Beute auf seinem Dachboden sichergestellte Sack.

»Geben Sie zu«, fragte der Richter, »dass Sie am fünften Dezember bei Fuhrmann Bäckström einen Schlitten entwendet haben, dass Sie mit dem Pferd in Richtung Gällivare gefahren sind, dass Sie kaltblütig Postillon Johansson erschossen und den Knaben Oskar Lindmark mit einer Axt erschlagen haben? Dass Sie die Posttruhe aufgebrochen und eine Geldsendung herausgenommen haben?«

Pekkari flüsterte etwas Unverständliches.

»Lauter!«, mahnte der Richter.

Pekkari schwieg. Da erhob sich in der Zuschauermenge ein Mann. Es war Oskar Lindmarks Vater. Er sagte nichts. Sah nur Pekkari an, bis der Richter ihm befahl, sich wieder zu setzen.

Nun endlich fand Pekkari die richtigen Worte.

»Ich gebe es zu«, sagte er mit fester Stimme.

»Es ist ein besonders schwerwiegendes Verbrechen, und ich muss dich auffordern, ehrlich auf die Fragen des Gerichts zu antworten«, sagte Richter Brylander mahnend. »Hast du die Tat allein begangen?«

»Ja«, war die Antwort.

»Und bei dir im Schlitten saß sonst niemand?«

»Niemand außer dem Teufel.«

Eine Bewegung durchlief die Zuhörerschar. Jemand putzte sich die Nase, ein anderer machte eine eilige Handbewegung. Ein Dritter schließlich schmunzelte und richtete sich auf der Bank halbwegs auf. Es war wie loser Schnee, den ein Windstoß über den gefrorenen Boden jagt. Richter Manfred Brylander hatte von der religiösen Ekstase der Laestadianer gehört, von ihrer Liikutuksia. Er hatte sie nie mit eigenen Augen gesehen. Was wäre wohl nötig, um die Rabenschar dazu zu treiben? Hatte es schon angefangen? Er hob den Hammer, schlug damit aber nicht auf den Tisch.

»War kein anderer bei dir«, fragte er den Angeklagten.

»Kein anderer außer dem Teufel«, sagte Pekkari.

Seine Stimme wurde jetzt lauter, und er rief wie ein Prediger in den Saal:

»Ich war ihm zu Willen. Bei Tuolluvaara wollte ich umdrehen. Aber er flüsterte mir ins Ohr. Trieb mich vorwärts. Ich hatte noch nicht Schutz im Blute des Lammes gefunden.«

Jetzt schluchzte die Rabenschar auf ihren Bänken auf.

Sie umarmten einander. Reichten ihrem nächstsitzenden Bruder die Erlösung durch Gott.

»Ich habe es getan«, rief Herr Pekkari und hob seine gefesselten Hände in einer verzweifelten Geste gen Himmel. »Der junge Oskar Lindmark. Er lag vor mir auf den Knien und flehte um sein Leben. Er rief nach seiner Mutter. Er faltete die Hände. Er drehte mir sein Gesicht zu, und ich schlug ihn tot!«

Dorfschulze Björnfot beugte sich zu Landjäger Spett vor.

»Komm mal eben mit raus«, sagte er kurz.

Auf der Straße wurde Björnfot schneller. Das Unwetter schlug ihnen entgegen. Der Wind trieb durch die Straßen. Spetts Mund füllte sich mit Schnee, als er hinter Björnfot herrief, dieser solle langsamer gehen und warten. Er war absolut damit ausgelastet, seinen Kragen hochzuschlagen und seinen Mantel zuzuknöpfen. Der Schnee drang an seinem Nacken und zwischen den Knöpfen ein. Kajsa lief im Schutz seiner Füße hinter ihm her.

»Er war es nicht«, rief Björnfot.

Obwohl sie sehr dicht beieinander waren, verschwand seine Stimme im Wind. Spett konnte ihn nur mit großer Mühe hören.

»Wie ist das zu verstehen«, rief er zurück.

Björnfot zog Spett in einen Hauseingang. Dort waren sie vor dem Wind geschützt. Der Schnee hatte sich schon wie eine harte Kruste auf ihre Kleider gelegt. Kajsa biss sich in die Pfoten, um sie von Schneeklumpen zu befreien.

»Pekkari ist unschuldig, verdammt noch mal«, sagte Björnfot atemlos. »Du hast doch Oskar Lindmark selbst gesehen. Er trug Fäustlinge. Er kann nicht auf Knien gelegen und die Hände gefaltet und von seiner Mutter geredet haben.«

»Sicher übertreibt Pekkari, wahrscheinlich genießt er die Aufmerksamkeit...«

»Genau«, sagte Björnfot. »Ihm gefällt die Aufmerksamkeit, wie du das ausdrückst. Oscar Lindmark ist der Hinterkopf eingeschlagen worden. Wenn er vor dem Mörder gekniet und den angesehen hätte, dann müsste der Schädel hier eingeschlagen sein.« Er zeigte auf seine Stirn.

»Pekkari lügt. Warum sagt er sonst nicht, wo die restliche Beute liegt?«

»Sicher hat er das Geld versteckt und hofft, mit lebenslänglich davonzukommen. Und später vielleicht auszubrechen...«

Björnfot schüttelte so energisch den Kopf, dass die Eisklumpen in seinem Schnurrbart klirrten.

»Er weiß es nicht. So einfach ist das.«

»Warum hat er dann gestanden?«, fragte Spett misstrauisch.

»Das ist mir doch egal«, schnaubte Björnfot. »Wer hat sonst noch vom dem Geldtransport gewusst? Wer...«

»Wer hat die Waffe in Pekkaris Zimmer gefunden?«, überlegte Spett verbissen. »Dieser Per-Anders Niemi.«

Sie sahen Pekkaris Kollegen und dessen Freunde vor sich, die der Obrigkeit den geschundenen Pekkari übergeben hatten.

»Ich drehe ihm den Kopf von den Schultern«, knurrte Spett. »Es soll ihm wie eine Erlösung vorkommen, zu gestehen. Und seine schwanzwedelnden Kumpane …«

»Aber zuerst schauen wir uns mal bei ihm zu Hause um«, sagte Björnfot und öffnete das Tor.

Der Wind riss an der Tür, Kajsa sah die beiden Männer an.

Müssen wir bei diesem Wetter schon wieder aus dem Haus, schien sie sagen zu wollen.

* * *

Der Postbedienstete Per-Anders Niemi wohnte in einem unverputzten Klinkerhaus in der Kyrkogata.

»Er teilt das Zimmer mit einem Freund«, sagte die Vermieterin, die für Björnfot und Spett die Tür aufschloss.

»War er vorgestern Abend zu Hause?«, fragt Björnfot und betrat das Zimmer.

»Glaub ich nicht«, antwortete die Vermieterin. »Er ist meistens bei seiner Verlobten. Sie hat ihr eigenes Zimmer.«

Sie bedachte die beiden Polizisten mit einem viel sagenden Blick.

Die Flickenteppiche lagen in mehreren Schichten auf dem Boden, um die Kälte fernzuhalten. Ein Vorhang aus Baumwolle trennte die beiden Betten. Es gab eine Kommode mit Waschschüssel und Kanne. Ein braun gefleckter Rasierspiegel hing an der Wand darüber, neben einem

Bildnis von Oscar II. Es gab zwei Kleiderständer neben den Betten. Auf Per-Anders Niemis hingen ein vergilbtes Unterhemd und ein Paar Socken.

Spett und Björnfot nahmen die Decken von beiden Betten. Sie hoben Kissen und Rosshaarmatratzen hoch. Sie rollten die Flickenteppiche auf und untersuchten die Bodenbretter, wie sie es schon in Pekkaris Zimmer getan hatten. Als sie das Zimmer auf den Kopf gestellt hatten, durchsuchten sie den Dachboden. Sie fanden jedoch nichts.

»Sind Sie so weit?«, fragte die Vermieterin mit wütendem Blick auf das Chaos im Zimmer. »Kann ich jetzt die Betten machen?«

Björnfot stellte sich taub. Er schaute aus dem Fenster auf den weißen Vorhang aus Schnee. Er war sich so sicher gewesen. Jetzt hatte er plötzlich Zweifel. Vielleicht war Pekkari ja doch schuldig. Vielleicht wollte er nicht zugeben, dass er Oskar Lindmark von hinten erschlagen hatte. Es war doch eine so grausame Tat. Vielleicht wollte er der ganzen Angelegenheit auch einen dramatischeren Rahmen geben.

Kajsa legte sich mit enttäuschtem Seufzer auf den Boden.

»Dann müssen wir wohl bei seinen Freunden nachsehen«, schlug Spett vor.

Björnfot schüttelte den Kopf.

»Ich glaube nicht, dass er der Typ ist, der seinen Freunden Vertrauen schenkt …«

Er drehte sich zur Vermieterin um.

»Wie heißt seine Verlobte? Wo wohnt sie, und wo arbeitet sie?«

Majken Behrn, die Verlobte des Postbeamten Per-Anders Niemi, war neunzehn Jahre alt. Ein Mädchen mit runden Wangen und einem Lockenkopf, der Kunden in Hannulas Gemischtwarenlanden lockte, wo sie als Verkäuferin arbeitete. Schon als Björnfot und Spett sie baten, Mantel und Mütze anzuziehen und mit ihnen zu kommen, wusste Björnfot, dass sie hier richtig waren.

Sie fragte nicht nach dem Anlass. Zog eilig den Mantel an. Ließ sich nicht einmal die Zeit, ihre Schürze abzubinden. Als ob Frau Hannula vergessen könnte, dass die Polizei sie geholt hatte, wenn es nur schnell ginge.

»Sie ahnen vielleicht, worum es geht«, begann Björnfot, als sie auf der Straße standen.

Aber so leicht sollte es nun doch nicht sein.

Majken Behrn wickelte sich zum Schutz gegen das Schneegestöber mehrmals den Schal um das Gesicht und schüttelte den Kopf.

»Ihr Verlobter, Per-Anders Niemi, war der vorgestern Abend bei Ihnen«, brüllte Björnfot durch den Wind.

»Ja«, rief sie zurück. »Das kann ich beschwören.«

Dann fügte sie eilig hinzu:

»Worum geht es eigentlich?«

»Es geht um einen Doppelmord«, sagte Spett mit schneidender Stimme. »Bitte, vergessen Sie das nicht.«

Das Zimmer war gemütlich, fand Björnfot, als er sich dort umsah. Gewebte Vorhänge mit verknoteten Fransen. Zwischen Außen- und Innenfenster hatte Majken Behrn Rentierflechten gelegt, um die Feuchtigkeit aufzusaugen. Darauf saßen kleine Wollwichtel. An der Wand über dem Bett im Schlafalkoven hing ein Weihnachtsbild aus Papier, auf dem ein Wichtel ein Pferd mit roten Äpfeln fütterte.

Beidseits eines Klapptisches mit peinlich sauberer, bestickter Decke befanden sich Holzstühle. Eine Kaffeekanne stand auf einem Eisenofen mit Kochplatte. Am Henkel der Kanne hing ein hübscher gehäkelter Topflappen.

Kajsa schüttelte, so gut sie konnte, den Schnee ab. Dann fand sie eine Wanne voll Wasser, die im Alkoven auf dem Boden stand, und trank mit lautem Schlürfen. Spett und Björnfot durchsuchten das Zimmer. Suchten in Schubladen und überall. Nichts.

Sie fragt nicht einmal, was wir suchen, dachte Björnfot. Sie weiß es.

Spett rief Kajsa zu sich. Als sie nicht kam, ging er in den Schlafalkoven.

»Was trinkt sie denn da?«, fragte er.

Er sah, dass in der Wanne Kleidungsstücke eingeweicht wurden.

»Ich hoffe, Sie haben keine Lauge im Wasser«, sagte er.

»Nein, nein« beteuerte Majken Behrn und wurde plötzlich rot. »Das ist nur. Es ist nichts …«

»Was ist das für Wäsche?«, fragte Björnfot, als er sah, wie sich ihr Gesicht verfärbte.

Spett zog das Kleidungsstück aus der Wanne. Es war

eine Männerhose, Sie war zwar nass, aber man konnte die Blutflecken unterhalb des Knies deutlich sehen.

Björnfot drehte sich zu Majken Behrn um. War sie eben noch errötet, so war sie jetzt kalkweiß.

»Das ist die Hose Ihres Verlobten«, sagte er mit harter Stimme. »Und das ist Oskar Lindmarks Blut.«

Majken Behrn keuchte auf. Sie griff in die Luft, auf der Suche nach etwas, woran sie sich festhalten könnte.

»Erzählen Sie alles«, sagte Spett. »Wenn Sie das tun, können Sie sich selbst retten. Sonst werden Sie wegen Mithilfe verurteilt, das kann ich Ihnen garantieren.«

Majken Behrn sagte nichts. Aber sie drehte sich langsam um und zeigte auf das eiserne Ofenrohr.

Spett ließ die nasse Hose auf den Boden fallen. Er stürzte zum Ofen und packte das Eisenrohr mit seinen großen Pranken.

»Wie?«, fragte er.

Majken Behrn schüttelte den Kopf.

»Weiß nicht.«

Spett rüttelte am Ofenrohr, und nun löste sich der mittlere Teil.

»Da steckt etwas drin«, sagte Spett und schaute in das lose Rohr.

Majken Behrn fuhr zu Björnfot herum.

»Sagen Sie Per-Anders nichts. Der bringt mich sonst um.«

»Der bringt niemanden mehr um«, sagte Björnfot ruhig, als Spett mit rußigen Händen ein Bündel Geldscheine auspackte.

Majken Behrn trat ans Fenster. Sie sah ihren Verlobungsring an. Und die Schlangenknoten aus Reif an der Fensterscheibe.

Zu wissen und doch nicht zu wissen, dachte sie. Wie sollte man das erklären können?

Vor zwei Nächten war sie aufgewacht. Per-Anders hatte vor dem Ofen gestanden. Er hatte das Ofenrohr zusammengeschraubt. »Was machst du da?«, hatte sie gefragt. »Schlaf du nur«, hatte er geantwortet.

Danach war er zu ihr ins Bett gekommen. Kalt war er gewesen. Seine Hände wie zwei Winterhechte. »Bald, du«, hatte er ihr ins Ohr geflüstert, ehe sie wieder eingeschlafen war. »Bald kaufe ich dir einen Pelz.«

Am Morgen war er vor ihr aufgewacht. Hatte ihr verboten, im Ofen Feuer zu machen und Kaffee zu kochen. Den Ofen dürfe sie einige Tage lang nicht anrühren, hatte er gesagt. Und seine Hose hatte Flecken gehabt. Er hatte sie gebeten, die Hose zu waschen. »Ich habe dem Schuhmacher beim Weihnachtsschwein geholfen«, sagte er. »Und das hat mich mit Blut bespritzt. Ich hab darum gebeten, den Kopf für dich mitnehmen zu dürfen.«

Sie hatte gelacht und getan, als jage ihr das einen Schauer ein. Später, als sie von dem Doppelmord gehört hatte, war ihr das Lachen vergangen. Aber sie hatte nichts gesagt. Nichts begriffen. Hatte vielleicht nichts begreifen wollen. Hatte im Ofen kein Feuer gemacht.

»Und er, Edvin Pekkari«, sagte sie leise, und sie hatte vergessen, dass Spett und Björnfot dabei waren. »Er war so ein unangenehmer Mann. Hat nie etwas gesagt. Hat nicht einmal gegrüßt, wenn man in die Post kam. Aber er hat mich angestarrt, sowie er dachte, ich sähe es nicht. Auf diese Weise. Mit seinen gelben Augäpfeln. Er hätte es gewesen sein können. Er hätte es gewesen sein müssen.«

* * *

Dorfschulze Björnfot riss die Tür des Gerichtssaals auf. Richter Manfred Brylander verlor mitten im Satz den Faden. Alle fuhren herum.

»Pekkari ist unschuldig«, rief Björnfot und lief zur Anklagebank. »Lasst ihn frei!«

»Was soll das heißen«, fragte Richter Brylander überrascht.

Er war ärgerlich und nervös gewesen, als Björnfot und Spett den Gerichtssaal verlassen hatten. Seine dünnen Haare lagen jetzt schweißnass und platt an seinem Kopf. Er schnappte nach Luft wie ein an Land geworfener Fisch.

»Ich habe das erbeutete Geld hier in der Hand«, rief Björnfot und hob das Paket auf, das er in Majken Behrns Ofenrohr gefunden hatte.

»Und hier«, fügte er hinzu und hob die andere Hand, »hier habe ich die Hose des Mörders. Besudelt von Oskar Lindmarks Blut.«

Alle Anwesenden schnappten nach Luft. Es war ein Aufkeuchen des Entsetzens angesichts der nassen Hose, die Björnfot hochhielt, und vielleicht auch ein Aufkeuchen des

Entzückens angesichts der Geldsumme, von der alle wussten, dass sie sich in dem Paket befunden hatte.

Per-Anders Niemi sprang auf. Ehe irgendwer ihn aufhalten konnte, ehe auch nur irgendwer begriffen hatte, dass man ihn aufhalten müsste, hatte er mit einigen raschen Schritten die Seitentür ganz vorn im Saal erreicht, die Tür, durch die der Angeklagte Pekkari nur eine Stunde zuvor hereingeführt worden war.

»Stehen geblieben!«, brüllte Dorfschulze Björnfot, aber Per-Anders Niemi war schon verschwunden.

Aber draußen stieß er sogleich mit Landjäger Spetts harter Faust zusammen.

Es dauerte nur wenige Sekunden. Dann schleppte Spett Per-Anders Niemi zurück in den Saal.

Björnfot sah sich nach den Männern um, die zusammen mit Per-Anders Niemi Edvin Pekkari auf die Wache geführt hatten. Einer kauerte in der Zuschauermenge wie ein Sünder vor dem Altar. Björnfot packte ihn am Schopf und zog ihn auf die Beine.

»Ich sag ja alles«, jammerte der Mann.

»Du schweigst«, rief Per-Anders Niemi und versuchte, sich aus Spetts Zugriff loszureißen.

»Nein«, rief sein Kumpel verzweifelt. »Ich will reden. Ich habe nicht geschlafen, seit es passiert ist. Per-Anders hat mir von dem Geldtransport erzählt. Hat gesagt, den könnten wir überfallen, mehr nicht. Du hast nichts davon gesagt, dass wir jemanden umbringen müssten. Wir haben uns den Schlitten geholt, weil der Fuhrmann nicht im Haus war. Wir haben bei Luossajokki angehalten, haben den Schlitten umgekippt und so getan, als seien die Kufen abgebrochen. Wir hatten uns die Schals um die Ohren gewickelt und die Mützen tief ins Gesicht gezogen. Sie hätten uns nie im Leben erkannt, es wäre nicht nötig gewesen … Per-Anders hat sich hinter einem Baum versteckt, ihn kannte der Postillon ja. Sie haben angehalten, um uns zu helfen. Oskar sprang vom Postschlitten und bückte sich, um sich die Kufen anzusehen. Postillon Johansson blieb auf dem Schlitten sitzen und hielt die Pferde fest, die weiterlaufen wollten. Und nun schlich Per-Anders sich aus seinem Versteck hervor. Er sprang auf den Schlitten und schoss Johansson in den Rücken.«

»Mit Johanssons Pistole?«, fragte Björnfot.

»Nein, mit seiner eigenen. Johanssons haben wir später gefunden und so getan, als ob wir sie bei Pekkari entdeckt hätten, als wir sein Zimmer gestürmt haben. Pekkari hat tatsächlich geglaubt, wir hätten sie dort in der Kommode gefunden. Wollte uns einreden, dass jemand anderes sie hineingelegt haben müsste. Sie hineingeschmuggelt, als er schlief.«

»Aber dann«, sagte Björnfot. »Dort im Wald. Nachdem Per-Anders Niemi Postillon Johansson erschossen hatte.«

»Nach dem Schuss sind die Pferde durchgegangen. Unser Pferd bäumte sich auf und wollte losrennen, aber der Schlitten war doch umgekippt und ließ sich nicht bewegen. Das Postpferd jagte davon. Per-Anders Niemi stand auf dem Schlitten und hielt sich an den Kufen fest, und dabei rief er mir zu: »Der Junge! Schnapp ihn dir!«

Per-Anders Niemis Kumpel geriet ins Schwanken. In Gedanken erlebte er die ganze Szene gerade noch einmal. Björnfot musste ihn festhalten, damit er nicht zu Boden stürzte.

Oskar Lindmarks Gesicht leuchtet im Mondlicht bleichblau auf. Er kniet beim Schlitten, um sich die angeblich abgebrochenen Kufen anzusehen. Seine Augen sind weit aufgerissen. Er hat nicht begriffen, was passiert ist, obwohl der Schuss gefallen ist und obwohl das Postpferd schrill aufgewiehert hat und losgerannt ist. Das Postpferd jagt davon, auch wenn das im Neuschnee nicht sehr schnell geht. Per-Anders Niemi steht auf dem Postschlitten und ruft:

»Ich muss die Truhe aufbrechen, um das Geld zu holen. Der Junge! Schnapp ihn dir! Lass ihn nicht entkommen!«

Wir sehen einander an, ich und Oskar Lindmark. Starr vor Entsetzen angesichts der Tat, die gleich vor uns liegt. Mein Kopf ruft: Ich kann das nicht!

Unser Pferd bäumt sich auf, versucht, sich loszureißen. Und plötzlich zuckt Oskar Lindmark zusammen. Er springt auf. Stolpert, stürzt aber nicht. Rennt wie ein Hase durch den Mondschein.

»Schnapp ihn dir«, brüllt Per-Anders Niemi. »Wenn er im Wald verschwindet, sind wir verloren!«

Ich nehme die Axt. Und laufe hinter ihm her.

Die Schneeflocken tanzen so schön durch die Luft. Sie scheinen sich nicht entscheiden zu können, ob sie fallen oder steigen wollen. Der Mond versteckt sich hinter den Wolken. Wie eine fette leuchtende Frau, die sich bei einem Schleiertanz gleichzeitig verhüllt und entblößt. Die Schatten der Bäume im Schnee sind bisweilen scharf und schwarz, bisweilen verwischt und fast verschwunden. Auch wenn der Mond sich ganz hinter die Wolken verzieht, kann der Junge nicht entkommen. Seine Fußspuren im Schnee lassen sich leicht verfolgen. Trotzdem muss ich mich so anstrengen, dass ich Blutgeschmack im Mund habe. Meine Füße versinken im Schnee, aber da ich in Oskars Fußspuren laufe, kann ich ihn einholen. Und er ist doch nur ein kleiner Junge. Herrgott. Bald habe ich ihn erreicht. Ich hebe die Axt und schlage gegen seinen Kopf, ehe er sich umdrehen und mich ansehen kann. Das hätte ich nicht ertragen. Jetzt liegt er mit dem Gesicht im Schnee. Seine Füße bewegen sich wie die eines schlafenden Hundes.

Ich schlage noch einige Male zu, einfach wegen der Füße.

Per-Anders Niemis Kumpel hielt Björnfots Blick fest.

»Lindmark rannte. Aber bald hatte ich ihn eingeholt. Ich schlug ihm mit der Rückseite der Axt gegen den Kopf. Er starb dort im Schnee. Ich ging zurück zum Schlitten und hob ihn auf den Weg. Hielt das Pferd fest, bis Per-Anders das Geld brachte. Johanssons Pistole hatte er ebenfalls bei sich. Meine Hose war blutverschmiert. Ich war außer mir, deshalb sagte Per-Anders, wir könnten tauschen. Er nahm meine blutige Hose. Ich bekam seine saubere. Vor dem Ort sprangen wir vom Schlitten, versetzten dem Pferd einen

Klaps und gingen jeder zu sich nach Hause. Der Schnee fiel jetzt dichter. Wir wussten, dass unsere Spuren bald verwischt sein würden.«

Der dritte Kumpel, der dabei gewesen war, als sie Pekkari zur Wache gebracht hatten, sprang nun ebenfalls auf. »Das stimmt alles nicht!«, rief er und sah voller Entsetzen Per-Anders Niemi und den anderen an, der soeben die grauenhafte Tat gestanden hatte. »Ihr seid Teufel! Ich habe euch geglaubt. Als ihr zu mir gekommen seid und gesagt habt, wir müssten Pekkaris Wohnung durchsuchen. Als ihr gesagt habt, ihr hättet ihn in Verdacht. Ihr seid Teufel!«

Im Saal wurde es totenstill. Dann ergriff Spett das Wort: »Alle raus«, brüllte er. »Morgen gibt es eine neue Verhandlung hier im Gerichtssaal. Aber jetzt. Raus! Raus!«

Die Zuschauer erhoben sich wie benommen von ihren Bänken.

Niemand sagte etwas. Sie hatten dort gesessen und einem Unschuldigen den Tod gewünscht. Die Schuld legte sich wie eine dicke Decke über die Versammlung. Die Laestadianerbrüder schauten verlegen zu Boden, niemand sah Edvin Pekkari an.

Pekkari, der noch immer auf der Anklagebank saß, noch immer in Ketten, rief:

»Aber ich war es doch. Habt ihr nicht gehört? Ich bin schuldig! ICH BIN SCHULDIG!«

* * *

Das Schneegestöber hielt drei Tage an. Danach zog es weiter und wütete in anderen Gegenden, ließ Kiruna still unter einer weichen weißen Decke zurück. Die Pferde zogen die Schneepflüge, und die Schneemassen drückten die Zäune ein. Die Birkenzweige senkten sich unter dem Gewicht bis zum Boden.

Björnfot und Spett standen beim Bahnhof und sahen zu, wie Edvin Pekkari in den Zug nach Süden stieg. Die Grubengesellschaft hatte Männer zum Räumen der Gleise abkommandiert. Am Bahnhof liefen die Menschen hin und her, Fahrgäste und Warentransporte.

Pekkari mit hängenden Schultern und auf den Boden gerichteten Blicken. In einer Reisetasche hatte er all seine Habseligkeiten. Niemand begleitete ihn. Niemand war gekommen, um Abschied zu nehmen.

»Sieh an, da geht er«, sagte Spett.

Björnfot nickte.

»Warum um alles in der Welt hat er gestanden«, fragte Spett.

»Ja, warum«, sagte Björnfot. »Vielleicht wegen der Aufmerksamkeit«, fügte er hinzu. »Er war doch über Nacht berühmt geworden. Und vorher war er ein Eigenbrötler, den niemand kennen wollte.«

»Er wäre doch geköpft worden«, wandte Spett ein. »Das ist doch Wahnsinn.«

»Die Beweise sprachen gegen ihn. Vielleicht hat er sich ja sogar eingebildet, dass er es war. Was wissen denn wir?«

Spett stieß ein ungläubiges Schnauben aus, lachte dann

über Kajsa, die den Schaffner begrüßte und versuchte, diesen zum Spiel aufzufordern. Sie machte einige verrückte Sprünge, so dass der Schnee um den Mann herum aufstob.

»Ja«, sagte Björnfot und fuhr sich mit der Hand über den Schnurrbart. »Es ist so oft vom göttlichen Mysterium die Rede. Aber der Mensch kann ein ebenso großes Mysterium sein.«

»Die Frauen jedenfalls«, scherzte Spett.

Als Frauen erwähnt wurden, musste Dorfschule Björnfot auf seine Uhr schauen. Er war um ein Uhr mit seiner Frau verabredet. Zeit zum Aufbruch.

»Aber es ist schon seltsam«, sagte Spett, ehe Björnfot davoneilte. »Die Laestadianerbrüder, meine ich. Einen kaltblütigen Mord hätten sie Pekkari verzeihen können. Aber nicht, dass er ein schnöder Lügner war.«

»Der Mensch ist ein Mysterium«, sagte Björnfot noch einmal und verabschiedete sich bis auf weiteres.

Sie erwartete ihn schon an der Straßenecke, als er keuchend den Hang hochkam. Ihre breiten dunklen Augenbrauen unter der Weißfuchsmütze. Ihre Hände im Weißfuchsmuff. Der lange schwarze Mantel hatte unten eine Schneekante.

»Da bist du!«, sagte Björnfot glücklich und hakte sich bei ihr unter.

Sie brauchten nur drei Minuten für den Weg zum neuen Musikpavillon. Er hatte den Schlüssel ausgeliehen. Auf der Bühne stand ein Steinwayflügel.

»Jeden Donnerstag zwischen zwei und halb vier gehört er dir«, sagte Björnfot. »Niemand wird dich stören.«

Sie sah den Flügel an. Fühlte sich in eine Falle gelockt.

Sie dachte an ihre erste Reise nach Kiruna. In Gällivare war der Schaffner zu ihr gekommen und hatte gefragt, ob sie jemanden habe, der für sie »bürge«.

»Wie meinen Sie das?«, hatte sie gefragt.

»Sie dürfen nicht allein nach Kiruna reisen«, hatte er geantwortet. »Sie brauchen eine Mannsperson, die für Sie bürgt. Oder eine Bestätigung, dass ein Mann Sie dort oben abholen und für Sie bürgen wird.«

»Für mich bürgen?«, hatte sie gerufen, aber in diesem Moment waren Albert und die Mädchen ins Abteil gekommen. Sie hatten sich während des Aufenthaltes auf dem Bahnsteig die Füße vertreten.

Der Schaffner hatte um Verzeihung gebeten, die Fahrkarten kontrolliert und war weitergewandert.

Albert hatte ihn in Schutz genommen.

»Das ist nicht so wie in Stockholm«, hatte er gesagt. »Das hier ist eine Neusiedlergegend. Sie wollen keine Zustände wie in Malmberget, mit Suff und …«

Er unterbrach sich und sah die Mädchen an, die dem Gespräch voller Interesse zuhörten.

»… und Frauen, die allerlei Dienste erweisen«, sagte er. »Diese Art von Frauen wollen sie fernhalten. Du brauchst dir das nicht zu Herzen zu nehmen.«

»In Finnland dürfen die Frauen zu den Wahlurnen gehen«, sagte sie. »Hier dürfen wir nicht einmal Eisenbahn fahren.«

Kiruna war eine Stadt der Männer. Der Herren und ihrer Geschäfte. Und der Dorfschulze wurde doch immer eingeladen, wenn irgendwelche Angelegenheiten diskutiert werden sollten.

Wie er sich die Stiefel wienerte, wenn er zu Direktor Lundblom gebeten war. Spuckte und rieb. Der Direktor selbst konnte zu diesen Gelegenheiten wie ein Bauarbeiter gekleidet erscheinen.

Sie hatte sich von dieser Stadt der Zukunft etwas anderes erwartet. Etwas, das modern gewirkt hätte. Aber hier standen die Frauen und seufzten andächtig angesichts der von Prinz Eugen gemalten Altarbilder.

Und sie konnte die Armut nicht ertragen. Alle diese Frauen und Kinder mit Wangenknochen, die wie Felsrücken aus ihren Gesichtern ragten. Von der Hand in den Mund, die ganze Zeit. Diese vielen Frauen, deren Männer in den Gruben zu Schaden kamen. Kinderversteigerung. Es ging ihr alles so nahe. Es berührte sie unangenehm.

Alberts Vertrag als Dorfschulze galt noch für fünf Jahre. Sie begriff nicht, wie sie das durchhalten sollte. Inzwischen konnte sie auch ihn kaum noch ertragen. Sein schwerer Atem, wenn er schlief. Sie ärgerte sich jetzt auch über seine Tischmanieren. Sie schämte sich über sich selbst. Aber was half das schon. Ab und zu wünschte sie sich irgendeine Krankheit. Um es hinter sich zu haben.

Er öffnete seinen Uniformrock und zog das Paket mit den Noten hervor, die ihre Mutter geschickt hatte.

»Ich kann nicht«, sagte sie. »Meine Finger sind steif gefroren.«

Da ließ er die Noten los. Nahm ihre Hände in seine.

»Willst du nicht?«, fragte er flehend. »Hast du denn keine Gefühle mehr für mich?«

Sie gab sich geschlagen. Löste sich aus seinem Zugriff und nahm vor dem Klavier Platz. Schlug einen Akkord an. Hoffte, dass das Klavier nicht gestimmt wäre. Aber es war gestimmt.

Ich ertrinke hier, dachte sie.

Und im selben Moment senkten ihre Finger sich über die Tasten.

Sie landeten beim einleitenden Akkord zu Débussys »La Cathédrale engloutie«.

Bei Débussy kann das Klavier nicht lügen. Die ersten Töne holen den Klang hervor. Aber der Flügel hielt, was er schon anfangs versprochen hatte.

Jetzt singen die Glocken der Kathedrale da unten in der Tiefe des Meeres. Sie schlagen die disharmonischen Klänge energisch an. Der Sturm zerfetzt die Meeresoberfläche. Die Wellen türmen sich auf. Die Glocken da unten läuten und läuten.

Ihr Anschlag ist hart und fordernd. Zornig.

Ihre Finger sind nicht lang genug. Die Arme sind nicht lang genug. Die Mantelärmel sind eng wie eine Zwangsjacke. Sie schwitzt. Ihr Rücken tut weh, wenn sie sich reckt.

Und dann sieht sie Albert an. Er lacht, aber unter dem Lachen verbirgt sich Unruhe. Er versteht diese Musik nicht. Sie macht ihm Angst. Seine Frau macht ihm Angst, wenn sie diese Seite ihrer selbst zeigt.

Sie hört plötzlich mit Spielen auf. Ihre Hände landen auf ihrem Knie. Sie hätte Lust, sich darauf zu setzen.

»Spiel weiter«, sagt er.

Warum denn, möchte sie fragen. Du verstehst ja doch nichts.

Und als ob er durch sie hindurchsehen könnte, sagt er: »Ich bin ein einfacher Mann ..«

Seine Stimme klingt gepresst. Sie hat schreckliche Angst, er könnte in Tränen ausbrechen.

»... aber wenn du wüsstest, wie stolz ich auf dich bin, meine Musikerin. Wenn du spielst. Ich wünschte, ich könnte ... ich versuche wirklich ...«

Jetzt kann er nicht weiterreden. Seine Lippen pressen sich aufeinander, und die Muskeln darunter zucken.

Sie schaut aus dem Fenster. Ein Eichhörnchen springt an einem Ast entlang. Der Schnee lockert sich und rieselt auf den Boden. Draußen ist es hell. Der Himmel ist hinter dem vielen Weiß rosafarben.

Ihr Herz ist nicht mehr so schwer wie vorhin.

Ich werde versuchen, froh zu sein, beschließt sie. Donnerstags zwischen zwei und halb vier. Das ist vielleicht, was ich brauche. Sie lächelt ihn an. Dann legt sie die Hände auf die Tasten und fängt an zu spielen. Sie entscheidet sich für Schuberts Improvisation in Ges-Dur. Die ist lyrisch, und sie weiß, dass sie ihm sehr gut gefällt. Sie sieht ihn an und lächelt. Macht weiter mit Melodien, die er gern hört.

Jetzt lächelt er glücklich zurück. Als sei sie die wiedergekehrte Sonne.

Er ist ein guter Mann, denkt sie. Er verdient etwas Besseres.

Sie fühlt sich nicht wohl in Kiruna. Glaubt manchmal, verrückt zu werden.

Aber er ist ein guter Mann. Und bald ist Weihnachten.

Aus dem Schwedischen von Gabriele Haefs

Thomas Kanger

❄

Die Goldmünze des Weihnachtsmanns

Hast du deine Wunschliste geschrieben?«

»Ja«, antwortete Adam und reichte seiner Mutter einen Zettel. Sie las die ungelenken Buchstaben und lächelte glücklich.

»Du hast fast alles richtig geschrieben«, sagte sie, »aber ›Tellefon‹ in Mobiltelefon hat nur ein l.«

Sie umarmte ihren Sohn.

»Ich finde es für ein eigenes Handy aber noch etwas früh«, meinte sie.

»Ich bin aber schon acht«, wandte Adam ein.

»Soll ich die Liste dem Weihnachtsmann geben?«, fragte sie.

»Ach was!«, meinte Adam. »Gib sie Papa. Und kauf ihm einen besseren falschen Bart.«

»Man kann sich nicht sicher sein«, sagte die Mutter. »Den Weihnachtsmann gibt es doch. Wir haben doch gestern einen im Warenhaus gesehen.«

»Das war sicher einer der Angestellten«, erwiderte Adam. »Ich habe ihn, glaube ich, wiedererkannt.«

Die Mutter lachte. »Ich gebe den Wunschzettel trotzdem dem Weihnachtsmann«, meinte sie.

Adam sagte nichts und biss von seinem Butterbrot ab. Den Weihnachtsmann gibt es nicht, dachte er. Aber dann sinnierte er weiter: Vielleicht gab es ihn früher einmal? Und der bekam Kinder, die ebenfalls Kinder bekamen, die wiederum neue Weihnachtsmänner wurden. Ungefähr wie bei dem Phantom aus dem Comic?

Er stand vom Küchentisch auf und ging in sein Zimmer. Nach fünf Minuten kam er mit einer Tasche in der einen und einem Eishockeyschläger in der anderen Hand wieder zurück. In der Diele zog er eine Daunenjacke und warme Lederstiefel an.

»Ich gehe jetzt«, rief er. Seine Mutter kam zu ihm in die Diele und rückte ihm die Mütze über den Ohren zurecht.

»Viel Spaß«, sagte sie. »Komm wie immer um halb sieben nach Hause, dann essen wir.«

Adam nickte.

»Und geh nicht über den Friedhof, wenn es dunkel ist«, sagte die Mutter. »Nimm stattdessen den Fußweg.«

»Über den Friedhof geht es aber schneller«, murrte Adam. »Und lustiger ist es auch.«

»Mach es trotzdem nicht, Adam, meinetwegen.«

Adam antwortete nichts und öffnete die Haustür. Seine Eltern und er wohnten im Erdgeschoss eines siebenstöckigen Hauses nur wenige Schritte von der eisigen Winterkälte entfernt. An diesem siebten Dezember war das Tageslicht bereits verschwunden, obwohl der Nachmittag noch nicht in den Abend übergegangen war. Auf der Eisbahn neben seiner Schule war das Eis neu, und jetzt wollte er zum ersten Mal in diesem Winter Schlittschuh laufen. Er hatte die Schlittschuhe im vorigen Jahr zu Weihnachten bekommen, inzwischen waren sie ihm an den Zehen etwas zu eng. Auf seinen Wunschzettel hatte er neue Schlittschuhe geschrieben. Aber bis Heiligabend musste er eben mit den alten vorlieb nehmen.

Er befolgte die Anweisungen seiner Mutter und nahm den beleuchteten Fußweg, überquerte den Platz, an dem ein paar Läden lagen, und ging weiter Richtung Schule und Schlittschuhbahn. Am Vormittag hatte es geschneit, und er rutschte manchmal etwas aus. Es waren recht viele Leute unterwegs. Die meisten hatten Tüten aus dem Supermarkt in der Hand und schienen ein wenig zu frösteln. Wenn er den längeren Weg nahm, dauerte es über eine Viertelstunde bis zum Schulhof. Schon von Ferne sah er zwei seiner Klassenkameraden auf dem Eis. Er begann zu rennen. Als er sich die Schlittschuhe angezogen und ein paar Runden gedreht hatte, um zu zeigen, dass er auch wirklich fahren konnte, schoss er den Puck in Richtung seiner Freunde, und das Spiel war im Gange.

Niemand dachte an die Uhrzeit. Wer tut das schon, wenn etwas richtig Spaß macht? Als einer der Väter kam, um seinen Jungen abzuholen, fragte Adam, wie spät es sei.

»Fünf vor halb sieben«, antwortete der Vater.

»Ich muss auch gehen«, sagte Adam und fuhr zur Bank. Dort zog er die Schlittschuhe aus und warf sie zusammen mit dem Helm in seine Tasche.

»Tschüs!«, rief er und winkte. Dann begann er Richtung Kirche zu joggen, das war der kürzeste Weg nach Hause. Hinter der Schule entlang, über einen leeren Parkplatz und eine Straße. Dann über ein leeres Grundstück, auf dem einmal eine Fabrik gestanden hatte, und eine schmale Wiese entlang, die bei einem Graben endete. Einige Kinder, die ebenfalls diese Abkürzung zur Schule zu nehmen pflegten, hatten ein paar Bretter über den Graben gelegt, um leichter hinüber zu kommen. Einige Meter weiter lag die niedrige Mauer, die den Friedhof umgab. Die Kirche befand sich am anderen Ende auf einer Anhöhe, und dort war man dann fast bei Adams Wohnviertel mit den acht freistehenden hohen Mietshäusern.

Adam kletterte an einer Stelle über die Mauer, an der die Steine wie Treppenstufen hervorstanden. Wenn kein Schnee lag, gab es auf dem Friedhof immer etwas zu entdecken, aber jetzt verschwand alles unter einer weißen Decke. Adam war ein ganz gewöhnlicher Junge, was natürlich bedeutete, dass er ganz anders war als alle gewöhnlichen Jungen. Genau wie sie hatte er seine eigenen Gedanken und seine eigene Art, Dinge zu erleben. Manchmal wenn er im Bett wach lag, hatte er das Gefühl, über seinem Körper zu schweben. Dieses Gefühl verstand er nicht, aber es gefiel ihm. Er lachte über gewisse Dinge, aber über manches, was andere lustig fanden, wiederum nicht. In der Schule war er recht weit, aber es gefiel ihm nicht, still sitzen zu müssen, und er flüchtete sich gerne in Tagträume. Er war nicht besonders ängstlich, aber wenn, dann verbargen sich seine Ängste in Winkeln, an die man nicht herankam. Bei Tageslicht, wenn er zur Schule ging oder von dort kam, waren die Grabsteine nicht im Geringsten bedrohlich. Jetzt aber, als er auf den Friedhof kletterte, versteckten sie sich vor ihm und warfen kaum Schatten, so dunkel war es. Nur der Widerschein der städtischen Lichter am Himmel erleuchtete ein wenig den weißen Schnee.

Der Friedhof war für einen kleinen Jungen recht groß. Es hatte wieder zu schneien begonnen. Zwischen den Gräbern verliefen Kieswege, aber diese waren nicht geräumt, und sie waren kaum zu erkennen. Adam bereute es nun, diesen Weg genommen zu haben, er hätte seiner Mutter gehorchen sollen. Aber jetzt war es zu spät. Er ging schneller. An einem Hang rutschte er aus, und der Eishockeyschläger verfing sich in seiner Tasche, als er aufstehen wollte. Schließlich kam er doch wieder auf die Beine. Er legte den Schläger auf die Tasche, um eine Hand frei zu haben, falls er wieder hinfallen sollte. Der kalte Nordwind pfiff ihm durch die Jacke, und der fallende Schnee raubte ihm die Sicht auf den Kirchhügel vor ihm. »Mama«, jammerte er. Plötzlich kam ihm die Abkürzung unendlich weit vor.

Dann merkte er, dass er sich zwischen den Grabsteinen verlaufen hatte. Er wusste nicht mehr, wo der zugeschneite, zur Kirche hoch führende Kiesweg lag. Vor sich sah er nur einen großen Baum. Einen Kirchturm konnte er nirgends entdecken. Das Schneegestöber war wie ein Vorhang. Die Tasche war schwer, und er setzte sich. Abgekämpft vom Schlittschuhfahren, wie er war, erschien ihm der weiche Schnee plötzlich sehr einladend. Am liebsten hätte er ein Nickerchen gemacht, aber ihm war klar, wie gefährlich das war. Er schloss die Augen. Nur für einen kurzen Moment…

Als er sie wieder öffnete, erblickte er im Schneetreiben schemenhaft etwas, was nicht zwischen die Gräber gehörte. Es sah aus wie ein Paar Schuhe, die mit den Spitzen himmelwärts deuteten. Adam stand auf, und sein erster Gedanke war, wegzulaufen, aber dann war seine Neugier stärker als seine Beine. Er näherte sich ein paar Schritte. Die Schuhe gehörten zu einem Paar Beine mit roten Hosen. Ein Mann lag ausgestreckt auf dem Rücken. Seine Jacke war ebenfalls rot, und als sich Adam noch näher heranwagte, sah er einen weißen Bart und eine rote Zipfelmütze. Der Weihnachtsmann … er lag reglos da, während die Schneeflocken langsam sein Gesicht bedeckten. Trotz seiner Angst beugte sich Adam zu ihm hinunter.

»Herr Weihnachtsmann?«, sagte er. »Sind Sie hingefallen?«

Eine Hand schoss von der rot gekleideten Gestalt hoch. Sie packte Adam am Arm. Adam versuchte, sich zu befreien, aber der Griff war zu fest. Der Mann hob langsam den Kopf. Sein weißer Bart schien auf der einen Seite rot verfärbt zu sein … die Hand zog Adam immer näher.

»Er … hat mich geschlagen …«, flüsterte er so leise, dass Adam es bei dem Wind kaum hören konnte. Der Rotgekleidete suchte mit seiner anderen Hand nach Adams Fingern, als wollte er sich irgendwo festhalten, um sich aufzurichten.

Adam zerrte und zog, um sich zu befreien, und plötzlich sank der Mann kraftlos nach hinten und atmete geräuschvoll aus. Erstaunt betrachtete Adam seine Hand. Es lag etwas darin … in der Dunkelheit sah es aus wie eine Goldmünze. Schnell packte er seine Tasche und lief blindlings durch den Schnee. Ohne dass er wusste, wie ihm geschah, lag die unbeleuchtete Kirche plötzlich vor ihm. Er blieb stehen, um Atem zu holen. Dann schoss er an der Kirche vorbei auf die Straße. Und dann rannte er, als sei der Leibhaftige hinter ihm her.

Weihnachtssterne leuchteten in den Fenstern der Hochhäuser, in denen auch Umrisse von Menschen auszumachen waren. Aber auf der Straße war es fast menschenleer. Adam wohnte in dem Haus ganz hinten. Mit der Tasche in der Hand rannte er um die Ecke des vorletzten Hauses und war fast am Ziel …

… als er mit einem Mann in einer braunen Jacke zusammenstieß.

»Oh, Entschuldigung«, keuchte Adam.

»Pass doch auf«, erwiderte der Mann.

»Das war keine Absicht. Ich bitte nochmals um Entschuldigung.« Dann deutete er auf die Kirche. »Da liegt ein Mann auf dem Friedhof«, stieß er atemlos hervor. »Er blutet. Ich glaube, er ist hingefallen … oder er ist …«

Der Mann schaute auf Adam hinunter. »Geschlagen worden?«, sagte er nach einem Augenblick der Stille. »Hat er das gesagt?«

»Ich muss jetzt gehen«, sagte Adam und drückte sich an der braunen Jacke des Mannes vorbei. Der drehte sich um und folgte dem rennenden Jungen mit dem Blick bis zur Haustür. Dann schaute er auf seine Hände. Die Fingerknöchel … sie bluteten.

Sicher im Haus angekommen, knallte Adam die Tür hinter sich zu und ließ, noch im Laufen, die Tasche zu Boden fallen. Es war, als könnte er nicht aufhören zu rennen.

»Adam!«, rief seine Mutter aus der Küche. »Wo warst du? Du bist wahnsinnig spät dran!«

Sie streckte den Kopf aus der Küchentür. Sie sah wütend aus. »Weißt du, wie spät es ist? Du weißt doch, dass ich mir Sorgen mache!«

»Aber ich …«

»Kein Aber! Du musst pünktlich sein!«

»Aber da lag ein …« Dann verstummte er. Sollte er erzählen, was er gesehen hatte? Dann würde seine Mutter ja erfahren, dass er über den Friedhof gegangen war … und sie war schon jetzt böse …

»Ein Glück für dich, dass sich Papa auch verspätet hat«, sagte seine Mutter, und die Falte zwischen ihren Brauen verschwand. »Komm, setz dich jetzt und iss!«

Papa kam aus dem Badezimmer.

»Da bist du ja, mein ungehorsamer Junge!«

Er lächelte Adam zu und umarmte ihn. »Jag deiner Mutter nicht so eine Angst ein«, flüsterte er verschwörerisch. Sie waren zwei Sünder, die sich verspätet hatten.

»Wo hast du den Eishockeyschläger?«, fragte Papa und schaute auf Adams Tasche in der Diele.

Adam stutzte und drehte sich um. »Den habe ich wohl verloren«, sagte er dann.

Er dachte nach. Der musste noch auf dem Friedhof liegen. Aber er sagte nichts.

»Wir gehen ihn morgen suchen«, meinte sein Vater.

Adam aß schweigend. Als seine Eltern die Teller abräumten, schlief er mit dem Kopf auf dem Tisch ein. Sein Vater trug ihn ins Bett, ohne dass er davon etwas mitbekommen hätte.

In dieser Nacht fiel der Schnee immer dichter, und der Wind pfiff durch die undichten Fenster. Seltsame Gestalten, die überaus merkwürdige Dinge sagten, bewegten sich durch Adams Schlaf. Adam rannte, aber mit jedem Schritt fiel es ihm schwerer, und plötzlich befand er sich auf einem Brett nahe an einem Abgrund, und es gab kein Zurück mehr. Mit einem Schrei setzte er sich im Bett auf.

Seine Mutter, die immer mit einem offenen, behütenden Auge schlief, war sofort an seiner Seite.

»Der Weihnachtsmann«, sagte Adam, plötzlich hellwach. »Er lag auf dem Friedhof! Er blutete am Kopf!«

»Ruhig, ruhig«, flüsterte seine Mutter. »Du hast geträumt. Mama ist da, alles ist gut.«

»Gar nichts ist gut! Er lag da, ich schwöre!«

»Leg dich wieder hin und versuch zu schlafen.«

Adam legte sich hin, und seine Mutter zog die Decke zurecht. Sie blieb noch ein paar Minuten sitzen, bis sie glaubte, dass ihr Sohn wieder eingeschlafen sei. Aber Adam war wach, und mit geschlossenen Augen sah er, wie sich der weiße Bart des Weihnachtsmannes rot verfärbte.

Als sie einige Stunden später frühstückten, erzählte Adam alles seinem Vater.

»Ja«, sagte sein Vater. »Deine Mutter hat mir das auch schon erzählt. Träume sind so. Manchmal sind sie sehr merkwürdig.«

»Das war kein Traum! Es ist wahr! Er hat mir eine Goldmünze gegeben!«

Sein Vater fuhr ihm liebevoll durchs Haar. »Du hast wirklich eine blühende Fantasie«, erklärte er lächelnd.

»Ihr glaubt mir ja nur nicht, weil ich noch klein bin!«, sagte Adam, und seine Stimme klang eher wütend als verzweifelt. »Es war derselbe Weihnachtsmann wie der, den wir im Warenhaus gesehen haben! Zumindest glaube ich das.«

»Aber Adam«, sagte seine Mama. »Du bist doch gestern gar nicht über den Friedhof gegangen.«

Adam schaute auf die Tischplatte. »Ich habe den Eishockeyschläger auf dem Friedhof verloren, als ich den Weihnachtsmann gefunden habe.«

»Also doch!«, sagte seine Mutter ärgerlich. »Obwohl ich es dir verboten habe.«

»Gib mir die Goldmünze«, sagte Papa, »dann zahle ich das Geld auf der Bank ein.«

Adam dachte nach. »Ich weiß nicht, wo ich sie hingelegt habe«, sagte er.

Sein Vater zwinkerte seiner Mutter zu. »Ich begleite dich heute zur Schule«, sagte er. »Wir gehen über den Friedhof. Dann siehst du, dass alles nur ein Traum war. Vielleicht finden wir dann ja auch den Schläger.«

Adam schwieg. Du wirst schon sehen, dachte er.

Der Schnee lag hoch, und es war noch dunkel, als Adam und sein Vater Hand in Hand zwischen den Häusern entlanggingen. Ein Schneepflug fuhr vorbei, und die Schneewälle auf den Bürgersteigen wurden immer höher. Sie überquerten die große Straße und gingen durch die Pforte vor dem Hügel, auf dem die Kirche lag. Auf dem Anschlagbrett vor der Kirche wurde Weihnachtsfrieden proklamiert, aber das Kirchenportal war eventuellen Betenden fest verschlossen.

Adam erinnerte sich an den großen Baum. Er wuchs etwa in der Mitte des Friedhofs hinter dem Hügel. »Irgendwo hier«, sagte er, als sie sich zwischen den Gräbern befanden.

Sein Vater ging zwischen den Grabsteinen entlang und bückte sich plötzlich. Als er sich wieder aufrichtete, hatte er den Eishockeyschläger in der Hand.

Adam trat vor und deutete mit der Hand. »Er hat hinter diesem Grabstein gelegen.«

Sein Vater ging ein paar Schritte in den Tiefschnee, während Adam wartete. »Komm und schau selbst«, sagte er dann und drehte sich zu seinem Sohn um. Adam bahnte sich in den Fußabdrücken seines Vaters einen Weg. »Nur Schnee, kein Weihnachtsmann!«. Adam begann mit den Händen zu graben, aber er fand nichts als nur noch mehr Schnee.

»Er war hier. Ich bin mir sicher!«, sagte er.

»Vielleicht ist er ja mit seinen Rentieren zurück zum Nordpol geflogen«, meinte sein Vater.

Adam stieß ihn missmutig an und begann mürrisch Richtung Schule zu gehen. Sein Vater war klug genug, um nicht noch mehr zu sagen, und folgte ihm in einigem Abstand. Sie kletterten über die Mauer, gingen über das Brett über dem Graben, dann über das leere Grundstück und betraten den Schulhof. »Falls er wirklich dort war, dann kann er sich nicht ernsthaft verletzt haben«, meinte sein Vater beschwichtigend und umarmte seinen Sohn. »Er hat sich vermutlich aus eigener Kraft weggeschleppt.«

Adam schaute zu seinem Vater hoch. »Vielleicht hat ihm ja der andere Mann geholfen.«

Sein Vater sah ihn fragend an. »Welcher andere Mann?«

»Ich bin mit ihm zusammengestoßen, als ich nach Hause gerannt bin. Ich habe ihm erzählt, dass ein Mann auf dem Friedhof liegt, der hingefallen ist.«

»Wo hast du ihn getroffen?«

»Auf dem Hof, vor einem der anderen Häuser. Er trug einen braunen Mantel.«

»Na, dann«, sagte sein Vater. »Dann ist vermutlich alles, wie es sein soll, ich meine, falls du das nicht auch geträumt hast.«

»Dieser Mann war auch hingefallen«, sagte Adam. »Er hatte sich an der einen Hand verletzt.«

Es klingelte. »Lauf jetzt«, sagte sein Vater. »Wir sehen uns heute Abend, wenn ich von der Arbeit nach Hause komme.«

Adam eilte in sein Klassenzimmer und dachte nicht mehr an den Weihnachtsmann.

Am Samstagvormittag, einige Tage später, waren Adam und seine Mutter im Warenhaus. Sie wollten etwas kaufen, was Adam seinem Vater zu Weihnachten schenken konnte. Seine Mutter wollte Dinge kaufen, die sie für Weihnachten brauchte. Kerzen, Kerzenmanschetten, einen neuen Spieß für den Weihnachtsschinken und vieles andere mehr. Sie hatte eine lange Liste dabei, und als sie gerade mal die Hälfte beisammen hatten, war Adam müde.

»Wir gehen in die Spielwarenabteilung«, sagte seine Mutter. »Da bleibst du dann, bis ich komme und dich abhole.«

Die Spielwaren waren im zweiten Stock, und sie fuhren mit der Rolltreppe nach oben. Ganz hinten in einer Ecke stand ein großer Sessel mit schnörkeliger Weihnachtsdekoration. In diesem Sessel saß ein Weihnachtsmann, und davor stand eine kurze Schlange Kinder mit ihren Eltern.

»Da ist er ja«, sagte seine Mutter und deutete auf den Weihnachtsmann. »Da siehst du doch, dass der Weihnachtsmann wieder an seinem Platz ist.«

Adam sah den Weihnachtsmann an und schwieg. Vielleicht hatte er ja doch alles geträumt, und zwar nicht in der Nacht, sondern als er eine Weile mit geschlossenen Augen im Schnee gesessen hatte?

»Bleib hier, bis ich dich abhole«, sagte seine Mutter und verschwand.

Adam sah sich die Computerspiele an, um eines zu finden, das er sich vielleicht wünschen konnte. Dann schlenderte er herum und probierte verschiedene Spielsachen aus. Er mochte Dinge mit Fernsteuerung. Ab und zu warf er einen Blick auf den Weihnachtsmann in der Ecke. Adam fand, irgendetwas sei anders als sonst, irgendetwas erkannte er nicht wieder. Er fand ein Auto mit Fernsteuerung, das er sehr gerne gehabt hätte. Nach einer Weile schaute er wieder zum Platz des Weihnachtsmannes hinüber. Die Schlange war verschwunden, und der Sessel war leer. Adam ging auf eine Verkäuferin zu. »Wo ist der Weihnachtsmann?«, fragte er. »Ich will ihn etwas fragen.«

Die Verkäuferin zuckte mit den Achseln. »Er kommt und geht, wie es ihm gefällt«, sagte sie. »Der Alte trinkt vermutlich etwas zuviel. Er ist nicht der einzige Weihnachtsmann, dem Glögg schmeckt.«

Eine ältere Verkäuferin hatte ihre Worte gehört und warf ihr einen missbilligenden Blick zu. Dann bedachte sie Adam mit einem geschäftstüchtigen Lächeln. »Der Weihnachtsmann ist vermutlich gerade beschäftigt. Es gibt so viele brave Kinder auf dieser Welt«, sagte sie.

»Für wie alt halten Sie mich eigentlich?«, fragte Adam. Dann drehte er sich auf dem Absatz um, ohne eine Antwort abzuwarten, nur um wenig später zurückzukommen, weil er noch etwas auf dem Herzen hatte.

»Das ist doch kein richtiger Weihnachtsmann, oder?«, fragte er.

Die junge Verkäuferin verzog das Gesicht. »Das ist ein Betriebsgeheimnis«, sagte sie und nickte ihrer Kollegin zu.

»Wo wohnt er denn?«

»Am Nordpol. Das wissen doch alle Kinder. Der ist wohl in Nordfinnland.«

»Ich meine, im Ernst!«, sagte Adam, der es langsam leid war, dass ihn niemand ernst nahm.

»Ich habe keine Ahnung«, sagte die Verkäuferin. »Aber Wichtel leben doch für gewöhnlich auf dem Heuboden?«

Sie lachte über ihren eigenen Scherz.

Adam war die Lust vergangen, noch länger in der Spielwarenabteilung auszuharren, und so fuhr er mit der Rolltreppe wieder ins Erdgeschoss. Seine Mutter war nirgends zu sehen.

Und sosehr er auch suchte, er fand sie nicht. Schließlich blieb er ratlos zwischen zwei Regalen mit Christbaumschmuck stehen. Da entdeckte er plötzlich jemanden, den er zu kennen meinte. Jetzt konnte er endlich fragen, was an jenem Abend sonst noch geschehen war! Als er sich näherte, kamen ihm jedoch ein paar Leute in die Quere. Als er sich endlich zwischen ihnen hindurchgedrängelt hatte, war von der Person nichts mehr zu sehen. Der Mann im braunen Mantel war wie vom Erdboden verschluckt.

Da hörte er plötzlich seinen Namen aus einem Lautsprecher. Eine Frau, die neben ihm stand, fragte ihn, ob er, so einsam und verloren, wie er aussähe, vielleicht besagter Adam sei? Als Adam nickte, führte ihn die Frau zu einem Schalter, über dem das Schild »Kundenservice« hing. Dort stand seine Mutter und sah verängstigt aus. Dann bekam Adam genau das zu hören, womit er gerechnet hatte. Warum bist du nicht in der Spielwarenabteilung geblieben, wie wir vereinbart hatten? Warum läufst du immer weg? Verstehst du denn nicht, dass ich mir Sorgen mache? Als Adam schließlich zu Wort kam, erwiderte er, nicht er sei weg, sondern der Weihnachtsmann. Was seine Mama nicht weiter beeindruckte. Sie packte ihn am Schlafittchen und ging raschen Schrittes zum Auto, das auf dem Kundenparkplatz stand.

Am Tag darauf, am Sonntagvormittag, backte Adam Luciagebäck und Pfefferkuchen mit seinen Eltern. Seine Mutter machte den Pfefferkuchenteig, sein Vater rollte ihn auf dem Küchentisch aus, und Adam schnitt Figuren aus. Als Adam keine Figuren mehr einfielen, benutzte er stattdessen Ausstechformen. Schweine, Sterne, Herzen und auch einen Weihnachtsmann … Was ihn wieder an etwas erinnerte. Aber mit den Erinnerungen ist es wie mit den Ängsten, sie tauchen unverhofft auf, ohne dass man wüsste, warum.

»Ich geh ein bisschen raus«, sagte er und stand vom Tisch auf.

»Sollen wir das nicht erst fertig machen?«, fragte seine Mutter.

»Ihr könnt ja weitermachen, bis ich zurückkomme«, erwiderte Adam.

»Natürlich, Eure Majestät«, erwiderte sein Vater gutmütig.

Adam zog seine Wintersachen an, ging auf den Hof und zum Nachbarhaus. Er stellte sich vor die Haustür und schaute die sieben Stockwerke hoch. Irgendwo dort wohnte er. Jetzt wusste er, woher er den Weihnachtsmann aus dem Warenhaus und vom Friedhof kannte. Ohne es zu wissen, war Adam Nachbar eines Weihnachtsmannes gewesen.

Aus dem Haus kam eine Frau mit Kinderwagen.

»Wissen Sie, wer immer den Weihnachtsmann im Warenhaus spielt?«, fragte Adam. »Und der hier im Haus wohnt?«

Die Frau schob den Kinderwagen durch den Schnee. Sie

antwortete, ohne anzuhalten: »Das ist Myrsten aus dem vierten Stock.«

Adam ging ins Haus und fuhr mit dem Fahrstuhl nach oben. In jedem Stockwerk waren fünf Wohnungen. An einer zerkratzten Tür klebte ein Aufkleber »Keine Werbung«. Auf der Klappe des Briefeinwurfs stand *Niklas Myrsten*. Adam zögerte kurz, dann klingelte er.

Im Untergeschoss wurde gleichzeitig eine Tür geöffnet. Sie gehörte zu einer Wohnung mit Fenstern nach vorne hinaus. Ein Mann stand in der Tür und schaute auf den Fahrstuhl. Auf der Anzeige leuchtete die Vier, das Stockwerk, in dem der Aufzug stehengeblieben war. Leise schloss der Mann wieder die Tür.

Adam klingelte ein weiteres Mal. Niemand öffnete. Der Weihnachtsmann war nicht zu Hause. Vielleicht war er ja wirklich weg. Adam fuhr mit dem Fahrstuhl wieder nach unten und ging auf den Hof. Er schaute zur vierten Etage hoch. Beim Weihnachtsmann hingen weder Gardinen noch ein Weihnachtsstern im Fenster. Es brannte auch kein Licht, aber das war nicht besonders ungewöhnlich, schließlich war noch Tag. Adam beschloss, erneut vorbeizukommen, wenn es dunkel war.

»Der Weihnachtsmann heißt Niklas«, sagte Adam, als er wieder zu Hause war. »Ich meine, der, der auf dem Friedhof lag. Er wohnt im Haus gegenüber. Ich habe ihn erkannt.«

Seine Eltern sahen sich an. Bedächtig schüttelte sein Vater den Kopf, aber keiner der beiden sagte etwas, sie werkelten nur weiter am Luciagebäck und den Pfefferkuchen.

Kurz vor dem Abendessen verließ Adam wieder das Haus. Jetzt war es draußen dunkel, aber beim Weihnachtsmann im Haus gegenüber im vierten Stock brannte immer noch kein Licht. In den folgenden Tagen gewöhnte er es sich an, immer einen Blick nach oben auf das Fenster zu werfen, wenn er auf dem Weg zur oder von der Schule nach Hause war. Es war immer dunkel. Sowohl seiner Mutter als auch seinem Vater fiel auf, dass Adam außergewöhnlich nachdenklich wirkte. So, als würde er über etwas nachgrübeln. Wenn sie ihn fragten, erhielten sie jedoch keine Antwort. Gleichzeitig schien Adam in den letzten Tagen vor den Weihnachtsferien auch damit aufgehört zu haben, über den Friedhof zu gehen, denn er verließ das Haus jetzt immer etwas früher und kehrte etwas später zurück.

Adams Vater arbeitete in einem Büro, seine Mutter Teilzeit in einem Geschäft. Von Heiligabend bis Neujahr wollte sich seine Mutter frei nehmen, um zu Hause bei ihrem Sohn sein zu können. Aber bis dahin war Adam tagsüber alleine. Am ersten Tag der Weihnachtsferien ging er mit seinem Schlitten zu dem Hang im Wäldchen hinter dem Wohnviertel. Es war ein Schlitten mit Kufen, Lenkrad und Bremse. Adam tat beim Fahren immer so, als sei er Rennfahrer.

Um zwei Uhr nachmittags kam seine Mutter von der Arbeit nach Hause. Adam lag im Bett. Er hatte eine Beule auf der Stirn.

»Was ist passiert?«, fragte seine Mutter entsetzt.

»Ich hatte einen Unfall mit dem Schlitten«, sagte Adam. »Er war kaputt und ließ sich nicht mehr lenken.«

Seine Mutter legte ihm einen kalten Waschlappen auf die Stirn. Als sein Vater später an diesem Nachmittag nach Hause kam und erfuhr, was geschehen war, ging er ins Treppenhaus, wo der Schlitten stand. Er nahm ihn genauestens in Augenschein.

»Die Lenkradhalterung ist lose«, sagte er, als er zurückkam. »Sie ist verbogen.« Er wandte sich an Adam. »Bist du auf einen Stein oder irgendetwas anderes Hartes gefahren?«, fragte er. Adam schüttelte den Kopf. »Nein, eigentlich war er gut in Schuss«, antwortete er.

Am Tag darauf spielte Adam an einem großen Schneeberg, den eine Planierraupe auf dem Hof zusammengeschoben hatte. Er fuhr auf dem Hosenboden den Schneeberg hinunter. Diese Rutschbahn musste jetzt, wo sein Schlitten kaputt war, als Ersatz herhalten. Immer wieder kletterte er den Schneeberg hinauf und fuhr auf dem Hosenboden hinunter. Vollkommen durchgeschwitzt setzte er schließlich seine Mütze ab. Dann kletterte er wieder auf den Berg und fuhr hinunter.

Da entdeckte er eine Öffnung im Schneeberg. Es wirkte, als hätten ein paar Kinder eine Höhle gegraben. Adam wusste, dass es ihm seine Mutter nicht erlauben würde, in diese Höhle hineinzukriechen. Sie würde sagen, die Höhle könnte einstürzen und dass man sich dann nicht mehr befreien könnte. Aber ein Kind wie Adam konnte der Versuchung nicht widerstehen. Er musste herausfinden, wie tief die Höhle war und was sich in ihr verbarg.

Sie war etwa genauso tief, wie er groß war, und ganz

hinten hoch genug, um darin sitzen zu können. Wie gerne wäre er dabei gewesen, als die Höhle gegraben worden war, das war sicher noch viel lustiger, als sie zu benutzen, jedenfalls wenn man allein war. Jetzt saß er hinten in der Höhle und tat so, als versteckte er sich vor wilden Tieren.

Plötzlich wurde es dunkel in der Höhle. Das Licht, das durch den Eingang gefallen war, verschwand. Als hätte Schnee die Höhle verschlossen. Es wurde pechrabenschwarz, ehe er sich noch umdrehen und zurückkriechen konnte. Der Ausgang war ganz von Schnee blockiert. Er versuchte, sich auszugraben, aber der Schnee war hart, und er fror an den Händen. Er grub immer weiter, sah aber kein Licht. Schließlich legte er sich hin, um auszuruhen.

Um zwei Uhr kam seine Mutter wie immer von der Arbeit nach Hause.

»Adam?«, rief sie bereits in der Tür. Als sie keine Antwort erhielt, trat sie ans Fenster und schaute hinaus. Dann klingelte sie bei einem Jungen, mit dem Adam manchmal spielte. Er war zu Hause, hatte aber keine Ahnung, wo Adam war. Er hatte jedoch gesehen, dass Adam auf dem Hof gespielt hatte.

Seine Mutter zog sich ihren Mantel an und ging nach draußen. Sie schrie nach Adam, und ihre Sorge nahm stetig zu, als sie keine Antwort erhielt. Sie rannte zum Schlittenhang im Wäldchen und klapperte anschließend die Höfe zwischen den Hochhäusern ab. Vergebens.

Vielleicht war er ja in der Zwischenzeit nach Hause gegangen? Seine Mutter kehrte zu ihrem Haus, dem letzten in der Reihe, zurück. Als sie am Schneeberg vorüber kam, sah sie die Mütze. Sie nahm sie in die Hand, hielt sie ganz fest und schaute in alle Richtungen.

»Adam!«, rief sie so laut, sie konnte. »Adam!«

Da hörte sie ihn.

Als sein Vater nach Hause kam, saß seine Frau am Esstisch und weinte.

»Stell dir vor, ich hätte die Mütze nicht gefunden«, sagte sie, als es ihm endlich gelang, ein paar Worte aus ihr herauszubekommen. »Er hätte ersticken können!«

Der Vater hielt sie in den Armen und sagte, morgen sei Heiligabend, dann kämen die vielen Feiertage, die sie zusammen verbringen würden. Außerdem habe sie ja jetzt eine ganze Woche lang frei! Da könne ihrem ungehorsamen Sohn nichts Schreckliches mehr zustoßen.

Am Abend vor Heiligabend leerte sein Vater die Schlittschuhtasche seines Sohnes. Ein paar Kniestrümpfe befanden sich darin, ein paar leere Limodosen und die Schlittschuhe, der Helm und der Puck. Er hatte seinem Sohn neue Schlittschuhe gekauft. Sie lagen bereits in einem großen Paket unter dem Weihnachtsbaum. Da sah er ganz unten in der Tasche etwas schimmern. Einen Knopf. Er nahm ihn in die Hand. Er war recht groß. Ein goldener Knopf. Er zuckte mit den Achseln und warf ihn zu den Limodosen in die Mülltüte. Da erinnerte er sich daran, wie er selbst als Junge gewesen war. Er hatte die absonderlichsten Gegenstände gesammelt, und mit irgendetwas musste schließlich jede Sammlung beginnen. Also ging er in Adams Zimmer. »Das ist sicher deiner«, sagte er und legte den Knopf auf die Kommode.

Adam sah den Knopf an und schwieg.

An Heiligabend kamen alle seine vier Großeltern. Wieder trug der Weihnachtsmann einen schlecht sitzenden falschen Vollbart, aber Adam ließ sich nichts anmerken. Da Adam Einzelkind und außerdem der einzige Enkel war, bekam er viel zu viele Geschenke, fast alles, was auf seinem Wunschzettel gestanden hatte, und was spielte es da noch für eine Rolle, wer der Weihnachtsmann eigentlich war? Aber als er das letzte Paket auspackte, musste er an das Fenster im vierten Stockwerk des Nachbarhauses denken, in dem kein Licht mehr brannte.

In dieser Nacht träumte Adam von dem Weihnachtsmann auf dem Friedhof. Als er erwachte, blieb er still im Bett liegen, obwohl die Angst unter seine Bettdecke kroch. Doch dann geschah etwas Seltsames. Es war, als schwebte er direkt unter der Zimmerdecke, ein Gefühl, das ihn manchmal überkam, er wusste selbst nicht, warum. Das Zimmer war hoch, und er sah sich selbst von oben. Dann wandte er seinen Blick zum Fenster. In den Spalten der Jalousie tauchte ein Gesicht in der Nacht auf, ein Mann, der den Jungen, der dort im Bett lag, anstarrte.

Am Morgen des ersten Weihnachtstages ging er um das Haus herum. Im Schnee unter seinem Fenster waren Fußspuren.

Später an diesem Tag sammelte seine Mutter alle Geschenke ein, die Adam bekommen hatte. Sie lagen noch im Wohnzimmer verstreut herum. Neue Schlittschuhe, Bücher, Computerspiele, ein neuer Schlitten und vieles mehr. Ein Handy war auch dabei.

»Von wem hast du das bekommen?«, fragte sie.

»Weiß nicht«, antwortete Adam.

Auch sein Vater wusste angeblich nicht, wer ihm das Handy geschenkt hatte. Vielleicht seine Eltern? Nein, die hatten andere Sachen gekauft. Die Eltern seiner Frau? Wohl kaum, solche Geschenke waren nicht ihre Art. Schließlich beschlossen sie, dass Adam das Handy behalten durfte, obwohl sie etwas skeptisch waren, ob es wirklich schon sinnvoll war.

Die Weihnachtsferien näherten sich rasch ihrem Ende. Tagsüber begab sich Adam mit seinen neuen Schlittschuhen aufs Eis oder mit dem neuen Schlitten zu den Hängen. Auf dem Nachhauseweg blieb er manchmal stehen und drehte sich um. Er hatte das unbestimmte Gefühl, jemand würde ihm folgen. Vielleicht war es ja das herumwandernde Gespenst des Weihnachtsmannes, dessen Anwesenheit er im Rücken spürte?

Nach Neujahr begann seine Mutter wieder zu arbeiten. Jeden Morgen richtete sie ein Mittagessen her, das Adam nur noch in der Mikrowelle aufzuwärmen brauchte. Dann gab sie ihm Anweisungen, was er tun durfte und was er zu lassen hatte. Adam hörte ihr zerstreut zu, er kannte das alles schon. Außerdem rief sie ihn mehrmals am Tag aus der Arbeit an, um sich zu vergewissern, ob alles in Ordnung war. Sie wünschte sich nichts sehnlicher, als dass die Schule wieder anfangen würde, wo er unter Aufsicht Erwachsener sein würde. Adam hatte in dieser Hinsicht weniger Eile.

Am dritten Tag der letzten Ferienwoche spielte Adam mit zwei Freunden draußen. Gegen Mittag bekam er Hunger und ging nach Hause, um etwas zu essen. Danach ging er in sein Zimmer, um ein wenig am Computer zu spielen, aber der wollte nicht so recht. Es war, als säße der Stecker nicht richtig in der Wand. Als er unter den Tisch schaute, sah er, dass das Kabel der Playstation irgendwie seltsam im Stecker saß. Er kroch unter den Tisch, um sich das näher anzusehen, und wollte gerade nach dem Kabel greifen, als sein Handy klingelte. Während er sich wieder nach oben kämpfte, riss er den Joystick mit dem Fuß mit, und das Kabel fiel aus dem Stecker. Seine Mutter war am Telefon und wollte wissen, ob Adam auch ordentlich gegessen hatte.

Dann vergaß Adam das Computerspiel und ging stattdessen wieder nach draußen. Aber am Abend zeigte er seinem Vater die kaputte Spielekonsole und erzählte ihm, was geschehen war.

»Ich schraube das Kabel wieder am Stecker fest«, sagte sein Vater. »Aber du musst mir versprechen, nie wieder kaputte Sachen in die Steckdose zu stecken. Man kann dabei einen wahnsinnig gefährlichen Schlag bekommen.«

»Ich habe das Kabel aber gar nicht in den Stecker gesteckt«, sagte Adam.

Als die Schule wieder begann, kehrte der Alltag wieder ein. Der Vater arbeitete in der Stadt. Jeden Morgen ging er durch das Wohnviertel zur S-Bahn, um zur Arbeit zu fahren. Er mochte seinen Arbeitsplatz. Er hatte ein eigenes Büro, das er mit keinem seiner Kollegen teilen musste, und auf dem Regal mit den Aktenordnern hinter ihm standen Fotos von Adam und seiner Frau. Eigentlich fand Adams Vater solche Fotos etwas lächerlich. Wer schaute sie sich bei genauerem Nachdenken eigentlich an? Er selbst wusste schließlich, wie seine Lieben aussahen. Aber die meisten Kollegen hatten solche Fotos, und jetzt, wo sie schon einmal dort standen, wäre es seltsam gewesen, sie wieder zu entfernen. Seine Kollegen hätten auf den Gedanken kommen können, er hätte sich scheiden lassen oder dem Jungen wäre etwas zugestoßen. Damit hätte er wirklich das Schicksal herausgefordert, ein Unglück über die Familie heraufbeschworen.

Er hatte ein Radio im Büro und hörte sich ein paarmal am Tag die Nachrichten an. Das war eine angenehme Gewohnheit, während der Kaffeepause am Nachmittag legte er die Füße auf den Schreibtisch, schaltete das Radio ein und lehnte sich mit der Tasse in der Hand auf seinem Schreibtischstuhl zurück.

Zerstreut lauschte er nun dem Wortstrom, als er plötzlich aufhorchte. Es war ein paar Tage lang über null gewesen, und die Schneeschmelze hatte zu einer furchtbaren Entdeckung geführt. In einem Graben vor einer Kirche war eine Leiche gefunden worden. Bei dem Toten handelte es sich um einen älteren, noch nicht identifizierten Mann.

Die Verletzungen deuteten auf Mord hin. Seltsamerweise war der Tote wie ein Weihnachtsmann gekleidet gewesen.

Der Vater nahm die Füße vom Tisch, verließ das Bürogebäude und ging zum nächsten Zeitungskiosk. Die Abendzeitungen hatten die Meldung bereits. »Weihnachtsmann ermordet« lautete eine der Schlagzeilen, »Mord am Weihnachtsmann« die andere. Den Zeitungen entnahm er, was er bereits geahnt hatte. Der Graben mit dem toten Weihnachtsmann befand sich bei der Kirche in seinem Viertel.

Adam … Der Vater versuchte, seine Gedanken zu ordnen. Es war also kein Traum gewesen … Aber was hatte sein Sohn noch gesagt? Der Weihnachtsmann wohne im Nachbarhaus … und dann noch etwas über einen Mann in einem braunen Mantel, ein Mann, der sich am selben Abend ebenfalls verletzt habe … und alle diese komischen Dinge, die Adam seither widerfahren waren …

Langsam fügte sich ein seltsamer Vorfall zum nächsten, bis die Gedanken des Vaters zu rasen begannen. Der Mann mit dem braunen Mantel wusste inzwischen vermutlich ebenfalls von der Entdeckung der Leiche. Schließlich war es inzwischen in allen Medien! Adams Vater rang nach Luft, ihm wurde plötzlich weich in den Knien. Er zog sein Handy aus der Tasche und wählte Adams Nummer. Keine Antwort. Dann rief er zu Hause an. Seine Frau war am Apparat. Nein, Adam sei noch nicht von der Schule nach Hause gekommen. Er rief in der Schule an. Adam war nicht dort, die Klasse war gerade gegangen. Dann versuchte er es wieder auf Adams Handy. Immer noch keine Antwort. Sein Sohn hatte wahrscheinlich nach dem Schultag sein Handy noch ausgeschaltet. Er schickte ihm eine SMS: »Papa anrufen!«

Adam schlenderte von der Schule über das brachliegende Grundstück nach Hause. Jetzt bei Tauwetter kam man etwas leichter voran, aber gleichzeitig eignete sich der Schnee auch besser für Schneebälle. Er versuchte die Baumstämme zu treffen.

Als er sich der Mauer bei der Kirche näherte, sah er etwas weiter vorne an der Anhöhe zur Kirche einen Streifenwagen. Einige Leute machten sich im Graben an etwas zu schaffen. Er ging auf ein blaues Flatterband zu, das jemand mit ein paar Stecken um den Graben herum befestigt hatte.

»Hier ist gesperrt«, sagte ein Mann, als er Adam entdeckte. »Du musst einen anderen Weg nehmen.«

Adam umrundete die Mauer und kam schließlich an die große Straße, die am Wohnviertel vorbeiführte. Gerade als er über den Zebrastreifen gehen wollte, hielt vor ihm ein Auto. Die Fahrertür öffnete sich, und ein Mann stieg aus. Er trug eine Sonnenbrille, hatte einen Vollbart und eine über die Ohren gezogene Mütze.

»Du suchst doch den Weihnachtsmann, oder?«, sagte er.

Adam nickte schweigend.

»Komm mit, dann zeige ich dir was.«

Noch bevor Adam reagieren konnte, packte ihn der Mann am Arm und schob ihn auf den Rücksitz. Dann schlug er die Tür knallend zu und drückte auf den Knopf der Türverriegelung. Adam versuchte, den Knopf wieder hochzuziehen, aber mit seinen schneenassen Fausthandschuhen gelang ihm das nicht.

»Ich darf nicht bei Leuten mitfahren, die ich nicht kenne«, sagte Adam, während der Mann mit dem Weihnachtsmannbart rasch davonfuhr. Er bekam keine Antwort, und das Auto fuhr immer weiter, vorbei an den Häusern und hinaus aufs Land, wo keine Häuser mehr standen.

»Wohin fahren wir?«, fragte Adam. Er betrachtete den Mann, der schweigend hinter dem Lenkrad saß. Dann beugte er sich vor. »Lieber Weihnachtsmann, ich will nicht«, sagte er.

Adam sah, dass der Mann einen braunen Mantel trug. Er zupfte ihn vorsichtig am Arm, damit er auf ihn aufmerksam würde. Doch der Mann schlug mit der Hand nach hinten, um Adam zurückzustoßen. Dann legte er seinen Arm auf den Beifahrersitz, um zu bedeuten, dass er wieder zuschlagen würde, wenn Adam nicht still saß. An der Manschette seines Mantels saß ein großer goldener Knopf.

Das Auto fuhr in ein Waldgebiet, nach einer Weile bog es auf einen kleineren Weg ab, der kaum geräumt war. Immer tiefer ging es in den Wald hinein, bis sie schließlich Halt machten. Es war keine Menschenseele zu sehen.

»Jetzt machen wir einen Spaziergang«, sagte der Mann.

»Ich will nach Hause«, jammerte Adam leise.

Der Mann zog den Verriegelungsknopf der Hintertür hoch und sprang rasch aus dem Wagen. Er packte Adam fest am Arm und schleifte ihn hinter sich her, immer tiefer in den Wald hinein.

Nachdem Adams Vater zu Hause angerufen und erfahren hatte, dass sein Sohn noch nicht da war, verließ er sofort sein Büro. Seine Frau erwartete ihn bereits in der Tür.

»Wo ist Adam?«, fragte sie. Es klang mehr nach einem Flehen als nach einer Frage. Adams Vater versuchte erneut, ihn per Handy zu erreichen. Schließlich rief er die Notrufnummer der Polizei. Er warf einen unruhigen Blick auf seine Frau, ohne etwas zu erklären.

»Es geht um meinen Sohn«, sagte er zu dem Mann, der den Anruf entgegennahm, mit fast überdeutlicher Stimme. »Er heißt Adam. Ich glaube, er weiß, wer den Weihnachtsmann ermordet hat, und jetzt ist er verschwunden.«

Die Mutter schaute ihren Mann nur stumm an. Sie fuhr sich mit den Händen an den Mund, als müsse sie einen Schrei ersticken.

Wenig später standen zwei Polizeibeamte in der Wohnung. Der Vater brachte einen unzusammenhängenden Bericht zustande und musste ihn dreimal wiederholen, bis er alles gesagt hatte und die Beamten alles verstanden hatten. Einer der Polizisten trat beiseite und sprach in sein Handy. Die Worte, die an das Ohr der Mutter drangen, waren wie wiederholte Schläge auf ihr Herz. »Ernst … muss als gefährlich betrachtet werden … erst acht … Großeinsatz.« Und schließlich: »Es eilt.«

»Wer könnte das sein?«, fragte der Polizist den Vater. »Wer könnte der Mann mit dem braunen Mantel sein?«

Adams Vater schüttelte den Kopf. »Keine Ahnung«, sagte er. »Ich weiß überhaupt nichts … ich hätte besser zuhören sollen … warum habe ich ihm nur nicht zugehört?«

»Adam hat doch gesagt, der Weihnachtsmann heiße Niklas und wohne in dem Haus da drüben«, sagte Adams Mama mit plötzlicher Energie und deutete aus dem Fenster. Sie wandte sich wieder an die Beamten. »Sie suchen ihn doch? Sie finden ihn doch? Sagen Sie, dass Sie ihn finden werden!«

Der andere Polizist trat ans Fenster. Die Dämmerung hatte eingesetzt.

»Es eilt«, sagte er leise vor sich hin. Draußen senkte sich die Winternacht über den verschwundenen Jungen.

Im Haus gegenüber wohnte nur ein einziger Mann, der Niklas hieß. Die Polizisten fanden also rasch die leerstehende Wohnung des Weihnachtsmannes. Dort herrschte große Unordnung. Es vergingen trotzdem nicht viele Minuten, bis sie mit Sicherheit sagen konnten, dass es sich bei dem Toten im Graben wirklich um Niklas Myrsten handelte. Aus dem Bericht von Adams Vater schlossen sie, dass er wirklich schon seit über einem Monat tot war. Die Leiche im Graben war in jeder Beziehung kalt. Die Mordermittlung an sich befand sich indes unter dem Gefrierpunkt. Ein brauner Mantel war die einzige Spur, die die Polizei besaß. Aber jetzt ging es einzig und allein darum, Adam zu finden.

Das Wetter schlug wieder um. In der Dämmerung zog ein eisiger Wind über das Land. Auf einem Baumstumpf tief im Wald saß ein einsamer Junge. Der Mann mit dem Weihnachtsmannbart und dem braunen Mantel hatte Adam in den Schnee gestoßen und war dann in seiner eigenen Spur zurückgegangen. Als Adam wieder auf die Beine kam, war der Mann verschwunden. Einige Zeit verging, bis Adam es wagte, nach dem Weg zu suchen. Aber der Schnee war zu tief für seine kurzen Beine, und die Bäume standen dicht beieinander. Als es dunkel wurde, sah er kaum noch seine eigenen Füße, und schließlich setzte er sich mutlos wieder auf den Baumstumpf.

Er fragte sich, wann seine Eltern ihn wohl holen würden.

Die Polizei war ratlos. Wo genau sollten sie suchen? Auf ihre steten Versuche, Adams Handy zu erreichen, entgegnete jeweils eine Computerstimme, der Teilnehmer sei im Augenblick nicht erreichbar.

»Lieber Adam«, sagte sein Vater leise. »Mach dein Handy an.«

Im Haus, in dem Niklas Myrsten gewohnt hatte, tummelten sich jetzt Polizeibeamte. Im Verlauf des Nachmittags kamen immer mehr Bewohner nach Hause und mussten Befragungen über sich ergehen lassen. Hatte jemand etwas gesehen oder gehört? Trug jemand einen braunen Mantel, so wurde dies aufmerksam registriert und die Person eingehender befragt. Aber in diesem Mietshaus mit seinen sieben Stockwerken und dem Fahrstuhl wussten die wenigsten etwas über die Nachbarn, die nicht auf derselben Etage wohnten. Die meisten schüttelten den Kopf, wenn der Name Niklas Myrsten fiel. Von einem Adam im Haus gegenüber hatten sie überhaupt noch nie gehört. Nur eine einzige Person, eine Frau mit Kinderwagen, erinnerte sich daran, dass sie ein Junge nach dem Weihnachtsmann gefragt und sie damals Myrstens Namen genannt hatte. Mehr wusste sie jedoch auch nicht zu berichten.

Dann kam ein Mann mit einem braunen Mantel, es war der vierte braune Mantel des Tages in diesem Haus. Er schien kurz zu zögern, bevor er das Treppenhaus betrat, aber das war nicht ungewöhnlich, denn ein solches Polizeiaufgebot, wie es sich momentan hier versammelte, war nicht gerade alltäglich zu nennen. Festen Schrittes ging der Mann auf eine Tür im Erdgeschoss zu, wurde aber von einem Beamten aufgehalten. Dieser bat darum, ihn in seine Wohnung begleiten zu dürfen. Die Wohnung war klein und ziemlich sauber und wollte nicht so recht zu dem heruntergekommen Eindruck passen, den ihr Bewohner erweckte. Der Mann setzte sich an den Küchentisch und zündete sich eine Zigarette an. Wer Niklas Myrsten war, wusste er nicht. Vielleicht war er ihm mal im Treppenhaus begegnet? Wer konnte das schon wissen. Er pflege mit überhaupt keinem der Nachbarn Umgang. Ob dieser Myrsten tot sei? Wie bedauerlich. Ein Junge? Nein, leider könne er mit Informationen weder zum einen noch zum anderen beitragen. Der Beamte merkte sich den braunen Mantel, der mittlerweile an einem Haken in der Diele hing. Er bedankte sich und ging.

Adam fror ganz schrecklich. Am schlimmsten war es an den Händen. Als er sie in die Taschen schob, bemerkte er dort sein Handy. Dass er nicht schon früher daran gedacht hatte! Er fischte es heraus, zog einen Handschuh aus. Mit starren Fingern gelang es ihm, es einzuschalten. Es begann sofort zu klingeln, so plötzlich, dass er zusammenzuckte. Das Handy glitt aus seinem nassen Handschuh in den Schnee. Er hörte es dort unten weiter klingeln, konnte es aber nicht mehr finden, sosehr er es mit seinen eisigen Händen auch versuchte. Schließlich begann er zu weinen, und Nebel legte sich vor seine Augen.

»Wir haben Kontakt!«, rief der Teletechniker. »Er antwortet nicht, aber das Handy hat Verbindung zu einem Sendemast.«

Auf einer Landkarte zeichneten sie um den Sendemast herum einen Kreis. Innerhalb dieses Radius' befand sich Adam oder zumindest sein Handy. Ein Teil der Fläche war Wald. Dorthin schickten sie sofort eine Streife mit einem Hund, der an Adams alten Schlittschuhen geschnüffelt hatte.

So kam es, dass ein kleiner Junge, neben einem Baumstumpf im Schnee liegend, gefunden wurde. Während ein Hund das heruntergefallene Handy aufstöberte. Ein Polizist wickelte den Jungen in eine Decke und trug ihn zu einem Auto. Im Krankenhaus warteten schon die Eltern. Beide weinten, als sie ihren Sohn umarmten, unterkühlt, aber unverletzt.

In den nächsten Tagen bewachte ein Beamter die Wohnung der Familie, damit Adam nicht wieder etwas zustoßen würde. Den Ermittlern hatte Adam erzählt, der Mann im Auto habe ausgesehen wie ein Weihnachtsmann, allerdings mit Sonnenbrille. Sonst wusste er nur noch, dass er einen braunen Mantel getragen hatte. Die Beamten vermuteten, dass es sich um denselben Mann handelte, den Adam am Mordabend gesehen hatte. Er hatte sich des einzigen Zeugen entledigen wollen. Adam musste sich Fotos aller Personen mit braunen Mänteln ansehen, die vernommen worden waren. Das waren mittlerweile recht viele. Adam erkannte keinen von ihnen wieder.

»Damals habe ich nur seine Hände gesehen«, sagte Adam, »und jetzt hatte er einen Vollbart und eine Mütze auf dem Kopf.«

Einige Wochen später wurde Niklas Myrsten auf dem Friedhof nicht weit von dem Graben, in dem er gefunden worden war, beigesetzt. Nur ein Polizist und der Geistliche wohnten der Zeremonie bei. Obwohl die Polizei alles versuchte, wurden weder ein Mörder noch ein Kidnapper gefunden, und so verliefen die Ermittlungen bald im Sande, und der ungeklärte Mordfall rutschte auf der Prioritätenliste immer weiter nach unten.

Niklas Myrsten war im Leben ein einsamer Mann gewesen, aber noch war er nicht ganz vergessen. Adam dachte viel an den Weihnachtsmann, der im vierten Stock des Nachbarhauses gewohnt hatte. Eines Tages, als aller Schnee geschmolzen war, fragte er seinen Vater, ob er sein Grab besuchen dürfe.

»Warum?«, fragte sein Vater, der sich immer noch Sorgen um ihn machte und sich fragte, wie er wohl die Ereignisse verkraftet haben mochte.

Adam wusste nicht so recht, was er antworten sollte. Dann aber sah er zu seinem Vater hoch.

»Ich will ihm die Goldmünze zurückgeben«, sagte er und zog eine Schublade heraus. »Auch wenn es eigentlich nur ein goldener Knopf ist.«

Er nahm sie aus der Schublade und betrachtete sie lange.

»Der Mann mit dem braunen Mantel hatte solche Knöpfe«, sagte er schließlich.

So kam es, dass die Polizei wieder bei allen anklopfte, die braune Mäntel besaßen. Im Erdgeschoss des Nachbarhauses wohnte ein Mann, dessen Mantel identische Goldknöpfe aufwies. Am Revers hingen dort ein paar lose Fäden, wo sich einmal ein Knopf befunden hatte. Der Mann stritt lange alles ab, aber die Fingerabdrücke auf dem Goldknopf wiesen zweifelsfrei auf ihn hin. Auf dem Knopf fanden sich sowohl seine eigenen Fingerabdrücke als auch die von Niklas Myrstens.

Schließlich legte der Mann ein Geständnis ab. »Wir haben um eine Flasche Schnaps gestritten«, sagte er. »Und dann geschah es eben. Ich habe zugeschlagen, die Flasche genommen und bin weggelaufen. Als mir der Junge erzählt hat, was er gesehen hatte, bin ich noch mal zurück. Der Alte war tot, also habe ich ihn in den Graben geschleift. Später wurde mir klar, dass der Junge der Einzige ist, der mich verraten kann, wenn der Schnee schmilzt. Sollte er also vorher einen Unfall erleiden …«

Der Weihnachtsmannmörder zuckte mit den Achseln. Er hatte versucht, einen Zeugen zum Schweigen zu bringen, aber jetzt hatte man ihn gefasst. Niklas Myrsten konnte endlich in Frieden ruhen.

Einige Tage später begab sich Adam auf dem Heimweg von der Schule allein auf den Friedhof. Die Goldmünze konnte er nicht zurückgeben, die fand sich in Polizeigewahrsam. Aber vielleicht konnte er den Weihnachtsmann ja besuchen? Er kletterte über die Mauer und ging langsam an den Grabsteinen entlang, um die Inschriften zu lesen. Schließlich fand er Niklas Myrstens Grab. Der Stein war einfach, ein Kreuz und sonst nur der Name und die Daten. Adam stand lange da und betrachtete ihn.

»Warst du ein richtiger Weihnachtsmann?«, fragte er den stummen Stein.

Dann drehte er sich um, um nach Hause zu gehen. Da hörte er das Piepsen seines Handys, das er sich zu Weihnachten gewünscht hatte und das ihn gerettet hatte, aber von dem niemand in der Familie so recht wusste, woher es kam. Er zog es hervor und schaute auf das Display. Eine SMS vom 24. Dezember. Aus irgendeinem Grund schien sie erst jetzt zugestellt worden zu sein.

»Fröhliche Weihnachten«, stand da. »Dein Weihnachtsmann.«

Aus dem Schwedischen von Lotta Rüegger und Holger Wolandt

Inger Frimansson

❄

Der Ausstand

Doktor Rosberg war ein alter Mann, so alt, dass er eigentlich keine Patienten mehr behandeln dürfte, hatte Inga-Lisa gesagt.

»Aber was macht das schon«, hatte sie so sehr gelacht, dass ihr Make-up fast Risse bekommen hätte. »Deswegen gehe ich ja auch zu ihm. Er verschreibt mir alles, was ich will, erst ein paar Vorhaltungen, dann zückt er seinen Rezeptblock.«

Inga-Lisa war ihre neue Bekannte draußen in Hovsjö. Eine Frau Anfang fünfzig, vorwitzig und laut. Aber mit einem Herzen aus Gold. Sie hatten sich auf dem Weg aus dem Stadtzentrum nach Hause kennengelernt, derselbe Bus in den Vorort, derselbe Treppenaufgang.

»Verdammt? Wohnen Sie etwa auch hier?«

Sie fluchte ausgiebig und kannte im Unterschied zu Jannike überall Leute. Eines Abends, als sie in Inga-Lisas gemütlicher Küche Karten spielten, erzählte sie ihr von Doktor Rosberg.

»Ich gehe jetzt schon seit vielen Jahren zu ihm. Er gibt mir Rezepte. Alles, was ich brauche. Er weiß, dass ich verdammte Probleme mit dem Schlafen habe. Diese Schmerzen, die Arthrose und die Fibromyalgie. Woran so alte Weiber wie ich eben leiden. Er ist einer der wenigen Ärzte, die für Frauen da sind. Letzthin hat er mir etwas gegeben, was einen Ochsen hätte umbringen können… und wenn man nicht vorsichtig ist…«

Sie sann über die Worte nach. Einen Ochsen umbringen. Ihr war noch nichts klar, sie hatte noch keine Pläne oder so. Aber vielleicht hatte es ja damit begonnen.

Jetzt stand sie vor der Tür seiner Praxis und musste lange klingeln, so lange, dass sie beinahe aufgegeben hätte. Aber schließlich hörte sie drinnen unsichere Schritte, dann ging die Tür auf. Ein zerfurchtes, faltiges Männergesicht kam zum Vorschein.

»Fräulein Linder? Sind Sie das?«

»Ja«, murmelte sie.

»Willkommen, Fräulein Linder. Treten Sie doch bitte ein.«

Seine Hände waren so lang und schmal, dass es aussah, als lägen die Adern über der Haut. Der Gedanke, diese Hände auf ihrem Körper zu spüren, gefiel ihr nicht, aber es würde sich nicht vermeiden lassen. Sie musste gute Miene machen.

»Guten Tag«, sagte sie und befleißigte sich einer Leidensmiene. Gleichzeitig begann sie angestrengt zu atmen.

»Nehmen Sie doch Platz und warten Sie, Sie kommen gleich dran.« Er deutete auf eine Sitzgruppe und entfernte sich durch die Diele.

Seine Praxis war Teil einer großen Östermalmswohnung. Plüschmöbel, fleckige Kissen. Inga-Lisa hatte gesagt, ihres Wissens lebe er allein in der Wohnung. Von einer

Frau Rosberg habe sie nie etwas gehört, und eine Sprechstundenhilfe sei ihr auch nie zu Gesicht gekommen. Auf dem Sofa lag ein kleiner Hund mit gehäkelten Seidentroddeln. Das war das Fell. Die Schnauze war fast gänzlich abgenutzt, schwarzes, zerschlissenes Garn, das sich fast vollkommen aufgelöst hatte. Sie stellte sich vor, wie Kinder diesen Hund geherzt und ihn als Schutz gegen den Äthergeruch und das Klirren der Instrumente vor sich hochgehalten hatten. Sie konnte förmlich die schrillen Schreie, die ab und zu aus dem Behandlungszimmer gedrungen sein mussten, hören.

Sie hängte ihren Webpelz auf und wickelte sich aus dem langen, gestreiften Schal, den sie sich um den Kopf geschlungen hatte, um die Ohren zu wärmen. Die Kälte hatte bereits Ende November mehrere Dezimeter Schnee mit sich gebracht, der ungewöhnlicherweise nicht geschmolzen, sondern wie auf einer Weihnachtskarte liegengeblieben war. Vermutlich saßen ihre Kolleginnen jetzt bei der Arbeit am Pausentisch, tranken Kaffee und unterhielten sich über diesen Schnee. Das war der Höhepunkt des Tages, wenn sich alle in dem engen Pausenzimmer versammelten. Es brannten zwei Kerzen, denn am Sonntag war zweiter Advent. Sylvia hatte vermutlich wie immer etwas Moos und Kerzen gekauft. Sie war im Keller gewesen und hatte alle elektrischen Adventslichter und die rote Tischdecke hochgeholt, die den ganzen Dezember und bis Anfang Januar auf dem Tisch liegen würde, bis jemand, meist Evy, sie mit nach Hause nahm und in die Waschmaschine legte. Vermutlich hatten sie auch Pfefferkuchen und einen

Safrankranz gekauft. Sie hörte förmlich das Knirschen des Perlzuckers unter den Schuhsohlen, wenn man in der kleinen Kochnische drauf trat. Wie sehr man sich beim Aufschneiden des Safrankranzes auch bemühte, es fielen doch immer Krümel auf den Fußboden. Manchmal hängte jemand einen vorwurfsvollen Zettel über die Spüle.

»Deine Mutter arbeitet nicht hier! Räum gefälligst auf!« Das half dann immer eine Weile.

Jannike ließ sich auf einen der Sessel sinken und streckte die Hand nach einer Illustrierten aus. Es gab *Allers* und *Husmodern*, die zerfleddert und mindestens fünfzehn Jahre alt waren. Sie sah sich die Fotos der Promis mit ihren altmodischen Kleidern und Frisuren an. Mantawelle und Schulterpolster. Es sah wirklich furchtbar aus. Nach einer Weile hörte sie, wie die Tür zum Behandlungszimmer aufgeschlossen wurde. Der alte Mann räusperte sich.

»Fräulein Linder. Dann wären Sie an der Reihe.«

Als wäre das Wartezimmer voller Patienten gewesen!

Er hatte sich auf den Stuhl hinter dem riesigen, ramponierten Schreibtisch sinken lassen und verschwand nun fast hinter den Bergen von Papieren und Dokumenten. Er musste sich vorbeugen, um sie betrachten zu können. Auf einem niedrigen Tisch links von ihm stand ein staubiges Skelett, entweder aus Plastik oder echt. Die gebleckten Zähne grinsten sie an. Es schauderte sie.

»Also, Fräulein Linder, was führt Sie zu mir?«

»Eine gute Freundin, Inga-Lisa, hat Sie empfohlen, Herr Doktor.« Plötzlich konnte sie sich nicht mehr an den Nachnamen ihrer Freundin erinnern, wie unangenehm.

Der Mann nahm eine Handvoll Papiere aus einer Mappe, die auf dem Schreibtisch lag. Sie sah Notizen in einer zittrigen, großen Handschrift. Da begann sie zu weinen. Sie wusste selbst nicht, warum. Die Tränen kamen einfach wie eine hervorbrechende, große Verzweiflung. Verlegen hielt sie sich die Hand vor den Mund.

Er richtete seine Augen auf sie. Die Haut darunter war schlaff und faltig, als könnten die Augäpfel jeden Augenblick herausfallen. Sie suchte nach einem Taschentuch.

»Es tut so fürchterlich weh«, flüsterte sie.

Er betrachtete sie betrübt.

»Wo tut es denn weh?«

»Hier und … hier. Im ganzen Körper.«

»Hm.« Er blätterte erneut in seinen Papieren. »Waren Sie deswegen schon einmal beim Arzt?«

»Nein …«

»Warum nicht?«

»Ich glaubte … dass das gewissermaßen dazugehört.«

»Dazugehört?«

»Ja, meine Mutter hat es, und meine Tanten haben es, und meine Großmutter hatte es auch schon. Sie haben zu mir gesagt, dass das bei Frauen einfach so ist. Irgendwas mit Fibro … Es hätte keinen Sinn, haben sie zu mir gesagt, die Ärzte würden immer nur abwinken. Aber dann habe ich Inga-Lisa kennengelernt. Wir sind Nachbarinnen. Sie hat mir von Ihnen erzählt, Dr. Rosberg, und davon, wie nett und einfühlsam Sie sind.

Er legte die Papiere wieder auf den Tisch und schaute aus dem Fenster. Seine Nasenflügel bebten ein wenig.

»Ich muss Sie untersuchen. Das verstehen Sie sicher.«

»Natürlich.«

»Ich kann nicht einfach jemandem ein Rezept ausstellen, ohne zu wissen, was ich tue.«

»Nein, natürlich nicht.«

»Ich bin ein alter Mann, ich werde meine Praxis bald schließen.«

»Ach«, murmelte sie. »Wie bedauerlich.«

Er faltete seine knochigen Finger.

»Ja, das ist bedauerlich. Aber früher oder später nimmt alles im Leben ein Ende.«

Er bat sie, sich bis auf die Unterwäsche auszuziehen und auf die Pritsche zu legen. Das Schutzpapier war zerknittert und eingerissen. Ihr fiel auf, dass es das letzte auf der Rolle war. Sie fror, entkleidete sich dann aber, wie er gesagt hatte, und legte sich hin. Er hatte sich währenddessen seinem Skelett zugewandt und fingerte daran herum. Er schnippte gegen die Arme, und es rasselte.

»Sind Sie fertig, Fräulein Linder?«, fragte er nach einer Weile. Sie lag auf dem Rücken und hatte eine Gänsehaut auf dem Bauch.

»Ja.«

»Dann komme ich.«

Sie starrte an die hohe Decke, an der weit oben eine Lampe hing. Spinnweben schwankten. Der Arzt beugte sich über sie. Er hatte ein Stethoskop, drückte es fest auf ihre Brust und horchte.

»Hm«, murmelte er. Dann fasste er sie mit seinen kalten

und sanften Händen an. Er drückte mit Fingerspitzen und Handballen und nahm die Haut zwischen die Finger. Er kam ihr so nahe, dass sie die borstigen grauen Haare sah, die in seinen Ohren und in seiner Nase wuchsen. Er roch ein wenig nach Aceton. Ihr wurde schwindelig.

»Ja«, sagte er. »Schmerzen zu haben, ist nicht schön. Das verdirbt einem das ganze Dasein.«

Sie nickte langsam. Ihre Tränen flossen über die Schläfen in die Haare. Er tätschelte ihren Kopf. Seine traurigen Wangen hingen herab.

»Beruhigen Sie sich, mein Fräulein. Beruhigen Sie sich. Wir werden dieser Sache schon auf den Grund gehen.«

Er kehrte an seinen Schreibtisch zurück, während sie sich wieder ankleidete. Plötzlich wurde sie unsicher. Und wenn er sie jetzt durchschaut hatte?

Aber das hatte er nicht.

»Ich werde Ihnen ein Rezept für ein Mittel ausstellen, das Dextromordifen heißt. Ich muss Sie jedoch auf die Risiken aufmerksam machen.«

»Ach?«

»Eigentlich ist es zu stark für eine einleitende Behandlung. Aber bei Ihnen liegt die Krankheit in der Familie. Schon seit Generationen. Dieses Mittel wirkt Wunder.«

Jannike hielt den Atem an.

»Ich möchte jedoch, dass Sie äußerste Sorgfalt und Vorsicht walten lassen.«

Sie verstand nicht recht, was er damit sagen wollte, nickte jedoch trotzdem.

Seine leicht getrübten Augen hatten etwas Wachsames, als er ihr das Rezept reichte.

»Haben Sie einen Führerschein, Fräulein Linder?«, fragte er.

Sie schüttelte den Kopf.

»Man darf nämlich nicht Auto fahren, wenn man dieses Medikament nimmt. Das ist verboten.«

»Ich verstehe.«

Er starrte sie an, schien durch sie hindurchzusehen.

»Wie ist es mit dem Alkohol?«

»Wie bitte?«

»Auch nur eine geringe Menge Alkohol zusammen mit einer Kapsel kann zu Atemstillstand führen. Es kann nicht nur, sondern tut es auch meist. Verstehen Sie, was ich sage, Fräulein Linder? Das ist dann ein akuter, lebensbedrohlicher Zustand. Der Patient merkt zunächst nichts. Aber nach etwa dreißig Minuten … und dann ist es meist zu spät. Es ist fast so heimtückisch wie ein Giftpilz, wirkt jedoch schneller, viel schneller.«

Er verstummte und schaute aus dem Fenster.

Jannike schluckte.

»Ich verstehe. Es würde mir nie im Traum einfallen … ich trinke auch fast nichts.«

Seine schmalen Lippen kräuselten sich.

»Vernünftig. Noch etwas. Haben Sie Kinder, Fräulein Linder?«

»Nein«, flüsterte sie.

»Sie haben auch nicht mit Kindern zu tun? Nichten und Neffen, Nachbarskinder beispielsweise?«

»Wieso?«, fragte sie.

»Schließen Sie die Tabletten weg. Kein Kind darf mit ihnen in Berührung kommen. Sie haben nämlich einen Geschmack, der durchaus nicht unangenehm ist.«

Sie fuhr mit der S-Bahn nach Södertälje. Als Artur sie verlassen hatte, hatte sie auch ihre Wohnung verloren. Oder die seine, wenn man genau sein wollte. Seine Eigentumswohnung am Tantolunden. Eine Zweizimmerwohnung mit einer atemberaubenden Aussicht. Er hatte sie mehr oder weniger rausgeworfen. Jannike war für ein paar Tage zu ihrer Mutter gezogen, aber sie waren einander auf die Nerven gegangen. Ihre Mutter hatte ihr dann den Untermietsvertrag für die Einzimmerwohnung in Södertälje besorgt.

»Wie alt bist du jetzt, Jannike? Sechsunddreißig, nicht wahr? Wirst du denn nie auf eigenen Beinen stehen?«

Jannike wusste, dass ihre Mutter eigentlich erleichtert war, dass mit Artur Schluss war. Er war Moslem, und nicht nur das, er war auch schwarz. Sie hatte Probleme mit allem, was anders war.

Sie betrachtete die verschneiten Vororte und erinnerte sich an das erste Mal, als sich ihre Mutter und Artur begegnet waren. Die plötzliche Aggressivität. »Soll sie jetzt etwa auch noch eine Burka tragen?« Artur hatte geschwiegen. Er war ein friedlicher Mann. Er fraß das Meiste in sich hinein, aber schließlich war es aus ihm herausgebrochen. Er hatte die Kaffeetasse so fest auf den Tisch geknallt, dass der Henkel abgebrochen war. Das Kaffeeservice ihrer Großmutter Betty mit dem Efeu.

Sie war ihm die Treppe hinunter und bis auf den Hof hinterhergerannt und hatte gebettelt.

»Sei nicht böse, meine Mutter verhält sich manchmal etwas ungeschickt. Sie hat es nicht so gemeint.«

Tief in ihrem Inneren hatte sie jedoch gewusst, dass das nicht stimmte. Ihre Mutter hatte jedes Wort so gemeint. Und ihr war nur übrig geblieben, sich zu entscheiden. Artur oder ihre Mutter.

Sie hatte sich für Artur entschieden. Er war lieb zu ihr und kümmerte sich um sie. Er tröstete sie, wenn sie traurig war. Er war auch gut im Bett. Sie hatte nie mit jemandem so viel Spaß gehabt wie mit Artur. Als sie die Arbeit verlor, unterstützte er sie, zumindest in der ersten Zeit. Er hatte Delikatessen dabei, wenn er nach Hause kam. Verwöhnte sie. Er fragte bei der Gewerkschaft nach, ob das nach schwedischem Arbeitsrecht wirklich gestattet sei, eine anstellige Person ganz ohne Grund zu feuern.

Es hatte eine Verhandlung gegeben, und dabei war natürlich zur Sprache gekommen, weswegen man sie gefeuert hatte. Gunhild, das Weib mit ihren Lügen. Artur und sie auf der einen Seite, Gunhild auf der anderen und dazwischen der Ombudsmann. Gunhild, das Weib, hatte ihre hässliche, unmoderne Brille abgesetzt. Ihre Hände hatten gezittert, das war deutlich zu sehen gewesen. Man konnte sich wirklich fragen, wer von ihnen zuviel trank.

»Ihre Freundin ist in den letzten Monaten so gut wie jeden Tag betrunken auf der Arbeit erschienen. Wir haben Geduld gehabt, viel Geduld. Jetzt … können wir nicht länger darüber hinwegsehen.«

Jannike hörte, wie Artur nach Luft schnappte.

»Entschuldigen Sie, aber ich glaube, dass das Unwahrheit ist.« Er sprach für einen Einwanderer sehr gut Schwedisch, aber manchmal machte er Fehler. In diesem Augenblick wünschte sie, er hätte den Mund gehalten und würde sich nicht einmischen.

»Aha? Und was sagen die Kolleginnen?« Der Ombudsmann fingerte an einem Flaschenöffner. Er wirkte müde und desinteressiert.

Gunhild, das Weib, das ihre Chefin war, öffnete ihre Aktentasche und entnahm ihr ein aufgerolltes Blatt Papier.

»Hier!«, sagte sie. Mit langsamen Bewegungen, den Blick die ganze Zeit auf Jannike gerichtet, zog sie das Gummiband von dem aufgerollten Papier. Es war voller Unterschriften. Zehn Stück. Ihre Kolleginnen. Sogar Marja, die sie so gemocht hatte, die ihre Vertraute gewesen war.

Der Zug fuhr in den S-Bahnhof Södertälje Centrum ein. Jannike stieg aus. Sie schulterte ihren Rucksack und dachte an das, was sie in der Scheele-Apotheke geholt hatte. Zwei Schachteln mit insgesamt hundert Tabletten. Es war ihr ganz warm geworden. Alles würde gut werden. Jetzt würde sie bald nicht mehr leiden müssen.

Ihre Wohnung lag im Erdgeschoss, und sie musste immer die Vorhänge vorziehen, weil man hereinschauen konnte. Manchmal klopften Kinder an die Fensterscheiben. Manchmal warfen sie auch Erde und Schmutz dagegen. Es hatte keinen Sinn, etwas zu sagen, das Beste war, es einfach zu ignorieren. Vor der Haustür standen vier Kinder und wichen ihr nicht einmal aus, als sie auf sie zutrat. Eines von ihnen streckte ihr die Zunge heraus. Sie dachte an die Tabletten, deren Geschmack durchaus nicht unangenehm war. Sie drängte sich an den Kindern vorbei und öffnete die Haustür. Ihr war etwas schwindelig.

Als sie in der Wohnung war, musste sie sich sofort hinlegen. Ihr Herz schlug ihr bis zum Hals, und der Schweiß strömte ihr aus den Poren. Sie schloss die Augen und stieß einen klagenden Laut aus. Nach einer Weile stand sie auf und ging in die Küche. Sie goss sich ein Glas weißen Rum ein und leerte es. Endlich wurde um sie herum alles still. Aber die Bilder kehrten zurück, die Bilder von dem Gewerkschaftstermin.

Langjähriger Alkoholmissbrauch am Arbeitsplatz. Nichts habe geholfen. Weder Zurechtweisungen, Abmahnungen oder Mitarbeitergespräche mit dem Chefweib. Artur war während des Termins immer schweigsamer geworden, Kälte war förmlich von ihm aufgestiegen, sie hatte Angst bekommen.

Am Abend, als sie nach Hause gekommen waren, hatte er zur Arbeit gemusst. Er saß an der U-Bahn-Sperre in der Altstadt, einer der Sperren, an denen es am häufigsten Ärger gab. Am Helikopterlandeplatz vor dem U-Bahnhof lag ein Skinhead-Treff. Manchmal fingen sie Streit an. Trotz seiner Hautfarbe war er bleich um die Lippen gewesen, als er sich ihr zugewandt hatte.

»Ich will, dass du weg bist, wenn ich nach Hause komme.«

»Wie? Was soll das heißen?«

»Pack deine Sachen und verschwinde!«

»Aber Artur, du kannst doch nicht einfach …«

Er hob die Hand, und einen Moment lang glaubte sie, er würde sie schlagen.

»Du hast gelogen. Was du getan hast, ist schlimmer, als wärst du untreu gewesen.«

»Die anderen lügen!«, schrie sie. »Dieses verdammte Weib, diese Gunhild. Sie hat sich das alles ausgedacht. Du musst mir glauben. Ich liebe dich.«

Sein Gesicht war angespannt und verschlossen gewesen.

»Und die Untergeschriftenliste?«, fragte er kurz.

Die Untergeschriftenliste, dachte sie, aber es war nicht lustig, manchmal konnte sie Witze darüber machen und lachen, wenn er einen Fehler machte. Er lachte dann auch und warf sie aufs Bett. »Dir werde ich es zeigen, du freches Ding.«

In seiner Uniform sah er aus wie ein Fremder. Sie hatte ihn in diesen Kleidern einmal sexy gefunden, aber jetzt war davon nichts mehr übrig, jetzt gab es nur noch Verzweiflung.

»Sie hat diese Namen selbst geschrieben. Sie hasst mich. Ich stelle für sie eine Bedrohung dar, ich bin so viel jünger. Sie kann mich nicht ausstehen.«

Er streckte seine Hand nach der Umhängetasche aus. Der Block mit dem Zeichenpapier ragte daraus hervor. Wenn nicht so viel zu tun war, zeichnete er.

»Jetzt reicht's, Jannike.« Dieselben Worte, die dieses Stück Gunhild an ihrem letzten Arbeitstag benutzt hatte.

»Du weißt, worüber wir früher schon gesprochen haben. Jetzt reicht's.«

Sie hatte zu lachen begonnen, ein seltsames, gurgelndes Lachen. »Und was genau meinst du?«

Die Wangen von Gunhild waren rotfleckig geworden.

»Tu nicht so!«

»Ich tue gar nichts. Ich verstehe nicht, was du meinst, du siehst doch Gespenster. Du erfindest Sachen. Du leidest doch an Mythomanie.«

Sie hatte sich über dieses Wort gefreut. Es war ihr genau im richtigen Augenblick eingefallen.

»Wir können auch die anderen holen, wenn dir das lieber ist. Wir können eine Personalversammlung einberufen. Aber ich glaube nicht, dass das für dich sonderlich spaßig wäre.«

Sie hatte sich so stark und unangreifbar gefühlt. Sie hatte abrupt zu lachen aufgehört.

»Soll ich dir mal was sagen?«, hatte sie erwidert und in die Hände geklatscht. »Spaßig war hier nichts. Noch nie! Und wie du sicher weißt, gibt die Chefin den Ton vor.«

Dann war sie gegangen.

Die Tüte aus der Apotheke lag auf der Spüle. Der Schwindel war vorüber. Sie nahm die beiden Schachteln aus der Tüte und betrachtete sie. Die leuchtend roten Dreiecke bedeuteten Gefahr. Dextromordifen. Sie sagte sich das Wort laut und mit deutlichen Mundbewegungen vor. Vorsichtig öffnete sie eine Schachtel, und die kleinen rosa Kapseln in ihrer Verpackung kamen zum Vorschein.

»Unzerkaut schlucken«, las sie.

Sie nahm zwei Wassergläser aus dem Schrank. Ihre Mutter hatte ihr die alten, angeschlagenen, geschenkt. Sie hatte sie schon wegwerfen wollen, aber als Jannike umgezogen war, hatte sie sie gut brauchen können. In das eine Glas goss sie heißes Wasser, in das andere einen Schuss weißen Rum. Als sie zwei der in Folie eingeschweißten Tabletten herausgepult hatte, bekam sie einen trockenen Mund. Das war alles. Eine Tablette in jedes Glas, einen Löffel zum Umrühren. Eine Weile warten, zwei Minuten, zehn.

Yes!

Sie schrie es ganz laut in die Küche. »YES!« Es funktionierte. Die Tabletten hatten sich vollständig aufgelöst. Sowohl die im Wasser als auch die im Rum. Nichts war mehr zu sehen, nicht einmal mehr die Plastikummantelung der Kapseln.

Nein, dachte sie. Natürlich müssen sie sich auflösen, wie sollte der Körper sie sonst auch aufnehmen können?

In dieser Nacht schlief sie zum ersten Mal, seit sie in ihre Wohnung eingezogen war, richtig gut. Sie träumte, zu fliegen, dass Artur und sie in langen weißen Gewändern über die Innenstadt von Stockholm hinwegflogen. Es war wunderbar.

Ein paar Tage, nachdem er sie hinausgeworfen hatte, war sie in die Altstadt gegangen, um ihn an seiner Sperre aufzusuchen. Er war nicht dort gewesen. Sie hatte einen jungen Mann, der dort gesessen hatte, gefragt:

»Entschuldigen Sie, aber wann beginnt Arturs Schicht?«

Er hatte sie kühl angesehen.

»Das müssen Sie ihn schon selbst fragen.«

Sie war aus dem Konzept geraten, hatte nicht gewusst, was sie sagen sollte.

»Sie stehen im Weg«, sagte er. »Brauchen Sie jetzt eine Fahrkarte oder nicht?«

Sie hatte Lust, das Häuschen an der Sperre mit bloßen Händen umzuwerfen. Hatte Artur seinen Arbeitskollegen Anweisungen gegeben?

»Wenn so eine magere Frauensperson nach mir fragt, dann gebt ihr keine Auskunft.«

War es so gewesen?

Ihre Wut richtete sich einen Augenblick lang auf Artur, sie trieb sie um, dann richtete sie sich jedoch erneut auf die Arbeit. Auf Gunhild und ihre ehemaligen Kollegen. Die Unterschriftenliste. Ihre Hände mit den Stiften. Rasche, geschwungene Buchstaben. Alles heimlich, um sie auszustoßen.

Es tat ihr innerlich weh, wenn sie daran dachte. Sogar Marja! Ihr Name hatte auch dort gestanden, ganz unten auf der Liste, als hätte sie bis zuletzt gezaudert, aber dann zuletzt doch noch unterschrieben. Marja Hammendal. Marja, mit der sie manchmal ins Kino gegangen war. Marja, die sich bei ihr ausgeweint hatte, wenn sie mit ihrem Mann gestritten hatte.

Damals war sie ganz ruhig gewesen und hatte sich mütterlich gefühlt. Sie hatte Marjas Hand in ihrer gehalten und Papiertaschentücher hervorgesucht.

»Das geht vorbei«, hatte sie getröstet. »Heute Abend versteht ihr euch wieder.«

Marja hatte zum Schluss immer zu lachen begonnen. »Du bist so lieb und klug, meine Liebe, was würde ich nur ohne dich anfangen.«

Sogar Marja.

Viermal hatte sie den U-Bahnhof Gamla Stan aufgesucht. Artur war nie dort gewesen. Er hatte sich versetzen lassen. Systematisch hatte sie alle U-Bahnhöfe in der Innenstadt abgeklappert, eine unsichere Methode, da sie seine Arbeitszeiten nicht kannte. Aber schließlich hatte sie Erfolg gehabt. Das war am U-Bahnhof Rådmansgatan um fünf vor halb drei nachmittags gewesen. Bereits auf der Treppe hatte sie gesehen, dass er es war. Sie hatte eine Weile gewartet, bis sich die Schalterhalle geleert hatte. Dann war sie herangetreten und hatte sich gezeigt.

Sein wunderschönes Gesicht, sein Mund. Die Augen, die sie mit einer solchen Liebe betrachteten. Aber nicht jetzt. Nicht mehr.

»Wohin wollen Sie fahren?«

Als hätte er sie noch nie gesehen.

»Aber Artur, Geliebter … ich bin es doch.«

Alle hatten sie verraten. Im Stich gelassen. Abrupt hob sie das eine Glas an und leerte es in der Spüle aus. Dann tat sie mit dem zweiten Glas dasselbe. Ließ das Wasser lange laufen.

Da klingelte es. Erst wollte sie nicht öffnen. Dann kam ihr dieser wahnsinnige, überwältigende Gedanke, dass es Artur sein könnte.

Er war es nicht. Es war Inga-Lisa. Sie trug einen schwarzen Rollkragenpullover, der sie älter und faltiger erscheinen ließ. Ihre Augenlider glänzten metallic-grün. Sie glich einer Schlange oder einer Echse.

»Hallo, meine Liebe. Du bist wieder daheim?«

Jannike trat beiseite und ließ sie eintreten.

»Ich wollte nur fragen, wie es war? War er nett zu dir, der Onkel Doktor?«

»Ja. Er hat mir dasselbe verschrieben wie dir. Dextromordifen.«

»Schön. Dann wird es dir bald besser gehen.«

»Ja.«

»Ich wollte dich nur fragen, ob du vielleicht einen Kaffee möchtest? Ich wollte gerade Kaffee kochen.«

Jannike willigte ein. Die Wohnung ihrer Freundin sah aus, als hätte sie ein Wirbelsturm heimgesucht. Überall standen Schachteln mit Weihnachtsschmuck, Kerzenhaltern, Weihnachtsmännern, Christbaumschmuck aus Stroh und Knallbonbons herum. Aus einer Schachtel quoll Lametta verschiedenster Farben.

Jannike räumte sich eine Kante des Sofas frei.

»Was machst du?«, fragte sie.

»Ich schaue nur meine Sachen durch. Man häuft so viele Dinge an. Nicht dass ich je wieder so ein Filmweihnachten wie in ›Fanny und Alexander‹ feiern werde.« Sie nahm einen Keramikweihnachtsmann mit leuchtend roten Wangen zur Hand und hielt ihn Jannike hin.

»Hast du jemals so etwas Hässliches gesehen?«

Jannike lächelte unsicher.

»Den habe ich von meiner Schwiegermutter bekommen. Vor Ewigkeiten. Ich habe alles behalten. Kannst du dir das vorstellen? Aber jetzt kommt alles weg.«

»Was? Willst du das alles wegwerfen?«

»Ich habe immer geglaubt, dass die Kinder das mal haben wollen. Aber was soll's. Von denen hört man ohnehin nie mehr was. Erinnere mich kaum noch, je welche zur Welt gebracht zu haben.«

Jannike hatte diese Leier schon des Öfteren gehört. Inga-Lisa hatte erwachsene Kinder, einen Sohn und eine Tochter. Der Kontakt zu ihrer Mutter schien ihnen nicht wichtig zu sein.

Inga-Lisa presste die Lippen aufeinander.

»Spielt auch keine Rolle. Ich will dir mit meiner Sentimentalität nicht auf die Nerven gehen. Das kommt jetzt alles in den Müll. Dann bin ich es los. Du willst die Sachen doch wohl kaum haben?«

Anschließend dachte sie, dass das vielleicht Teil des Planes gewesen war. Als hätte ein göttlicher Regisseur auf irgendeiner Wolke gesessen und mit seinem knochigen Finger gedeutet. Tu dieses. Tu jenes. Während Inga-Lisa Kaffee einschenkte und eine Zigarette nach der anderen rauchte, durchsuchte Jannike die Kartons. Sie fand mehrere Sachen, die sie gebrauchen konnte. Kleinere Gegenstände, die sie einfach mitnehmen konnte. Und das beste von allem: ein Lucia-Hemd, das ihr wie angegossen passte, und eine Lichterkrone. Inga-Lisa ließ sich von ihrem Eifer mitreißen und holte sogar eine neue Batterie. Sie setzte Jannike die Krone auf den Kopf und schaltete die Glühbirnen ein.

»Ja. Sie brennen.«

»Darf ich das wirklich alles haben? Bist du dir sicher?«

»Aber natürlich, Kleine. Was du nicht mitnimmst, landet im Müll.«

Sie fragte nicht, wozu Jannike die Sachen brauchte. Das war einer ihrer Vorzüge, sie war im Unterschied zu Marja und allen anderen eine richtige Freundin.

Recht früh am Luciatag bereitete sie den Glögg zu. Sie wärmte ihn in einem Topf auf, den sie sich von Inga-Lisa geliehen hatte, und füllte ihn dann in eine große Thermoskanne. Auch die hatte sie geliehen. Sie glich den Thermoskannen an ihrem Arbeitsplatz. Einmal hatte sie einer dieser Kannen Augen aufgemalt, und sie hatte ausgesehen wie ein verrückter Pinguin. Gunhild hatte das natürlich nicht lustig gefunden.

»Hier ist heute Vorstandssitzung. Du bist wohl nicht ganz bei Trost.«

Als dürften die alten Knacker vom Vorstand nicht auch mal was zu lachen haben.

Am Wochenende hatte sie das Lucia-Hemd gewaschen und gebügelt. Sie hatte auch die breite rote Schärpe gebügelt, die dazugehörte.

Angeblich symbolisierte sie das Blut der Heiligen Lucia. Sie faltete alles ordentlich zusammen und legte es in eine Papiertüte. In eine weitere Tüte legte sie zehn kleine Weihnachtsgeschenke. Das waren die Sachen, die sie von Inga-

Lisa bekommen hatte, nichts Besonderes eigentlich. Weihnachtswichtel, Strohsterne. Sie hatte sich wirklich Mühe gegeben, und es waren hübsche kleine Päckchen mit gekräuseltem Geschenkband geworden, auf die sie Etiketten mit den Namen ihrer ehemaligen Arbeitskolleginnen und *Frohe Weihnachten* in ihrer schönsten Handschrift geklebt hatte.

Die Thermoskanne mit dem Glögg verstaute sie in ihrem Rucksack und steckte ein paar Handtücher dazu, damit sie nicht umkippte und auslief.

Später in der S-Bahn war es, als sei sie wieder eine von ihnen auf dem Weg zur Arbeit. Müde, verquollene Gesichter, der Fußboden voller Schneematsch. An diesem frühen Luciatag betrug die Temperatur ungefähr null Grad, und es fiel Nassschnee. Sie nahm sich ein Metro- und ein Cityticket, und da sie an der Endstation eingestiegen war, bekam sie auch einen Sitzplatz. Sie überflog die Zeitungsartikel, während ein paar Jugendliche mit Lametta im Haar herumwankten. Sie hatten die ganze Nacht durchgefeiert. Sie lächelte ihnen zu, selbst war sie vollkommen nüchtern.

Glücklicherweise war der Türcode immer noch derselbe. Sie nahm den Aufzug bis zum obersten Stockwerk und ging dann die Treppenstufen hoch, die zur Tür auf den Speicher führten. Hier oben vor dem Maschinenraum des Fahrstuhls zog sie sich um. Sie hatte auf dem Weg von der S-Bahn vor Kälte gezittert. Jetzt fror sie nicht mehr. Sie legte ihre Kleider in eine der Tüten und schob sie an die

Wand. Dann band sie sich die rote Schärpe um und setzte sich die Lichterkrone auf ihr frisch gewaschenes Haar. In der Fensterscheibe der Fahrstuhltür sah sie ihr Spiegelbild. Sie schaltete die Lichter ein, und die Krone leuchtete. Bislang war alles nach Plan gelaufen. Sie räusperte sich und summte leise.

»In unser dunkles Haus, tritt ein mit brennenden Kerzen …«

Dann schritt sie langsam die Treppe hinunter.

An der Tür ihres ehemaligen Arbeitsplatzes hing ein Kranz aus Buchsbaum. Er stank nach Katzenpisse.

So war es auch in den letzten Jahren gewesen. Dass sie nie dazulernten und stattdessen einen Kranz aus Preiselbeerzweigen kauften. Die waren vollkommen geruchsneutral.

Es war Viertel vor neun. Jannike packte die Thermoskanne fester und klingelte.

Marja öffnete. Ein Ausdruck der Besorgnis huschte über ihr Gesicht.

»Wer … was? Bist du das?«

»Pst!« Jannike hielt einen Finger an die Lippen. »Ich gehe auch gleich wieder. Ich wollte nur …«

Sie hielt ihr die Tüte mit den kleinen Geschenken hin.

»Ich wollte euch alle um Verzeihung bitten«, murmelte sie, und ihre Stimme klang genauso bedrückt und reumütig, wie sie gehofft hatte.

»Ich habe auch Glögg dabei. Marja, könntest du so nett sein, mir zu helfen.«

Marjas schlechtes Gewissen. Es stand ihr förmlich auf

der Stirn geschrieben. Sie half ihr. Marja ging zu den anderen und bat sie ins Konferenzzimmer. Alle waren da, alle zehn, das kam nicht oft vor, aber heute war es so, alles klappte wie am Schnürchen. Marja holte in der Kochnische zehn Tassen.

Jannike stand kerzengerade und gelassen da. Sie verweilte noch einen Augenblick auf der Schwelle des Konferenzzimmers.

Ihre ehemaligen Arbeitskolleginnen saßen alle da. Gunhild mit einer strengen, misstrauischen Miene. Sylvia mit einer neuen Frisur. Evy noch fetter als sonst und mit röchelndem Atem. Jemand hatte ein paar Teelichter angezündet, und zwei Kerzen brannten im Adventskerzenhalter. Es roch nach Staub und Papieren.

Jannike hatte eigentlich eine kurze Ansprache halten wollen, aber dazu kam es nicht. Das war vielleicht genauso gut.

So war es noch effektvoller. Sie ging von einer zur anderen und schenkte, ohne zu zittern oder etwas zu verschütten, den Glögg ein.

»Skål und Fröhliche Weihnachten«, sagte sie und sah zu, wie sie ihre Tassen hoben und leerten. Sie leckten sich die Lippen und lächelten sie vorsichtig an.

»Und entschuldigt bitte alles, was ich angerichtet habe.«

Marja sagte:

»Und du, meine Liebe, trinkst du nicht auch einen Schluck Glögg?«

Sie sah Marja direkt in die Augen.

»Weißt du, ich habe ganz aufgehört«, erwiderte sie leise.

Dann nahm sie die Tüte mit den Geschenken und überreichte eines nach dem anderen.

»Ich wünsche euch richtig fröhliche Weihnachten«, sagte sie dann und verließ mit der leeren Thermoskanne das Büro.

Aus dem Schwedischen von Lotta Rüegger und Holger Wolandt

Håkan Nesser

❄

Wie ich meine Tage und Nächte verbringe

I

Das erste Mal traf ich David Perowne in Harry's Kneipe. Es war ein Donnerstagabend im November, ich kam direkt aus dem Regen, der seit zwölf Stunden heruntergeprasselt war, und es saß sonst kein Mensch in der Bar. Bis auf einen großen, etwas schief gewachsenen Herrn um die fünfundvierzig mit schütterem schwarzen Haar, getönten Brillengläsern und einem Whiskyglas in festem Griff in der rechten Hand.

Als fürchtete er, jemand könnte versuchen, es ihm zu stehlen.

Was dann nur ich oder der Barkeeper hätte sein können. Letzterer war ein junger Bodybuilder mit Pferdeschwanz, ich hatte ihn noch nie zuvor gesehen. Ich ließ mich nieder, bat um einen Single Malt, eine Karaffe Wasser und ein Handtuch, um mir den Kopf abzutrocknen.

»Regnet es immer noch?«, fragte der Barkeeper.

»Wie aus Kübeln«, bestätigte ich.

»Perowne«, sagte der andere Bargast und wechselte auf meinen Nachbarhocker. »David Perowne. Ich glaube, wir sind uns noch nicht begegnet.«

Ich nannte meinen Namen. Perowne nickte. »Ich weiß. Sie sind dieser Schriftsteller, nicht wahr?«

Ich antwortete nicht. Bekam mein Glas und meine Karaffe. »Sie haben das Handtuch vergessen«, sagte ich zu dem Barkeeper.

Er holte ein Handtuch und reichte es mir. Ich fuhr damit einige Male über meine nassen Haare und gab es ihm dann zurück.

»Ein Sauwetter«, sagte David Perowne.

Ich goss Wasser in mein Glas und trank einen Schluck. Der Barkeeper wandte sich dem stummen Boxkampf auf dem Fernsehbildschirm zu. David Perowne betrachtete mich, während er einen Zahnstocher von einem Mundwinkel zum anderen wandern ließ. Ich vermutete, dass er zu diesen nervösen Typen gehörte, die aufgehört haben zu rauchen, denen es jedoch nicht gelungen ist, den Oraltrieb in den Griff zu kriegen. Die Theorie zerplatzte jedoch nach ein paar Sekunden, als er den Zahnstocher zerbrach und eine Zigarette aus einem Päckchen in der Brusttasche fischte. Umständlich zündete er sie mit einem Sturmfeuerzeug an und ließ mich dabei nicht aus den Augen.

»Sie reden nicht gern mit Fremden?«

»Stimmt genau«, sagte ich. »Meine Mutter hat mich immer davor gewarnt.«

»Ich dachte, ein Schriftsteller braucht Geschichten?«

»Ich verspreche, darauf zurückzukommen, wenn es soweit ist.«

»Jetzt haben Sie aber schon angefangen, mit mir zu reden.«

Ich trank noch einen Schluck und schaute mir eine Weile den Boxkampf an. Es waren ein weißer und ein schwarzer Typ, der weiße war größer und schwerer, aber der schwarze bewegte sich eleganter und wirkte technisch besser. David Perowne begann eine Melodie zu summen, die ich kannte, aber nicht genau identifizieren konnte. Wahrscheinlich irgendeine alte Filmmusik. Es verging eine halbe Minute, vielleicht auch eine ganze. Der schwarze Typ konnte eine saubere Rechte anbringen, und der weiße ging zu Boden.

»Ich bin mir ziemlich sicher, dass ich eine Geschichte habe, die Sie interessieren könnte.«

Ich nahm ein Streichholzheftchen vom Tresen und las darauf die Adresse eines neu eröffneten Billardcafés in Löhr.

»Wenn ich sie erzählen darf und Sie sagen hinterher, ich hätte Ihnen die Zeit gestohlen, dann lade ich Sie zu zwei Drinks ein.«

»Zwei«, wiederholte er. Ich versuchte die Telefonnummer des Billardcafés auswendig zu lernen.

»Es geht um Ihre Frau.«

»Um meine Frau? Marlene?«

»Haben Sie mehrere?«

Ich ließ das Streichholzheftchen fallen. »Was zum Teufel haben Sie über Marlene zu erzählen?«

»Eine ganze Menge«, erklärte Perowne.

* * *

Um es kurz zu machen, wir haben uns vor sechs Jahren kennengelernt und acht Monate später geheiratet. Von Anfang an wusste ich zwei Dinge über sie.

Dass ich sie über alle Vernunft hinaus liebte und dass sie ein dunkles Geheimnis in sich trug.

Letzteres gab sie bereits an dem Abend zu, als wir uns das erste Mal liebten. Das war in einem Hotel in Aarlach im Zusammenhang mit der Buchmesse. Marlene hatte gerade einen Job beim Kulturrundfunksender bekommen, ich hatte meinen zehnten Roman herausgebracht, »Die Perspektive des Gärtners«. Wir hatten einiges an Wein getrunken, aber nicht im Übermaß.

»Ich habe ein finsteres Geheimnis«, erklärte sie, als wir nach dem ernsthaften Spiel beieinanderlagen und dösten. »Ich möchte, dass du das weißt.«

»Wir haben ja wohl alle unsere finsteren Geheimnisse«, erwiderte ich.

»Kann schon sein«, sagte Marlene. »Aber meines ist etwas anderes. Das würdest du verstehen, wenn du einen Einblick bekommen würdest.«

»Und den willst du mir nicht geben?«

»Dazu ist es zu früh«, sagte Marlene.

Das war im Oktober. Im Mai des folgenden Jahres, ein paar Wochen, bevor wir heiraten wollten, griff ich die Frage nach ihrem finsteren Geheimnis wieder auf, und erneut erklärte sie, dass sie noch nicht bereit sei, es mit mir zu teilen. Wenn ich der Meinung sei, dass das auf irgendeine Art und Weise ein Hindernis für unsere Ehe darstelle, dann sei sie gewillt, sich zurückzuziehen. Ich sagte, dass ich sie viel zu sehr liebe, um zuzulassen, dass eine kleine dunkle Wolke unser Glück verhindern sollte, und sie erwiderte, sie sei dankbar, dass ich die Sache so sähe.

Als wir zwei Jahre verheiratet waren, kam die Sache auf einer Reise nach Griechenland zum dritten Mal zur Sprache – ich erinnere mich nicht mehr, was der Anlass war –, und zum dritten Mal bekam ich die Antwort, dass es zu früh für sie sei, mir davon zu erzählen. Seitdem sprachen wir nie wieder davon. Ich dachte ab und zu daran, aber mehr war da nicht.

Es geht natürlich um ihre Vergangenheit, und ich bin mir dessen sehr bewusst, dass andere Männer nie auf diese Art von Arrangement eingegangen wären. Leben, Haus und Bett mit einer Frau zu teilen, von der du so wenig weißt. Aber so war es bei uns, und abgesehen von den Jahren, über die sie nichts erzählte, gab es keine Unklarheiten oder Ungereimtheiten zwischen uns. Ich glaube, wir waren zusammen glücklicher als die meisten anderen Paare.

Über Marlenes Kindheit und Jugend weiß ich alles, was es zu wissen gibt. Nicht im Detail, das hat mich auch nie interessiert, aber in den Hauptzügen. Sie wurde in Kaalbringen geboren, ein Einzelkind. Als sie vier Jahre alt war, zog die Familie nach Oostwerdingen, wo der Vater einen Job in der Möbelfabrik bekam, die Mutter eröffnete einen kleinen Frisiersalon, als die Tochter eingeschult wurde. Beide Eltern kamen bei einem Verkehrsunfall ums Leben, als Marlene im letzten Schuljahr war, nach dem Abitur wohnte sie bei einer Tante in Hamburg, wo sie an der Universität Sprachen studierte. Mit dreiundzwanzig zog sie nach London, und von den folgenden neun Jahren weiß ich nichts. Marlene war zweiunddreißig, als sie in ihr Heimatland zurückkehrte, und ungefähr ein und ein halbes Jahr später lernten wir uns auf jener Buchmesse in Aarlach kennen.

Was die Männer in Marlenes Leben betrifft, so hatte sie gerade mit einem Journalisten Schluss gemacht, als wir unsere Beziehung begannen. Bevor sie nach London gezogen war, hatte sie drei oder vier junge Männer getestet, der eine uninteressanter und egoistischer als der andere – das sind ihre Worte, nicht meine –, und was während dieser dunklen neun Jahre geschah, davon weiß ich nichts.

Schon bevor wir heirateten, diskutierten wir, ob wir Kinder in die Welt setzen wollten; ich selbst hatte keinen ausgesprochenen Wunsch, mich selbst zu reproduzieren, und verstand früh, dass das für Marlene eine Art Erleichterung bedeutete.

»Wenn ich eines Tages ein Kind mit dir haben will, werde ich es dir mitteilen«, sagte sie. »Aber es ist ziemlich wahrscheinlich, dass das nie so sein wird.«

»Hast du schon einmal ein Kind geboren?«, fragte ich ein wenig naiv.

»Und wenn dem so wäre«, antwortete sie, »würde das etwas zwischen uns verändern?«

Ich glaube mich erinnern zu können, dass ich ausweichend antwortete, welche Worte ich genau benutzte, daran kann ich mich nicht erinnern.

Natürlich dachte ich von Zeit zu Zeit darüber nach, was

denn während dieser Jahre in England wohl geschehen war – schließlich handelt es sich dabei um ein ziemlich großes Stück des Lebens –, aber sie schien kein Trauma davongetragen zu haben. Marlene war es offensichtlich gelungen, ihre dunklen Schatten zu begraben, das war deutlich zu spüren, und warum sollte mir, ihrem Ehemann, daran gelegen sein, sie wieder hervorzuholen? Wozu sollte das dienen?

So hatte ich gedacht bis zu diesem Novemberabend in Harry's Kneipe. Ich wünschte, ich hätte mir einen anderen Ort für meinen Whisky ausgesucht, aber Harry's liegt auf meinem üblichen Heimweg vom Hauptbahnhof. Ich hatte einen Vortrag in Linzhuisen gehalten, und Marlene befand sich geschäftlich in Paris. Sie würde erst in der folgenden Woche zurückkommen, vielleicht war meine Begegnung mit David Perowne irgendwie unvermeidlich gewesen. Jetzt, während ich das aufschreibe, ist alles so anders, und ich bin nicht mehr in der Lage, das Zufällige von dem Schicksalhaften zu trennen.

Wenn es da überhaupt einen Unterschied gibt.

* * *

»Eine ganze Menge«, nahm David Perowne den Faden wieder auf und drückte seine Zigarette aus. »Ja, ich kann Ihnen Dinge von Ihrer Frau erzählen, die Sie wahrscheinlich interessieren werden.«

»Sie haben eine Minute«, sagte ich. »Wenn Sie dann

meine Neugier nicht geweckt haben, trinke ich aus und gehe nach Hause.«

»Eine Minute?«, sagte Perowne, kurz auflachend. »Ist das die Zeitspanne, die ein Autor hat, damit der Leser anbeißt?«

Ich zuckte mit den Schultern. »Es gibt viele neunmalkluge Theorien darüber«, erklärte ich. »Aber ich bin nicht hierhergekommen, um herumzulabern. Und schon gar nicht mit einem Fremden. Also, was war mit Marlene?«

Er nahm ein paar Erdnüsse aus dem Schälchen auf dem Tresen und schien zu zögern. Der Ausdruck seiner Augen hinter den grau getönten Brillengläsern veränderte sich, bekam einen Moment lang einen sanfteren, fast traurigen Anstrich, und er kratzte sich ein wenig nervös am Hals. Dort hatte er ein rotes Ekzem oder irgendeine andere Art von Hautreizung.

»Ich habe nach ihr gesucht.«

»Gesucht?«

»Ja, ein paar Jahre lang.«

Ich hob mein Glas, entschied mich anders und stellte es wieder ab.

»Sie haben ein paar Jahre lang nach meiner Frau gesucht? Was ist das für ein Blödsinn?«

»Mir ist klar, dass das in Ihren Ohren merkwürdig klingen muss, aber es verhält sich tatsächlich so.«

»Und warum haben Sie nach ihr gesucht?«

Eine Alarmglocke begann in meinem Kopf zu läuten. Bis zu diesem Zeitpunkt hatte ich David Perowne als eine Plaudertasche ohne Substanz angesehen. Als einen dieser halb tragischen Kneipentypen, die versuchen, sich interessant zu machen. Die eigentlich nichts bieten können, nur jede Menge trivialer und uninteressanter Lebensumstände, die kein Mensch hören mag. Und die deshalb gern mit einem großen Bluff ihr Gefasel einleiten.

Aber hier gab es etwas, das mich meine bisherige Einschätzung revidieren ließ. Vielleicht lag es an seinem offensichtlichen Zögern. David Perowne hatte mir etwas zu erzählen, aber gleichzeitig widerstrebte ihm das, und ich hatte den unangenehmen Eindruck, dass er aus Rücksicht mir gegenüber zögerte. Dass er wusste, dass das, was er zu sagen hatte, mir nicht guttun würde und dass ich ihm deshalb ein wenig leidtat.

»Das hat seinen Grund«, sagte er. »Ich würde natürlich nicht so lange Zeit nach einer Frau suchen, wenn es keinen Grund dafür gäbe.«

Ich versuchte, eine skeptische Miene aufzusetzen, und lehnte mich zurück, die Hände vor der Brust verschränkt. »Ihre Minute läuft gleich ab«, sagte ich.

»All right.« Er räusperte sich und schob seine Brille zurecht. »Sie nennt sich also jetzt Marlene?«

Ich antwortete nicht. Spürte, wie dieses unangenehme Gefühl mir die Wirbelsäule hinaufkroch.

»Als ich sie kannte, hieß sie Clara. Clara Maxwell. Hat sie das nie erwähnt?«

Ich schüttelte unfreiwillig den Kopf.

»Das erste Mal habe ich sie vor mehr als fünfzehn Jahren getroffen. In London. Damals war sie rothaarig.«

»Fünf Sekunden«, sagte ich. »Sie haben noch fünf Sekunden. Was zum Teufel haben Sie eigentlich zu erzählen?«

Er zog eine Zigarette aus der Brusttasche, zündete sie aber nicht an.

»Sie war mit meinem besten Freund verheiratet«, sagte er. »Sie hat ihn ermordet und ist damit davongekommen.«

* * *

Unsere Hochzeit war eine sehr private Geschichte. Marlene war diejenige, die es so hatte haben wollen, und da meine erste Ehe, diese fünf weggeworfenen Jahre mit Brigitte, von einer protzigen Kirchentrauung und nachfolgendem Fest für hundertdreißig Personen eingeleitet worden war, hatte ich nichts dagegen einzuwenden. Wir heirateten an einem blassgrauen Junisamstag in einer Kapelle der Keymerkirche, ohne andere Zeugen als Bart und Ulrike, meine ältesten und treuesten Freunde, und die einzigen, die mir nach dem Schiffbruch mit Brigitte weiterhin zur Seite standen. Anschließend aßen wir ein einfaches Menü zu viert im Rathauskeller, und dann nahmen Marlene und ich ein frühes Flugzeug nach Lissabon für unsere Flitterwochen.

Ich dachte nicht weiter über Marlenes Wunsch hinsichtlich einer diskreten Trauung nach, bis Ulrike dieses Thema ein paar Monate später ansprach. Wir waren uns schnell darüber einig, was dahintersteckte; Marlene hatte keine lebenden Verwandten mehr, und ihr Freundeskreis in Maardam beschränkte sich auf ein paar Arbeitskollegen und eine Handvoll meiner Freunde – und so sollte es auch bleiben. Unter den Freunden natürlich Bart und Ulrike. Kurz gesagt: Wen hätten wir einladen sollen?

»Es gibt zwei Sorten von Frauen«, sagte Ulrike und zeigte ihr charakteristisches, nach innen gewandtes Lächeln. »Diejenigen, die sich mit einem ganzen Schwarm von Freundinnen umgeben, und diejenigen, die keine einzige haben. Der erste Typ ist der übliche, aber deine Frau gehört ohne Zweifel zur Kategorie Nummer zwei. Falls du das noch nicht bemerkt haben solltest.«

»Das habe ich wohl schon bemerkt«, erwiderte ich.

»Und das ist auch die interessante Kategorie«, fügte Ulrike hinzu.

»Das habe ich auch schon bemerkt«, sagte ich.

Ein paar Tage später erwähnte ich unser Gespräch Marlene gegenüber. »Du hast nicht besonders viele Freunde«, sagte ich. »Ist das immer schon so gewesen?«

»Ich habe doch dich«, erwiderte sie. »Das genügt mir. Warum fragst du?«

»Ulrike hat das Thema aufgegriffen«, erklärte ich. »Aber ich bin froh, dass du dich mit mir begnügst. Und außerdem wohnst du ja noch nicht so lange hier in der Stadt.«

»Das war schon immer so«, erklärte Marlene. »Ich glaube an die Liebe, mit der Freundschaft habe ich eher Probleme.«

»Das hört sich bei dir so an, als würde das eine das andere ausschließen.«

Sie dachte einen Moment lang nach. »Bist du in irgendeiner Weise mit unserer Beziehung unzufrieden? Ist das der Grund, dass du so redest?«

»Ganz und gar nicht«, versicherte ich ihr. »Ich liebe dich mehr als alles andere auf der Welt. Warum sollte ich unzufrieden sein?«

»Ich liebe dich auch«, sagte Marlene. »Aber man muss das, was man liebt, ja nicht verstehen. Ich glaube sogar, das ist eine Voraussetzung für Liebe, dass wir nicht alle Seiten voneinander kennen.«

Ich dachte nach.

»Zu lieben bedeutet also auf Entdeckungsfahrt zu gehen?«, fragte ich.

»So ungefähr«, nickte Marlene. »Und so eine Entdeckungsfahrt ist ja nur so lange interessant, solange es immer noch etwas zu entdecken gibt, nicht wahr?«

Wahrscheinlich bestätigte ich ihre Annahme, kann mich aber noch daran erinnern, dass ich in der darauffolgenden Zeit mehr als einmal über ihre Äußerungen nachdachte.

Das Unentdeckte? Das eigentliche Drehbuch der Liebe?

* * *

»Ermordet?«, wiederholte ich.

»Sie haben richtig gehört«, bestätigte David Perowne.

Ich räusperte mich und streckte den Rücken. »Ich denke, es ist an der Zeit auszutrinken und diesen gastlichen Ort zu verlassen. Bevor ich dir eine aufs Maul haue.«

Perowne drehte die Hände vor sich auf dem Bartresen, so dass die Handflächen nach oben zeigten. »Wenn Sie mir eine langen wollen, nachdem ich meine Geschichte erzählt habe, können Sie das gern tun. Aber ich würde vorschlagen, noch ein paar Minuten damit zu warten. Wollen wir uns noch jeder einen Whisky gönnen und uns an einen Tisch setzen? Auch ein Barkeeper hat Ohren.«

Ich schaute auf die Uhr. Es war fünf Minuten nach elf.

»Ich habe die Absicht, heute Abend vor Mitternacht ins Bett zu kommen«, erklärte ich. »Und ich wohne zehn Minuten von hier entfernt. Nur um die Grenzen abzustecken.«

»In Ordnung«, sagte David Perowne und bestellte noch eine Runde, indem er zwei Finger zwischen Barkeeper und Boxkampf hochhielt.

Wir nahmen unter dem Bogart-Bacall-Plakat in der Ecke zur Straße hin Platz. Der Regen prasselte draußen immer noch nieder. Perowne zündete sich eine Zigarette und die fast heruntergebrannte Kerze in einer Bastflasche auf dem Tisch an.

»Jetzt hören Sie«, begann er mit einer Art neu gefundener Autorität. »Es ist nämlich so, dass ich Clara vor ein paar Tagen gefunden habe und bisher noch nicht die Zeit hatte, ausreichend in ihrem Leben zu forschen. Ich weiß, dass sie als Journalistin beim Rundfunk arbeitet, und ich weiß, dass Sie Schriftsteller sind. Sie sind seit ein paar Jahren verheiratet, Sie haben keine Kinder, und Sie wohnen in einer Wohnung unten in Zwille, in der Nähe der Brücke des Vierten Septembers.«

»Ich dachte, Sie wollten mir etwas Neues erzählen«, sagte ich.

»Das kommt noch«, entgegnete Perowne und betrachtete mich einen Moment lang wieder mit diesem mitleidsvollen Blick. Als bedauerte er, dass er gezwungen war, mich diesen Unannehmlichkeiten auszusetzen. »Als ich sie das letzte Mal sah, hieß sie, wie gesagt, Clara Maxwell«, fuhr er fort. »Und zwar sah ich sie durch ein schmutziges Zugfenster an der Paddington Station in London, das war vor acht Jahren, und ich kam gerade von der Beerdigung meines besten Freundes, Christopher Maxwell. Clara war seine Ehefrau gewesen. Er war sechs Monate zuvor unter eigenartigen Umständen gestorben, die Beerdigung war aufgrund der laufenden Polizeiermittlungen aufgeschoben worden.«

»Was denken Sie sich eigentlich, hier zu sitzen und …?«

»Aber Clara wurde von jedem Verdacht freigesprochen. Ich weiß, dass sie schuldig war, und es waren ziemlich viele, die das wussten. Sie war nicht einmal mit in der Kirche. Was halten Sie davon? Sie kam nicht einmal zur Beerdigung ihres Ehemannes.«

»Das ist doch lächerlich«, sagte ich. »Glauben Sie, ich lasse mir jeden Bären aufbinden? Ich kenne Marlene in- und auswendig und weiß, dass sie niemals …«

»In- und auswendig?«, wiederholte David Perowne und zog fragend eine Augenbraue hoch.

»Das kann Ihnen doch ganz gleich sein«, sagte ich. »Sie ist meine Frau.«

»Ich weiß«, nickte Perowne. »Und mir ist schon klar, dass

Sie es nicht glauben wollen, ich würde es auch nicht tun. Aber wenn Sie mich das eine oder andere erklären lassen, dann sehen Sie vielleicht die Sache in einem anderen Licht. Sie wissen, dass sie ziemlich lange in London gelebt hat?

Und dass sie mit einem Mann namens Christopher Maxwell verheiratet war?«

Ich nickte und bat um eine Zigarette. Er schüttelte sie aus dem Päckchen, ich nahm sie entgegen und zündete sie an der Kerze an, noch bevor er mir sein Feuerzeug anbieten konnte.

»Hat sie etwas von dieser Ehe erzählt?«

»Ich wollte gar nicht alles wissen. Ich habe auch eine gescheiterte Beziehung hinter mir.«

»Ich verstehe. Aber Sie haben keine Kinder? Aus der ersten Beziehung, meine ich?«

»Nein.«

»Claras und Christophers Sohn – hat sie Ihnen von ihm erzählt?«

Ich zog heftig an der Zigarette und spürte für einen Moment das ganze Harry's schwanken. Es war mehr als sieben Jahre her, seit ich das Rauchen aufgegeben hatte, und die wenigen Male, wenn ich einen Rückfall erlitt, hatte ich stets das Gefühl, als träte mich ein Pferd gegen die Brust. »Ihr Sohn?«, sagte ich wie beiläufig. »Natürlich, was ist mit ihm?«

David Perowne wandte seinen Blick für einen Moment hinaus auf den Regen. Dann beugte er sich auf die Ellenbogen gestützt vor und nahm mich ins Visier.

»Ich sehe, dass Sie lügen«, sagte er. »Aber das würde ich in Ihrer Lage auch tun. Wenn das Leben Schiffbruch erleidet, ist es nicht immer so leicht zu entscheiden, auf welchem Bein man stehen soll.«

»Reden Sie weiter«, sagte ich. »Aber lassen Sie diesen Psychoquatsch. Also, ihr Sohn?«

»Jason, ja«, sagte Perowne. »Er war ein schwieriges Kind. Christopher schaffte es mit ihm, aber Clara gab auf. Natürlich gab es so eine Art von Diagnose, aber es kam ja nie dazu, dass er genauer untersucht wurde.«

Ich nickte. Zögerte und nahm einen weiteren, etwas vorsichtigeren Zug. Perowne faltete die Hände vor sich auf dem Tisch und wartete ab. »Wieso?«, fragte ich schließlich. »Wieso kam es nie dazu?«

»Weil sie dafür sorgte, dass er ertrank«, antwortete Perowne und kratzte sich erneut am Hals. »Ich kann Ihnen ansehen, dass diese Information für Sie überraschend kommt, aber genauso hat es sich verhalten. Jason Maxwell ertrank in der Badewanne, eine Woche, bevor er zwei Jahre alt werden sollte. Und das Ironische dabei ist, dass sein Vater achtzehn Monate später in der gleichen Badewanne tot aufgefunden wurde. Aber natürlich haben Sie vollkommen recht, warum sollten wir uns die Mühe machen, alles über unsere Nächsten und Liebsten herauszufinden? Am besten, man weiß gar nichts.«

»Entschuldigen Sie mich einen Moment«, sagte ich und ging zur Toilette.

* * *

Irgendwann nach dem Zusammenbruch mit Brigitte sprach ich mit einem Therapeuten. Nicht, dass ich einen angerufen und einen Termin bei ihm verabredet hätte, auf die Idee wäre ich nie gekommen, es war einfach so, dass wir zufällig während eines Flugs von Sydney nach Frankfurt nebeneinandersaßen. Zuerst einen halben Tag lang nach Bangkok, dann einen halben Tag lang auf dem Weg nach Europa. Es war unvermeidlich, dass wir ins Gespräch kamen.

Er war Skandinavier, ich weiß nicht, aus welchem Land er genau kam, aber ich glaube, er hieß Olsen. Auf jeden Fall hatte er ein Buch geschrieben mit dem Titel *Die Seele des Jägers*. Eigentlich hätte es *Die Seele des Mannes* heißen müssen, wie er mir erklärte, aber das war ein verdammt langweiliger Titel für ein Buch, und man wollte es schließlich verkaufen. Ich hatte ihm bereits erzählt, dass ich Schriftsteller war, deshalb nickte ich einvernehmlich.

»Es gibt nicht nur verschiedene Arten von Frauen«, erklärte Olsen. »Ich meine die Behauptung wagen zu können, dass es auch verschiedene Arten von Männern gibt.«

»Oh, Scheiße«, sagte ich.

Wir hatten einiges an Flugzeugsprit getrunken, und mittlerweile wusste ich bereits die leicht sarkastische Sichtweise meines Flugbegleiters auf die Welt und ihre Bewohner zu schätzen.

»Genauer gesagt zwei«, fuhr er fort.

»Und welche sind das?«, fragte ich.

»Die einsamen Jäger und die anderen.«

»Die anderen?«, fragte ich nach. »Da haben Sie ja eine richtig gute Kategoriebezeichnung gefunden.«

»Ich weiß«, bestätigte Olsen meine Kritik. »Aber es sind ja auch die Jäger, die interessant sind.«

»Und in welcher Hinsicht?«

»Sie scheuen die Gemeinschaft«, sagte Olsen. »Sie haben die wichtigsten Grundregeln des Lebens begriffen. In dieser Gruppe finden Sie alle berühmten Mörder, alle großen Wissenschaftler, alle Entdecker, alle bedeutenden Schriftsteller ...«

»Aber als Erstes haben Sie die Mörder genannt«, bemerkte ich.

»Das war ein Zufall«, sagte Olsen. »Der dahinterliegende Gedanke ist jedenfalls, dass diese Jägermänner nur eine Heimat haben, und die befindet sich in ihrem eigenen Schädel.«

»Ich dachte, das gälte für alle«, sagte ich.

»Eigentlich ja«, bestätigte Olsen. »Aber die anderen bilden sich gern ein, dass es so eine Art Forum gibt, wo man sich treffen und mit seinen Mitmenschen austauschen kann. Die Jäger wissen, dass das reine Einbildung ist. Man muss die Geschichte seines Lebens selbst schreiben. Oder bei dem Film Regie führen, wenn Ihnen diese Metapher lieber ist. Jeder Menge anderer Menschen und Meinungen den Zutritt zu gestatten, das gibt nur Ärger. Höchstens in Form von einer Rolle, wie die eines Statisten im Film, ist es akzeptabel.«

Ich trank von dem Flugzeugsprit und dachte nach.

»Ich gehe davon aus, dass Sie meinen, ich gehöre auch zu den Jägern?«

»Zweifellos«, sagte Olsen und trank auch einen Schluck. »Schriftsteller müssen Jäger sein, alles andere ist undenkbar.«

»Und wie verhält es sich mit weiblichen Schriftstellern?«, fragte ich.

»Das ist das Gleiche«, sagte Olsen. »Natürlich gibt es auch weibliche Jäger, obwohl der männliche Anteil etwas größer ist.«

»Und was jage ich?«

»Sie sind auf der Jagd nach dem Leben«, erklärte Olsen lakonisch. »Nach dem Sinn dieses verfluchten Hamsterrads.«

»Ach, ja?«, sagte ich. »Und was wollen Sie eigentlich mit Ihrer Theorie bezwecken?«

Olsen dachte eine ganze Weile nach. »Weiß der Teufel«, sagte er schließlich. »Ich nehme an, dass ich nur darauf aus bin, die Fakten zu konstatieren.«

Ich erzählte Marlene einmal von meinem Gespräch mit dem Therapeuten Olsen, und ich kann mich noch erinnern, dass es sie interessierte. Sie behauptete, es wecke eine Erinnerung in ihr, und sie zitierte sogar einen Autor, leider habe ich aber dessen Namen vergessen. »Ich glaube an den einsamen Menschen, der nicht wie ein Hund jeder Witterung hinterherläuft.« Dann erklärte sie, dass wir uns glücklich schätzen sollten, dass das Schicksal uns zusammengeführt hatte; zwei Steppenwölfe in einer Welt, die von verwirrten Kuschelhasen bevölkert war, konnten wohl kaum erwarten, einander zu finden.

»Aber uns ist es gelungen?«, fragte ich.

»Schließlich sitzen wir hier«, sagte Marlene.

»Ich bin mir nicht ganz sicher, ob ich verstanden habe, was du damit meinst«, sagte ich.

»Du und ich, wir sind uns nicht begegnet, damit wir versuchen, einander zu verstehen«, erklärte Marlene. »Darüber haben wir doch schon gesprochen.«

»Ja, das haben wir«, bestätigte ich.

»Aber ich werde dich bis zu meinem letzten Blutstropfen verteidigen, das verspreche ich dir«, sagte Marlene.

»Und ich dich«, sagte ich.

»Unter allen Umständen?«, fragte Marlene.

»Unter allen Umständen«, bestätigte ich.

* * *

Als ich von der Toilette zurückkam, hatte David Perowne noch eine weitere Runde Whisky für uns bestellt. Ich hatte mich ein wenig sammeln können und ging jetzt direkt zum Angriff über.

»Ihre Geschichte ist mir scheißegal«, sagte ich und schob mein Glas fort, um zu demonstrieren, dass ich gar nicht daran dachte, daraus zu trinken. »Ich gebe Ihnen fünf Minuten Zeit, um zu erklären, was Sie überhaupt wollen. Und nicht eine Sekunde mehr.«

»Sie wussten also bis jetzt nichts von alledem?«

Ich antwortete nicht.

»Sie hat Ihnen nicht erzählt, was passiert ist?«

»Haben Sie sonst noch etwas zu berichten, oder war das alles?«

Wieder zögerte er einen Moment lang, dann holte er eine Brieftasche aus seiner Jacke: »Aber sie hat Ihnen doch zumindest Fotos gezeigt?«

Er zog ein Foto heraus und gab es mir. Ich nahm es und betrachtete meine Ehefrau, zusammen mit einem dunkelhaarigen Mann. Der Mann hatte ein kleines Kind auf dem Schoß, alle drei saßen auf einer Parkbank und schauten direkt in die Kamera. Es schien Sommer oder früher Herbst zu sein. Marlene sah genauso aus wie jetzt, abgesehen von ihrem Haar, das hatte einen helleren, leicht rötlichen Ton. Aber die gleiche Frisur, der gleiche intensive Blick und das vorsichtige Lächeln mit der einen halben Millimeter großen Lücke zwischen den Schneidezähnen. Sie schien auch nicht viel jünger zu sein. Ich nahm das Whiskyglas und trank einen Schluck.

»Auf dem Foto ist Jason eineinhalb Jahre alt«, sagte Perowne. »Das war ziemlich genau sechs Monate, bevor er starb.«

Ich betrachtete den Mann, Christopher Maxwell, er hatte einen kurzen Bart und mehr Haar, ansonsten war er Perowne nicht ganz unähnlich. Er sah ernst aus, fast etwas verbittert.

»Ja und?«, fragte ich und schob das Foto auf dem Tisch zu ihm zurück. »Und warum suchen Sie jetzt nach meiner Frau?«

Perowne zog an seiner frisch angezündeten Zigarette und blinzelte durch den Rauch. »Weil es neue Fakten in dem Fall gibt«, sagte er. »Ihre Frau ist eine Mörderin, nur um Haaresbreite ist es ihr gelungen, sich ihrer gerechten Strafe zu entziehen. Sie hat zwei Leben auf dem Gewissen, und ich will sie festnageln.«

Ich spürte, wie sich meine rechte Hand zur Faust ballte und mein Puls schneller wurde. »Neue Fakten im Fall?«, wiederholte ich.

»Genau«, bestätigte Perowne. »Obwohl sie inzwischen auch schon ein paar Jahre alt sind. Es ist nämlich so. Clara hatte nicht viele Freundinnen in London, aber es gab eine Vertraute. Catherine, genannt Cathy. Ein paar Jahre, nachdem Clara verschwunden war, beschloss Cathy zu erzählen, was sie wusste. Mir gegenüber, sie hatte gerade erfahren, dass sie Brustkrebs hatte, vielleicht handelte es sich also um eine Art Beichte. Auf jeden Fall hatte Clara ihr alles anvertraut. Sowohl was Jason als auch was Christopher betraf. Sie hat sie getötet, Cathy wusste Details, die es unmöglich machen, an ihrer Geschichte zu zweifeln.«

»Ich glaube Ihnen nicht.«

»Das ist Ihre Entscheidung.«

»Und warum sind Sie nicht zur Polizei gegangen?«

»Das bin ich. Aber die haben ja so einiges anderes, um das sie sich kümmern müssen. Ehrlich gesagt, glaube ich nicht, dass sie Lust haben, in diesem Fall weiterzuermitteln. Case closed, und damit sind sie zufrieden.«

»Aber Sie haben weitergesucht?«

»Zweieinhalb Jahre lang. Meine Möglichkeiten sind auch nicht unbegrenzt.«

Eine Weile blieb ich schweigend sitzen und überließ

mich dem Tumult in meinem Kopf, dann trank ich mein Glas aus und stand auf. »Hol Sie der Teufel«, sagte ich. »Und sehen Sie zu, dass Sie bei ihm bleiben. Wenn ich Ihre hässliche Visage noch einmal sehe, dann müssen Sie mit den Konsequenzen leben.«

Dann verließ ich Harry's Kneipe. Als ich auf die Straße trat, regnete es immer noch. Es schien, als wäre der Wolkenbruch außer Kontrolle geraten, als hätte er eigentlich schon vor langer Zeit mit dem Gießen aufhören wollen, aber vergessen, wie man abschaltete.

II

In dieser Nacht fiel es mir schwer einzuschlafen. Fragmente des Gesprächs mit David Perowne vermischten sich mit Traumbildern von Marlene in verschiedenen Situationen. Erlebte und eingebildete. Angezogen und nackt. Manchmal war sie mit mir zusammen, manchmal mit anderen Männern. Ich schreckte mindestens zehnmal hoch, und um sechs Uhr gab ich auf, stellte mich unter die Dusche und entschied, dass ich, wenn ich alles recht betrachtete, keine Wahl hatte.

Ich musste sie damit konfrontieren. Ihr von David Perownes unsinnigen Behauptungen erzählen und sehen, wie sie reagierte.

Was hätte ich sonst tun sollen? Still dasitzen und Perownes nächsten Schachzug abwarten? Herumlaufen und den Rest meines Lebens darüber grübeln?

So dachte ich. Und ich kann bis heute keinen Fehler in meinen Überlegungen finden.

* * *

Ich holte Marlene wie verabredet vom Flughafen ab. Das Flugzeug aus Paris hatte fast eine Stunde Verspätung, und es war bereits acht Uhr abends, als wir endlich allein im Auto waren.

»Gestern Abend ist etwas Sonderbares passiert«, sagte ich.

»Ja?«, sagte Marlene.

»Ich habe jemanden in einer Bar getroffen.«

»Du warst also bummeln?«

»Ich habe nur auf dem Heimweg vom Bahnhof einen Drink bei Harry's genommen.«

»Ja, und?«

»Dieser Kerl, er hieß übrigens David Perowne, er hat mir eine Geschichte erzählt.«

»Eine Geschichte?«

»Ja. Die von dir handelte.«

»Von mir?«

»Ja, er wusste offensichtlich einiges über deine Jahre in London.«

Marlene erstarrte. Nicht sehr, aber ich konnte deutlich spüren, wie ihr Körper neben mir sich irgendwie versteifte. Sie holte zweimal tief Luft, bevor sie antwortete.

»Was hast du gesagt, wie er hieß?«

»Perowne.«

»Nie gehört. Und was hat er also erzählt?«

Da war etwas mit ihrer Stimme. Eine Art Wachsamkeit, vermischt mit noch etwas anderem, ich konnte nicht sagen, ob es nur Irritation oder Beunruhigung war. Vielleicht sogar beides. Ich legte ihr meine Hand auf den Arm, aber sie schien das gar nicht zu registrieren. Für einen schwindelerregenden Moment lang hatte ich die Vision, eine mir vollkommen fremde Frau säße neben mir, eine, die ich noch nie zuvor gesehen hatte, die ich nur als Anhalterin vom Flughafen in die Stadt mitnahm, weil ich noch Platz im Auto hatte.

»Es ging um deine Jahre in London«, wiederholte ich.

Marlene drehte den Kopf und sah mich ein paar Sekunden lang an. Dann betrachtete sie erneut den Verkehr auf der Autobahn. Sie sagte nichts.

»Er behauptete, dich zu kennen.«

»Mhm?«

»Dass du mit seinem besten Freund verheiratet gewesen bist und dass ihr ein Kind zusammen hattet.«

Marlene reagierte nicht.

»Das war eine schlimme Geschichte, die er da erzählt hat, ich habe ihm natürlich nicht geglaubt. Willst du sie hören?«

Zunächst gab sie keine Antwort. Saß kerzengerade da und starrte durch die Windschutzscheibe, die Hände im Schoß gefaltet. Plötzlich wurde mir klar, dass unsere Ehe an einen dieser Punkte gelangt war, den alle Ehen vor dem Tod durchschreiten müssen und der immer ohne jede Vorwarnung auftaucht. Dieser nackte Augenblick ohne Gnade. Ich wartete ab.

»Gut«, sagte sie schließlich. »Ist wohl auch egal. Also, was hat er gesagt?«

Ich erzählte David Perownes Geschichte, und Marlene hörte mir zu, ohne mich auch nur ein einziges Mal zu unterbrechen. Ich war gerade am Ende, als wir in die Armastenstraat einbogen, und erklärte abschließend erneut, dass ich natürlich nicht ein einziges Wort von dem glaubte, was ich da zu hören bekommen hatte.

Dass nicht viel gefehlt hätte, und ich hätte ihm eins in die Fresse gegeben.

Ich weiß nicht, ob sie mir glaubte. Ich weiß nicht, ob ich es selbst glaubte.

Eine Weile saßen wir schweigend nebeneinander, während wir uns durch das Deijkstraaviertel zirkelten. Als wir zwischen zwei Linden in Zwille geparkt hatten, seufzte Marlene tief auf und schüttelte den Kopf.

»Wie sah er aus?«, fragte sie.

»Perowne?«

»Ja.«

Ich beschrieb ihn, so gut ich konnte. Sie nickte.

»Und der Mann auf dem Foto? Da auf der Bank.«

Ich beschrieb auch ihn.

»Und dir kam nichts verdächtig vor?«

»Was meinst du?«

»Du hast nicht gemerkt, dass es sich um dieselbe Person handelte?«

»Wie?«

»Dieselbe Person. Der Mann, den du bei Harry's getroffen hast, war der Gleiche, der mit mir und Jason auf der Bank saß.«

Ich hob die Hände. »Marlene, ich fürchte, ich …«

Sie unterbrach mich, indem sie mir einen Zeigefinger auf die Lippen legte.

»Komm, lass uns hochgehen und ein Glas Wein trinken, Maarten, ich glaube, ich muss dir einiges erklären.«

»Das Finstere?«, fragte ich.

»Wie schon gesagt«, erwiderte Marlene.

* * *

»Es stimmt, ich hieß Clara Maxwell«, begann sie.

»Aha«, sagte ich.

»Und es stimmt, ich war mit einem Christopher Maxwell verheiratet. Mit dem Mann, den du gestern bei Harry's getroffen hast.«

»Ich verstehe nicht, wie …?«, sagte ich, aber Marlene wedelte abwehrend mit der Hand.

»Lass mich von Anfang an erzählen, dann wirst du begreifen. Als ich gut ein Jahr in London gelebt hatte, ich arbeitete damals in einem großen Buchverlag, ja, da habe ich diesen Maxwell kennengelernt. Auf einer Party, er war frisch examinierter Chirurg … Haus in Greenwich, Geld wie Heu. Er war ein charmantes Schwein, den Charme sah ich sofort, das Schwein entdeckte ich erst später. Wir heirateten ein halbes Jahr darauf, und dann dauerte es noch zwei Monate, bis mir klar wurde, dass ich den Fehler meines Lebens begangen hatte.«

Sie machte eine kleine Pause und trank einen Schluck Wein.

»Christopher ist ein Psychopath, Maarten, es gibt dafür keine andere Bezeichnung. Er ist der widerlichste, unangenehmste Mensch, der mir in meinem ganzen Leben begegnet ist. Er kann alle manipulieren, ich dachte, ich wäre ihm entkommen, aber das war natürlich eine … eine übereilte Hoffnung.«

Sie erschauerte. Wir saßen beide auf unserem roten Sofa, ich hatte ein Feuer im Kamin entzündet, es war angenehm warm im Zimmer, aber es sah so aus, als fröre Marlene tatsächlich.

»Bist du krank?«, fragte ich.

Sie schüttelte den Kopf. »Das ist nur der Widerwillen«, erklärte sie. »Wenn Christopher mich gefunden hat, heißt das, dass es schlecht für uns aussieht. Ich hatte gehofft, er würde nie …«

Sie brach ab.

»Erzähl weiter«, sagte ich. »Was ist dann in London passiert?«

Sie trank erneut einen Schluck Wein und hob wieder an.

»Mehrere Jahre lang versuchte ich, von ihm loszukommen, aber es ging nicht. Ich hatte einfach nicht genügend Kraft, ihm entgegenzutreten. Ich versuchte, ihn dazu zu bewegen, einer Scheidung zuzustimmen, aber er erklärte, dann wollte er mich lieber umbringen. Oder sich selbst. Oder uns beide. Als ich mich einer Freundin anvertraute, glaubte sie mir nicht. Du weißt ja, wie ich es mit Freundschaften seitdem halte.«

»Und Jason?«

Eine halbe Sekunde lang zögerte sie.

»Jason war die Frucht einer Vergewaltigung. Jedenfalls mehr oder weniger, nach ungefähr zwei Jahren weigerte ich mich, mit Christopher zu schlafen. Aber ab und zu zwang er mich dazu. Ich hätte natürlich eine Abtreibung machen sollen, aber … ja, ich war zu schwach, so kann man es wohl nennen. Und ich war einsam und hatte Angst.«

»Ich verstehe.«

»Es stimmte etwas nicht mit Jason. Er war nicht wie andere Kinder, sondern passiv und introvertiert, es war schwer, Kontakt zu ihm zu bekommen, und manchmal konnte er entsetzlich aggressiv werden. Ich versuchte mit einem Experten zu sprechen, um eine Diagnose zu bekommen, aber Christopher verachtete alle Ärzte. Er wisse es selbst am besten, behauptete er, und eines Abends ertränkte er ihn in der Badewanne.«

»Er ertränkte …«

»Ja. Er versuchte auch mich zu töten, aber ich konnte entkommen. Er stand unter Drogen und war total wahnsinnig. Er wurde für Totschlag, Misshandlung, Bedrohung und einiges andere verurteilt, gleichzeitig aber für vollkommen gesund erklärt und musste seine Strafe in einem normalen Gefängnis absitzen. Zwölf Jahre, wenn er jetzt draußen ist, muss das bedeuten, dass er geflohen ist oder vorzeitig entlassen wurde. Ich habe eine geschützte Identität beantragt und sie auch bekommen, und … ja, um eine lange Geschichte kurz zu machen, da hast du meine Finsternis.«

»Mein Gott«, sagte ich. »Wenn ich nur …«

»Was?«, fragte Marlene. »Wenn du nur gewusst hättest, was hätte das zwischen uns verändert?«

»Vielleicht nichts«, sagte ich. »Aber dass du so eine Hölle hast durchmachen müssen …«

Sie lachte auf, kurz und freudlos. »Ich hatte ja alles begraben, Maarten. Ich war ja frei davon.«

»Aber ich verstehe nicht, warum du ihn nicht verlassen hast. Warum du nicht weggelaufen bist oder so.«

Sie zuckte mit den Schultern. »Manchmal war er auch anders. Dann hat er um Verzeihung gebeten und wollte sich bessern. Ich habe ihm geglaubt, ich wollte mir natürlich einbilden, dass sich alles ändern würde … man belügt sich in so einer Lage selbst, du weißt doch, wie das ist, nicht wahr? Man ist schwach.«

Ich nickte. Natürlich wusste ich, wie das war.

»Aber jetzt ist er also zurück?«, sagte ich. »Was glaubst du, was er will?«

»Mich«, sagte Marlene. »Er will mich, das ist ja wohl klar.«

Und dann war es, als würde plötzlich alles in ihr zusammenbrechen. Das Weinglas, das sie in der Hand gehalten hatte, fiel zu Boden und zerschellte. Sie schrie auf, packte ein Kissen und drückte es sich aufs Gesicht, während sie sich in einer Ecke des Sofas in Fötusstellung zusammenkrümmte und den Kopf hin und her warf. Ich versuchte, sie zu umarmen, wiegte sie vorsichtig in meinen Armen hin und her und tat alles, was in meiner Macht stand, um ihr Zittern zu dämpfen. Nach einiger Zeit wurde sie ruhiger, legte das Kissen hin und starrte mich mit roten Augen an.

»Maarten«, sagte sie. »Es tut mir leid, dass es so gekommen ist. Ich habe wirklich geglaubt, ihm entkommen zu sein, ich hätte sonst nie …«

»Immer mit der Ruhe«, sagte ich. »Wir gehen einfach zur Polizei.«

Sie schüttelte den Kopf. »Das ist keine gute Idee, Maarten. Ich kenne ihn, er wird auch sie manipulieren, er wird uns das Leben zur Hölle machen.«

»Nun rede keinen Blödsinn, Marlene. Er hat ja wohl kein Recht hierherzukommen und …«

»Christopher Maxwell fragt nicht danach, wozu er das Recht hat«, sagte Marlene. »Bitte glaube mir, Maarten. Er ist ein Teufel. Ich habe sechs Jahre mit ihm zusammengelebt.«

Ich verstummte. Marlene putzte sich mit einer Serviette die Nase und richtete sich auf dem Sofa auf. Es vergingen fünf Sekunden.

»Also, was meinst du, sollen wir tun?«

Sie zögerte einen Augenblick, ein junges Mädchen rief draußen auf der Straße etwas, und ein Mann lachte laut. »Ich werde ihn töten, Maarten. Es gibt keine andere Lösung.«

»Mein Gott, Marlene, das ist doch wohl nicht dein …?«

»Du musst diese Entscheidung schon mir überlassen, Maarten. Entweder wir wollen für den Rest unseres Lebens in der Hölle leben, oder ich schaffe ihn aus dem Weg. Das hier ist kein …«

»Ja?«

»Das hier ist keine Entscheidung, die ich jetzt und hier treffe, Maarten. Ich habe immer gewusst, dass ich nur eine Alternative haben werde, wenn Christopher Maxwell jemals wieder in meinem Leben auftauchen sollte.«

»Aber …«

»Ich will das nicht mit dir diskutieren. Du musst meinen Entschluss akzeptieren.«

Ich trank mein Weinglas aus. Betrachtete ihr schönes Gesicht einige Sekunden lang und die fest zusammengepressten Kieferknochen, die sie irgendwie noch schöner machten, dann nickte ich.

»In Ordnung. Dann machen wir es zusammen.«

»Nie im Leben«, sagte Marlene.

»Ich bin dein Ehemann.«

»Das spielt keine Rolle«, erklärte sie.

»Natürlich spielt das eine Rolle«, widersprach ich. »Ich akzeptiere deine Entscheidung, dann musst du aber auch meine akzeptieren.«

Sie beugte sich zu mir vor. Ihr Gesicht war so nah, dass es mir schwerfiel, es genau zu sehen. Ihr Blick schielte ein wenig, sie biss sich auf die Unterlippe, und ich spürte, dass ich auf einer Welle ritt. Mene mene tekel, dachte ich.

Dann kam sie mir noch näher, und wir küssten uns. Kurz, hart und brutal. Anschließend lehnte sie sich wieder zurück.

»Bist du dir sicher?«, fragte sie.

»Ich bin mir sicher«, antwortete ich.

»Gut«, sagte Marlene. »Wollen wir noch eine Flasche Wein öffnen und ein wenig planen?«

III

In den nächsten Wochen besuchte ich Harry's so gut wie jeden Abend, aber der Mann, der sich David Perowne genannt hatte, war nie dort. Ich blieb selten lange, trank ein Bier, höchstens zwei, meistens saß ich an demselben Tisch, an dem wir an dem bewussten Abend gesessen hatten. Unter einem finster dreinblickenden Humphrey Bogart und einer rätselhaft lächelnden Lauren Bacall. Ab und zu spielte ich mit dem Gedanken, den Barkeeper zu fragen, ob er Perowne noch einmal gesehen habe, aber jedes Mal hielt ich mich dann doch zurück.

In Hinblick auf Marlenes und meine Pläne wäre es dumm gewesen, erneut mit ihm in Verbindung gebracht zu werden, das sah ich ein. Äußerst dumm.

Für die Pläne war in erster Linie Marlene verantwortlich. Wir hatten sie bereits am ersten Abend skizziert, anschließend sprachen wir nicht mehr viel darüber. Alles stand unter dem Motto: So einfach wie möglich. Wenn ich das nächste Mal Kontakt mit Perowne bekommen würde, sollte ich so tun, als hätte ich inzwischen angefangen, seinen Worten Glauben zu schenken. Ich sollte ihm vorschlagen, dass wir uns eines Abends bei mir daheim treffen könnten, wenn Marlene nicht anwesend war, um die Dinge etwas genauer zu besprechen. Und erst einmal in der Wohnung eingetroffen, würden Marlene und ich ihn mit vereinten Kräften umbringen. Es gab diverse Waffen, zwischen denen wir wählen konnten. Ein Schürhaken, ein Baseballschläger, ein Hammer.

Anschließend würden wir ihn in den frühen Morgenstunden in den Kofferraum des Autos verfrachten. In die Wälder zwischen Kerran und Weid fahren und ihn dort so tief wie möglich vergraben.

Ganz einfach, wie gesagt.

Wenn es doch so einfach gewesen wäre.

* * *

Das Problem war, dass er nicht auftauchte.

In der ersten Woche nicht. Nicht in der zweiten.

Das Problem war noch ein anderes.

In mir begannen Zweifel zu wachsen.

Sie kamen wie ein Dieb in der Nacht. Schlichen sich tagsüber, wenn Marlene bei der Arbeit war, aus den leeren weißen Blättern in der Schreibmaschine an mich heran. Oder an den Abenden bei Harry's, während ich dort saß und auf die Straße hinausstarrte, wo die Leute durch den Regen eilten – und plötzlich konnte ich sie nicht mehr abschütteln. Es schien, als hingen Zweifel und Regen auf irgendeine Weise zusammen, und es regnete jeden Abend.

Ich versuchte, den Schein zu wahren. Formulierte nie Fragen, wusste, dass ich es nicht so weit kommen lassen durfte. Nicht deren einschmeichelnde, niederträchtige Existenz erlauben.

Und dennoch war es da, ein wortloses Scheuern, ein Splitter, der unter einen Nagel geraten war und den man einfach nicht herausbekam.

Und was das Schlimmste war: Marlene sah es mir an.

»Worüber grübelst du die ganze Zeit?«, fragte sie eines Abends, als ich nach einer weiteren einsamen Stunde bei Harry's nach Hause gekommen war. »Was frisst du da in dich hinein?«

»Nichts«, antwortete ich. »Ich bin nur einfach diesen Regen leid.«

»Er ist heute Abend wieder nicht gekommen?«

»Nein.«

»Hast du heute etwas geschrieben?«

»Nicht eine Zeile.«

»Ich sehe, dass es noch etwas anderes ist.«

Wenn ich es in Worte hätte fassen können, vielleicht hätte ich es gesagt. Und vielleicht wären wir ab da getrennte Wege gegangen.

»Wir haben uns seit vierzehn Tagen nicht mehr geliebt.«

»Ich weiß.«

»Was passiert da mit uns, Maarten?«

»Ich weiß es nicht.«

* * *

Marlene veränderte sich auch. Ein äußerer Betrachter hätte es wahrscheinlich nicht bemerkt, ich schon.

Kleine, vertraute Zeichen. Ihre Art, mich anzusehen, wenn sie glaubte, ich würde es nicht merken. Ihr bewusst flaches Atmen, wenn sie im Bett lag und so tat, als schliefe sie.

Ihr Tonfall, wenn sie mir über den Rücken strich und sagte, dass alles gut werde. Da war etwas. Doch wir sprachen nicht darüber. Das war zu heikel für Worte.

Und wir schliefen nicht mehr miteinander. Mehr als drei Wochen lang schien die Sonne außerdem nicht auf die Stadt. Die Dämmerung ging morgens in ein diffuses Licht über, ohne dass es richtig hell wurde. An gewissen Tagen machte ich mir nicht einmal die Mühe, mich überhaupt an die Schreibmaschine zu setzen.

Und Perowne tauchte nicht auf. Eines Abends, als fast schon ein Monat seit meinem Zusammentreffen mit ihm im Harry's vergangen war, sagte Marlene:

»Maarten, ich glaube, wir sollten uns für eine Weile voneinander trennen.«

So etwas hatte sie noch nie gesagt. Während der ganzen sechs gemeinsamen Jahre nicht. Ich wusste nicht, was ich darauf erwidern sollte. Mir war klar, dass ihr Vorschlag nicht falsch war, aber ich konnte ihm dennoch nicht zustimmen.

»Willst du das wirklich?«, fragte ich.

»Willst du es nicht?«, erwiderte Marlene. »Spürst du nicht, wie diese Situation uns unter die Haut geht? Wir müssen etwas tun, um sie aufzubrechen.«

»Vielleicht hast du ja recht«, sagte ich.

»Natürlich habe ich recht«, entgegnete sie.

* * *

Sie fuhr an einem Dienstag ab, wir hatten bereits Dezember.

Bevor wir uns am Hauptbahnhof trennten, umarmten wir uns lange schweigend. Gerade als sie in den Zug einsteigen wollte, sagte sie:

»Ich spüre, dass du glaubst, ich hätte es getan. Du glaubst, ich hätte meinen Mann und mein Kind umgebracht. Wenn du diesen Gedanken nicht von dir weisen kannst, werden wir nie wieder zusammenleben können, Maarten.«

»Ich weiß«, sagte ich.

»Wenn du das Gefühl hast, du müsstest in dieser Sache nachforschen, dann musst du auch den Preis dafür bezahlen.«

»Das ist mir schon klar«, sagte ich. »Ich werde nicht nachforschen.«

Dann gaben wir uns einen schnellen Kuss und wurden voneinander getrennt.

* * *

Mitte des Monats fiel der erste Schnee.

Ich saß an meinem Tisch bei Harry's und betrachtete die weißen Flocken, die zur Erde sanken und sich in der dreckigen Hoffnungslosigkeit der Straße auflösten. Draußen eilten Menschen vorbei, noch schneller als sonst, jetzt, wo die Temperatur zum Winter hin gesunken war.

Ich hatte es mir zur Gewohnheit gemacht, jeden Abend dort ein paar Stunden zu verbringen. Vorzugsweise trank ich Bier, aber auch den einen oder anderen Whisky. Ich sprach nie mit jemandem, nicht mehr als die paar Worte, die ich mit dem Barkeeper wechseln musste, um das zu bekommen, was ich haben wollte. Ich hatte auch wieder angefangen zu rauchen.

Marlene ließ nichts von sich hören. Ich ließ nichts von mir hören. Ich wusste nicht, wo sie sich befand. Mit dem Schreiben kam ich auch nicht weiter. Jedes Mal, wenn die Kneipentür sich öffnete, warf ich einen Blick dorthin. Jedes Mal erwartete ich den Mann zu sehen, der sich David Perowne genannt hatte, aber es war immer jemand anderes.

In den Nächten fiel es mir schwer zu schlafen. Ich lag da und lauschte den verklingenden Geräuschen der Stadt, meistens fiel ich erst gegen Morgengrauen in den Schlaf. Trotzdem wachte ich meistens nach nur wenigen Stunden unruhigen Schlummers wieder auf. Mehrere Male träumte ich von einem Kind, das in einer Badewanne lag, einmal schreckte ich von einem Schrei hoch.

Es war mein eigener, und wenn ich an die Liebe zu Marlene dachte, sah ich sie wie eine glühende Kohle, die ich wegwerfen musste, um mir nicht die Hände zu verbrennen. Genauso.

Aber ich stellte keinerlei Nachforschungen an. Wartete darauf, dass etwas passieren würde. Dass sich die Lage veränderte.

Zwei Tage vor Weihnachten rief sie an.

»Hast du ihn gesehen?«, fragte sie.

Ich antwortete, dass ich ihn nicht gesehen hatte.

»Bist du deine Zweifel losgeworden?«

Ich gab keine Antwort.

»Es fällt mir schwer, noch sehr viel länger zu warten«, sagte Marlene.

»Mir auch«, sagte ich.

»Auf ein derartiges Leben kann ich gern verzichten.«

Mein Kopf war voller Worte, aber sie waren ineinander verwickelt bis hin zur Unbrauchbarkeit. Ich fühlte eine tiefe Scham, insbesondere wegen meiner selbst. Zum Schluss gelang es mir zu erklären, dass ich nicht verstand, wie es zu alldem hatte kommen können.

»Du bist derjenige, der alles entscheidet«, sagte Marlene, und dann legten wir auf.

Es war das Letzte, was sie mir sagte.

* * *

Ich sah David Perowne zum zweiten Mal bei der Beerdigung. Das war im Januar, wir waren nur eine kleine Gruppe, die sich auf dem Friedhof versammelt hatte. Bart und Ulrike und noch ein paar. Ein eisiger Wind blies über das offene Feld, und in dem Moment, als der Pfarrer begann, seine kurze Liturgie zu verlesen, entdeckte ich ihn. Gerade als die Urne in der Erde versenkt werden sollte. Es war mir ganz einfach nicht möglich, meinen Platz in der Runde zu verlassen.

Er kam den Bürgersteig die Mauer entlang heran. Blieb zwischen zwei kahlen Ulmen stehen und betrachtete unser Treiben, es waren nicht mehr als zwanzig Meter zwischen uns. Dieses Mal trug er keine Brille, aber ich erkannte ihn wieder, da gab es keinen Zweifel. Seine hochgezogenen Schultern und das lange Gesicht mit den tief sitzenden, bohrenden Augen. Er kratzte sich am Hals und zog an einer Zigarette. Unsere Blicke begegneten sich für ein paar Sekunden.

Fünf oder sechs, schätze ich. Nicht mehr, nicht weniger. Zuerst sah er sehr ernst aus, fast bekümmert, dann wuchs ein Lächeln. Es breitete sich über sein Gesicht aus wie der Schatten eines Raubvogels über eine Landschaft.

Ich verspürte kurz den Drang, zu ihm zu laufen, aber gerade da, genau in dieser Sekunde, legte mir der Pfarrer die Hand auf den Arm. Es war an der Zeit, Marlenes sterbliche Überreste ins Grab zu legen.

Nein, wie die Umstände waren, so gab es absolut keine Chance für mich, Kontakt zu dem Mann aufzunehmen, der sich David Perowne genannt hatte.

Er drehte den Kopf. Warf seine Zigarette fort und ging zu einem schwarzen Auto, das auf der anderen Straßenseite stand. Stieg ein und fuhr davon.

Ich habe ihn seitdem nie wiedergesehen. Ich forsche nicht nach, verbringe aber meine Tage und meine Nächte mit dem Versuch, dieses Lächeln zu deuten.

Aus dem Schwedischen von Christel Hildebrandt

Die Autorinnen und Autoren

Maria Ernestam, geboren 1959, begann ihre Laufbahn als Journalistin. Sie lebte lange Jahre als Auslandskorrespondentin für schwedische Zeitungen in Deutschland und absolvierte daneben eine Ausbildung zur Tänzerin, Sängerin und Schauspielerin. Ihre psychologischen Spannungsromane stehen in Schweden regelmäßig auf den Bestsellerlisten. Maria Ernestam lebt mit ihrem Mann und zwei Kindern in Stockholm. www.mariaernestam.com

Inger Frimansson eroberte gleich mit ihrem ersten Roman »Gute Nacht, mein Geliebter« das schwedische Publikum. Er wurde ausgezeichnet mit dem Schwedischen Krimipreis und begründete ihren Ruhm als »schwedische« Minette Walters. Sie ist die einzige Autorin in ihrer Heimat, die diesen Preis zweimal gewonnen hat. www.frimansson.se

Levi Henriksen wurde 1964 in Kongsvinger/Norwegen geboren. Er ist Musiker, Journalist und Autor. Seine ersten Erfahrungen als Schriftsteller sammelte er 1999 mit einem Reisebericht über Alaska. Er hat schon mehrere Bücher mit Kurzgeschichten veröffentlicht. Sein Debütroman »Bleich wie der Schnee« wurde von Norwegens

Buchhändlern umgehend zum Lieblingsbuch des Jahres gewählt.

Thomas Kanger, geboren 1951, lebte lange Jahre in Västerås, Schweden, und später in Kalifornien, Neu-Delhi und Jerusalem. Er war als Journalist tätig und berichtete unter anderem viele Jahre aus Israel, bevor er zurück in die Nähe von Stockholm zog und sich dem Schreiben von Kriminalromanen widmete. Bei btb erscheint demnächst: *Der Geheimnisträger. Thriller.*

Åsa Larsson, 1966 geboren, verbrachte ihre Kindheit und Jugend in Kiruna. Sie arbeitete als Steueranwältin, bis sie beschloss, Autorin zu werden. Mit ihrem ersten Krimi »Sonnensturm« machte sie in Schweden sofort Furore (ausgezeichnet als bestes Krimi-Debüt), auch ihre nächsten Romane standen monatelang auf der Bestsellerliste. Åsa Larsson lebt mit ihren beiden Kindern in Mariefred, der Heimat von Schloss Gripsholm. Die hier vorliegende Geschichte ist Teil eines größeren Projektes, das Anfang des vorherigen Jahrhunderts im nördlichen Schweden spielt.

Håkan Nesser, geboren 1950, ist einer der erfolgreichsten Krimiautoren Schwedens. Er hat mehr als zwanzig Romane geschrieben und ist in mehr als zwanzig Sprachen übersetzt. Seine Kriminalromane um Kommissar Van Veeteren sowie die Bücher der sogenannten Inspektor-Barbarotti-Serie sind vielfach preisgekrönt und wurden mehrmals verfilmt. Håkan Nesser lebt mit seiner Frau Elke und dem Hund Norton abwechselnd in London und auf Gotland. Bei btb zuletzt erschienen: *Die Perspektive des Gärtners. Roman.*

Anne B. Ragde wurde 1957 im westnorwegischen Hardanger geboren. Sie ist eine der beliebtesten Autorinnen Norwegens und wurde mehrfach ausgezeichnet. Zuletzt mit dem Norwegian Language Prize und dem Norwegischen Buchhandelspreis. Mit ihrer Trilogie »Das Lügenhaus«, »Einsiedlerkrebse« und »Hitzewelle« errang sie Kultstatus. Die Autorin lebt in Trondheim. Bei btb zuletzt erschienen: *Die Liebesangst. Roman.*

Helene Tursten wurde 1954 in Göteborg geboren und arbeitete lange Jahre als Zahnärztin, ehe sie sich ganz auf das Schreiben von Kriminalromanen konzentrierte. Ihre Serie um die Göteborger Kriminalinspektorin Irene Huss hat nicht nur viele Fans, sondern wurde auch erfolgreich verfilmt. Helene Tursten lebt in Sunne/Värmland und ist verheiratet mit einem Ex-Polizisten. Bei btb zuletzt erschienen: *Der im Dunklen wacht. Roman.*